W0366301

Annette Berr, *Orgasmusmaschine*

Annette Berr
Orgas
mus
maschi
ne
erotische
Erzähl
ungen
konkurs buch

Annette Berr

Orgasmusmaschine

Erotische Erzählungen

konkursbuch
Verlag Claudia Gehrke

Inhalt

Die Tage die ich fortlief
vor Dir
sind nicht die schlechtesten gewesen

Der Himmel ist hohl

Sie war genau das, wovon ich immer geträumt hatte. Nicht als konkretes Bild. Sie war nicht das gefüllte Glas, und nicht die Suche nach Sinn. Sie machte ganz einfach das Gefühl, das ich immer zu fühlen gesucht hatte. Sie machte es, weil sie so war. Sie war beileibe nicht perfekt, ein Glück, denn sonst hätte ich mich mit all meinen Makeln einbuddeln müssen, hätte verstummen müssen aus Angst, schon wieder etwas Dummes zu sagen. Und ich redete viel Unsinn, vor allem im Bett. Sie mochte das. Manchmal wusste ich nicht sicher, ob sie mich nur all ihrer Säfte wegen hatte. Aber sie hatte mich. Und ich hatte sie. Ihre Hingabe war vom ersten Moment an überwältigend. Sie troff und stöhnte, schwamm mir unter den Händen entgegen und löste sich in Flüssigkeit auf. So etwas hatte ich bis dahin noch nie erlebt. Aus Freude und Dankbarkeit kam ich mit ihr, wenn ich es ihr machte. Manchmal war ich dann lauter als sie, was sie anfangs irritierend fand und schließlich erregend. Ich genoss ihren Mund an meinem, wenn wir ein Atem wurden. Ein leichter Schwindel im Hirn. Zuwenig Sauerstoff. Zu viel Kohlenmonoxyd. Zu viel Lust. Mein Stöhnen traf auf ihres. Sie war mir permanentes Echo. Es war ein Rausch, der keine Zeit kannte. Wir verfickten so manchen beruflichen Termin. Ohne Reue. Oft bemerkten wir gar nichts mehr. So also konnte Sex sein? Warum hatte mir das vorher keiner gesagt? Ich war verloren. Es machte Angst, jemand anderen so sehr zu wollen. Und ich wollte MEHR. Immer mehr. Immer näher. Immer tiefer. Und ich redete in einer Tour. Aus lauter Lebensfreude. Ihre Wohnung war so und so und so. Alles sehr geschmackvoll. Ich aber, ich sah nur ihr Bett. Die Badewanne, der Flur, die Couch, der Teppich, die schmutzigen Dielen, die Toilette, ihre Haut, ihre Brüste, ihr Duft, ihre Augen. Alles nur noch Bett.

Die Welt hatte aufgehört zu existieren. Und das Schlimme war, ich bemerkte den Fehler nicht. Sie begann, sich zu verschließen. Zuerst kaum merklich. Gerade so sehr, dass ich sie umso heißblütiger begehrte und gar nicht wusste warum. Mag sein, dass ich schon zu diesem Zeitpunkt begann, mich auf ihre Zehen zu stellen. Manchmal. Um ein wenig Gewicht zu werden. Um ein wenig weh zu tun. Dumm. Sehr dumm.

»Zeig mir eine Frau, die dir gefällt!« Ich sah mich mit geschlossenen Augen um. Es waren etwa fünfhundert tanzende und schwitzende Frauen auf der Party. Ich sah nicht eine. Ich sah verdammt nochmal keine andere.

»Ich sehe keine.«

»Du lügst.«

»Ich wäre glücklich, wenn es eine Lüge wäre.«

»Ich glaube dir nicht.«

Zum Glück glaubte sie mir nicht. Und dann fing ich an, Frauen zu erfinden. Ich zeigte auf die und auf die und erzählte, was ich mit denen machen wollte. Sie war zufrieden. Sie predigte die offene Affäre. Das ist eine Untergruppe der offenen Beziehung. Das ist wie Weitspucken auf ein verliebtes Herz. Monogamie wäre das Letzte! Okay, okay. Es kränkte mich zutiefst. Es kränkte mich, denn ich wollte in ihren Blutkreislauf dringen. Nicht mehr. Aber auch nicht weniger! Sie redete. Aber sie tat es nicht. Nie schlief sie mit einer anderen. Wenn sie es täte, würde ich es spüren? Vielleicht. Aber, ich wollte es gar nicht wissen. Wenn unsere Geschichte eine Porzellantasse gewesen wäre, dann hätte ich es vielleicht gehört, dass unter meinen Sohlen die ersten Scherben knirschten. Jedoch, wir waren Frauen aus Fleisch und Blut, und ich bewegte mich in einem Film, der endlos schien.

Schließlich zog sie sich zurück. Es wäre zu viel Gefühl zwischen uns. Viel zu viel Gefühl. Das wäre ungesund! Nichts anderes wäre mehr wichtig. Hätte sie sich nicht zurückgezogen, dann hätten wir uns totgefickt. Glaube ich. Liebeskummer ist immer das Ende der Welt. Verloren, wie ein Stück Holz, trieb ich auf den Wogen meiner abgewiesenen Lust. Ich onanierte im Bett, im Stehen, in meinen Gedanken. Dann fiel mein Unterleib ab. Ich schraubte ihn notdürftig wieder an. Sie tauchte in ihre Arbeit. Mich trieb es in die Bars. Ich fand immer eine. Für kurz, auf dem Klo. Für eine Nacht. Für vierundzwanzig Stunden. Keine langen Reden. Gleich zur Sache. Manche hatten Hände, manche nicht. Aber ein Gesicht hatte keine. Ich musste mir auf die Zunge beißen, um nicht den falschen Namen zu sagen. Denn keine war so wie sie, und ich suchte sie in allen. Ich war zwar diskret, aber nicht diskret genug, um zu vermeiden, dass es ihr irgendeine irgendwann zutragen würde. Ich suchte den Fehler, und ich suchte ihn bei mir. Wo sonst? Ab und an trafen wir uns dann doch, um uns gegenseitig zu erklären, warum es mit uns nicht gehen konnte, weil wir nicht zusammenpassten. Wenn wir genug geredet hatten, fielen wir übereinander her. Komisches Vorspiel. Merkwürdige Rituale. Die Gräben wurden tiefer. Verstehen? Wozu verstehen? Ich verstand die Welt nicht mehr. Oben und unten? Oben ist dort, wo Licht ist. Unten ist dort, wo Dunkelheit herrscht. Und wieder wochenlang kein Wort von ihr. Ruf mich nicht an! Du bist mir zu viel! Du WILLST zu viel. Ich respektierte ihren Wunsch. Was sollte ich auch anderes machen? Man kann niemanden zwingen. Schon gar nicht eine Frau! Verstehen? Wozu verstehen. Ich verstand sie nicht. Geh nach Hause, kleiner Hund. Geh nach Hause. Wenn sie anrief, trafen wir uns und tauchten ineinander. Die Nächte dazwischen tauchte ich immer häufiger in den Bars unter, tauchte in fremde Mädchenschöße, tauchte in Alkohol und Rauch. Ich wurde wach mit schweren Katern im Genick, die mir ihre Krallen in die Haut schlugen, um mich an das Leben zu erinnern. Ich wurde wach neben namenlosen Leibern und fickte mich um den Verstand, um sie endlich zu vergessen, um ihr Bild zu zerstören. Ich verstand ihre Angst nicht. Und falls ich sie doch verstand, so wollte ich sie nicht verstehen. Ich vermisste sie. Ich verpasste mir die tägliche Dosis Betäubung und begriff nicht, dass die Sucht sinnlos geworden war. So wie vorher würde es SIE nie mehr geben. Die Nächte mit ihr hatten sich erledigt, und so wurden die Nächte dazwischen zum Fluss ohne Ufer. Ich trieb durch die Stadt, im Gleichschritt mit Getriebenen. Die Nächte. Die Morgen irgendwo. Die kurzen Tage, nur noch Dämmerung von Nacht zu Nacht. Wie lange willst du das durchhalten? Bis ich genug habe! Geh nach Hause, kleiner Hund. Aber, ich war kein Hund. Und ZUHAUSE, das waren nur noch sieben Zeichen, die ich buchstabieren konnte. Das reichte nicht.

Und dann kam diese Nacht, die alles veränderte, in der ich endlich begriff. Sie fing an wie alle Nächte. Ich trieb mich im Tiergarten herum, lauschte auf das Stöhnen der kopulierenden Büsche, auf die Stimmen der Schatten. Hunde wie ich? Der Kudamm trieb mich nach Schöneberg, in diese Bar, von der ich schon gehört hatte, in der ich aber noch nie gewesen war. Da stand ein Weib. Direkt am Tresen. Sie rauchte Zigarre. Sie bot mir eine an. Ich Idiot inhalierte in die Lungen. Mir wurde schlecht. Sie begleitete mich zum Klo. Nachdem ich gekotzt hatte, sah ich sie mir genauer an. Mir wurde sofort wieder schlecht. Sie war dreimal so breit wie ich. Ich kannte sie irgendwoher. Sie sah meinem Mädchen ähnlich. Und mir. Verflucht, sie ähnelte uns beiden. Was sollte das? In ihrem Haaransatz, an der Stirn, wuchsen zwei schwarze Muttermale wie die Reste von abgeschlagenen Hörnern, groß wie Fünfmarkstücke. Maria im Himmel, ich kriegte eine Ahnung, weshalb mein Mädchen mir aus dem Weg ging. Die Fremde streifte ihr T-Shirt über den Kopf. Ich blickte ihre vier Brüste an. Die oberen, die kleinen, das waren meine. Dieses duftende, fremde Weib trug meine Brüste. Ich fühlte unwillkürlich, ob an mir noch alles dran sei. Alles war an seinem Platz. Sie lachte mich aus. Die unteren Brüste, voller und weicher als die oberen, das waren die Brüste meines Mädchens, meiner Vielgesuchten, meiner Oftverfluchten. Es sah scheußlich aus. Vor mir stand die Menschwölfin. Die Ziehmutter von Romulus und Remus. Wen auch immer sie jemals genährt hatte, wen auch immer sie in sich vereinte, sie würden sich eines Tages gegenseitig erschlagen müssen, denn von zwei Brüdern, oder zwei Schwestern, die so sind, kann nur einer, kann nur eine überleben. DAS also war die Symbiose, die wir immer alle suchten? Die wir uns als den Himmel der Sekunden erträumten? Scheiße! Es war der blanke Horror! Ich war einem Trugbild hinterhergejagt. Lauf! Lauf, mein Mädchen, lauf davon. Ich verspreche dir, dass ich dich laufen lasse und dir nicht mehr hinterherjage. Du hattest recht. Du hattest ja so recht. Du warst von Anfang an viel schlauer als ich. Mit dem Sex fängt es an, und enden tut es so. Ich blickte auf die vier Brüste, von denen ich wusste, wie sie sich anfühlten, und trotzdem würde ich sie berühren müssen. Diese würde meine letzte Nacht werden in der Folge der Nächte, die sich inzwischen auf einem Band aus Dämmerung aneinanderreihten. Und jetzt war ich hier. Das Monster zog mich an sich, umfing mich mit seinen zwei Armen und vier Händen. Sie presste mich an ihren Bauch, der war weich und fest zugleich, so wie dein Bauch weich und meiner fest war. Ihr Bauch war so groß wie ein Fass. Sie roch nach deinem Parfüm und meiner Möse. Am Hals. Wie viele Nächte hatte sie unter unserem Laken liegen müssen, um SO zu werden? Viele Nächte. Vielleicht jede einzelne und alle zusammen. Sie war geformt aus unserer Lust. Jeder Schrei, der im Laken verebbt war, hatte einen ihrer Finger gestaltet. Jeder Tropfen Schweiß war Haut geworden und Abbild eines Gedankens. Eines Gedankens, der in meinem Kopf Wunsch gewesen war und in deinem Kopf Abwehr. Sie war ein Zerrbild der Vorstellungskraft zweier Existenzen. Sie nahm meine Hände in ihre, in unsere Hände, und zog mich voran, raus aus dem Klo, nach nebenan, nach hinten in das Dunkelzimmer. Sie ging mit ihrem grotesken, nackten Oberkörper, und ich trug ihr T-Shirt. Aber ich wäre auf gar keinen Fall jetzt noch umgekehrt, denn dieser Weg versprach Heilung. Der Raum war dunkel, jedoch gab es von irgendwoher ein wenig Licht. Man sah Konturen und die hellen Stellen der weißen Haut. Man sah gerade genug, um die Augen zu peitschen. Gerade wenig genug, um zu glauben, die Erlösung könne einen vielleicht heute treffen. Ich hob meine Hände aufwärts. Ich glitt über die Haut, und meine ahnungslosen Hände jubelten ein wiedererkennendes Willkommen. Sie würden schon noch begreifen. Später. Oder gar nicht mehr. Ich zog ihren Reißverschluss Zähnchen für Zähnchen nach unten, murmelte ein beschwörendes »Sackgasse, öffne dich!« Ich hielt den Atem an. Sie wand sich selber geschickt aus ihren Jeans. Scharf atmete ich ein. Sie hatte vier Öffnungen. Deine zwei und meine zwei. Ich hatte zwar nichts anderes erwartet, aber trotzdem, es war für einen Moment zu viel. Ich hatte dich in allen anderen Frauen gesucht, in keiner entdeckt, und jetzt fand ich dich in einem Schöneberger Hinterzimmer in der Gestalt eines Geschöpfes, bei dessen Anblick ich an Frankenstein denken musste. Keine von uns hatte so etwas je gewollt, doch wir hatten es erschaffen. Unsere Gerüche schlugen mir entgegen, scharf und heiß wie brennender Wald. Ich vergaß, wo ich mich befand. Meine Hand glitt voran. Mein Arm. Meine Schulter. Die andere Hand. Der andere Arm. Die andere Schulter. Es gab kein Ende. Sie war vollkommen HOHL. Ich betastete sie von innen. So also fühlte sich die inwendige Hülle der Leere an? Ich zerschnitt mir die Finger an den Scherben der zerbrochenen Porzellantasse. Hier gab es keine Schuld mehr. Bittere Milch rann mir aus den Händen, bittere Milch, wie der quellende Saft von gebrochenem Löwenzahn. Ich war nicht bis zur Blüte gelangt, und keine Dolde aus Samen stand auf meinem Haupt. Kein Wind würde meinen Kopf streicheln, und kein Wind würde meinen Samen in die Welt wehen. Ich badete in ihr und dir und mir. In Milch und Scherben.

DAS war es also, wonach ich immer gesucht hatte? Es war schrecklich. Und verlockend. Ich glitt in sie hinein. Vollständig. Ihr schien es Lust zu bereiten, denn ich hörte von Ferne ihr Stöhnen. Ich rollte mich zusammen in ihrem Leib voller Scherben, zerschnitt mir das Leder meiner Haut und wurde zerschnitten. Ich hörte ihren Schrei. Ihren Schrei der Lust, deinen Schrei des Entsetzens. Dann hörte sie auf zu atmen. Romulus und Remus. Kain und Abel. Wer trägt das Mal? Der Bruder erschlägt den Bruder. Was ist mit den Schwestern? Das Begreifen tut weh. Ich badete in der erstarrenden Milch, fand keine Schuld, nur Versagen … und tauchte auf.

Die Mephisto

Eine lauwarme Mainacht, so lauwarm wie das Bier, das ohne einen Hauch von Schaum aus dem Hahn ins Glas floss. Die Zapfanlage hatte wohl mal wieder eine Macke. Irgendwas war hier immer kaputt. Oder ausverkauft. Die Lamettafäden der Lampen über dem Tresen griffen nach mir. Im warmen Aufwind der Ventilatoren winkten sie glitzernd ein lockendes, nicht endendes ›Komm. Komm. Komm.‹ So ein Blödsinn. Ich war doch da. War hier, so wie all die andern. Wo sollten wir schon groß hin? Das hier war unsere Plüsch-Bar.

»Ich sterbe«, rief einer der Gäste.

»Aber nicht hier!« Der Wirt brachte ihn auf die Straße.

Ich musste grinsen, beobachtete versonnen meine Zigarette, die im Aschenbecher verglomm, hing meinen Gedanken nach, trank das lauwarme, abgestandene Bier und schnappte hin und wieder einige Gesprächsfetzen auf.

»Hi!« Küsschen links, Küsschen rechts.

»Hi, du Süße.« Klaps auf den Hintern.

»Du siehst ja großartig aus. Neue Perücke, oder neuer Friseur?«

»Super, oder? Aus den Staaten mitgebracht. Das reinste Schnäppchen, Modell Liza Minelli.«

»Liza Minelli, soso!?« Gelächter.

»Noch ein Wort, und ich bringe mich um.« Schrilles Kreischen.

»Um Gottes Willen nein, tu's nicht, du siehst wirklich toll aus.« Küsschen links, Küsschen rechts.

Und so verrann plätschernd die Zeit. Ich bestellte mir ein drittes Bier. Der Wirt schob uns eine Runde Woudinis hin.

Ausgegeben? Keine Ahnung. Ich hatte die jedenfalls nicht bestellt. Sobald die Tür quietschte, drehte ich mich um in der Hoffnung, die Geliebte käme auf dem Heimweg vielleicht noch auf einen Sprung herein, denn falls sie mich suchte, würde sie wissen, wo sie mich finden könnte. Hier hatten wir uns kennengelernt, die meisten hatten sich hier kennengelernt, hier würden wir uns wahrscheinlich auch trennen, und hier würden wir uns dann einige Wochen, oder Monate, aus dem Weg gehen müssen. Unsre kleine Kneipe. Irgendwann war es nach Mitternacht, und ich hatte aufgegeben, nach der Tür zu schauen. Die Geliebte würde nicht mehr kommen. Ich alberte mit den Schwanzmädchen herum und genoss ihr Gezwitscher. Und dann ging alles ganz schnell.

Mein Unterbewusstsein hatte zwar das Quietschen der Tür registriert, aber es hatte keinen Reflex ausgelöst, denn ich wartete nicht mehr. Das Zwitschern der Schwanzmädchen war jäh verstummt. Ich starrte auf den Wirt. Der wiederum starrte mit offenem Mund auf einen Punkt direkt hinter mir. Vermutlich auf die Tür. Für einen Moment hatte ich den Eindruck, die Musik wäre lauter geworden.

Dann wurde mir klar, dass im Gegenteil alle Gespräche im Raum abrupt abgebrochen waren. Alles starrte. Ein sehr unbehagliches Gefühl überkam mich. Gerade wollte ich mich langsam umdrehen, da wurde ich links und rechts unter den Achseln, über den Schultern von vier eisernen Fäusten gepackt, rücklings vom Barhocker gerissen, der polternd zu Boden krachte, wurde durch die Tür über die vier Stufen abwärts zur Straße geschleift — und noch bevor wir unten ankamen wusste ich, dass, ganz egal, was das für eine dämliche Aktion sein sollte, meine Beine am folgenden Tag grün und blau sein würden —, wurde empor gerissen von diesen Fäusten, deren Griff sich bis dahin nicht für den Bruchteil einer Sekunde gelockert hatte, wurde unsanft geworfen, niedergedrückt auf den Sozius eines Motorrades und starrte voller Entsetzen auf die vor mir stehende, unbekannte, martialisch in schwarzes Leder gekleidete Frau. Und ich schwöre, dass ich weder sie noch irgendetwas Ähnliches je zuvor in meinem Leben gesehen habe. Wie sie da stand, so breit wie eine Tür, und das bei einer Größe von fast zwei Metern, nicht ein einziges Haar auf dem Schädel, und auf der Kopfhaut ein schwarzes Tattoo, als wäre sie eine weibliche Mephisto. Eine Frau Gründgens. Die Faust.

Während alles zugleich geschah und sich die Gedanken in meinem Hirn überschlugen, während mein Mund sich öffnete, aber der Schrei stumm blieb, während ich aus den Augenwinkeln die Andere unter mir sah, die sich kniete, während ich spürte, wie sie meine Füße griff, die sie unlösbar an die Fußrasten klebte und band … hatte ich das Gefühl in einen schrecklichen Albtraum zu gleiten. Und ich sollte erst viel später begreifen, wie recht ich damit hatte … und wie lange er dauern würde.

Von weit her, wie durch ein Federbett hindurch, hörte ich die schrille Stimme des Wirtes: »Heh! Die muss aber noch zahlen!« Ich fragte mich ungläubig, ob er das hier etwa für einen Witz hielt, für eine Art Polterabendritual, wo mal eben die Braut zum Saufen entführt werden sollte?! Vor nicht mal einer Minute hatte ich noch oben am Tresen über meinem Bier gesessen, und jetzt DIES?! Warum rührte sich denn keiner? Warum half mir niemand? Warum konnte ich nicht schreien?

Ich starrte sie an. Ich starrte und starrte. Ihr Anblick glühte sich in die Erinnerung meiner Netzhaut, als wollte sie mir ein ewiges Brandzeichen verpassen. Dies sollte für viele Stunden das letzte sein, was ich zu sehen bekam. Ihre Hände näherten sich meinem Gesicht, sorgfältig drückte sie einen Streifen schwarzes Gaffa-Band über meine Augen. Im selben Moment hörte ich meinen eigenen Schrei, der jedoch sofort wieder erstarb, denn sie, oder die andere, eine von beiden presste meine Kiefer fest aufeinander, drückte mir Gaffa über den Mund und einen Helm auf den Kopf. Finsternis. Stummheit. Nur noch gedämpfte Geräusche. Rechts neben mir wurde ein Motorrad gestartet, es heulte ein paarmal auf und entfernte sich dann schnell. Hatten sie mich allein gelassen? War es vorbei? Nein, ich spürte die drohende Gegenwart der monströsen Fremden deutlich. Was sollte das alles? Ein Irrtum? Ein Scherz? Das war beileibe kein Scherz mehr! Es musste sich also um einen Irrtum handeln. Aber, man entführte doch nicht irrtümlicherweise Menschen? Was immer das nun auch sein sollte, was immer es bedeutete, ich konnte weder fragen noch erklären. Mein Atem ging flach und stoßweise, mein Herz hämmerte gegen die Rippen. Die anderen würden sich doch hoffentlich das Kennzeichen aufschreiben? Meine Beine taten weh. Wie wollte sie bloß das Gaffa wieder von meinen Augen herunterbekommen? Sie würde mir die Wimpern und Brauen aus der Haut reißen! Wie würde ich dann wohl aussehen? Wie lange dauert es eigentlich, bis so was wieder nachgewachsen ist? Und was wäre, wenn ihr Kennzeichen gefälscht war?!

»So, Baby«, hörte ich sie drohend zischen, »und nun rate ich dir, so wenig wie möglich zu zappeln. Falls du der Meinung bist, du könntest unser Schiff zum Kentern bringen, lass dir gesagt sein, dass unter unseren Rädern kein Wasser fließt, sondern schöner, fester Asphalt. Deine Füße sind gefesselt. Auf deinen hübschen Beinen, die wir eigentlich noch brauchen, würden dreihundert Kilo Stahl zu liegen kommen. Das würde nicht gut aussehen.«

Ich hatte verstanden. Ich zwang mich, ruhiger zu atmen, um nicht mehr so zu zittern. Ich spürte, wie sie sich vor mich setzte, der scharfe Geruch von Leder, Motoröl und Schweiß biss in meine Geruchsnerven. Sie griff nach meinen Handgelenken, schlang meine Arme nach vorn, vor ihren Bauch, kaltes Metall rastete klickend ein. Sie hatte mir Handschellen angelegt! Das Motorrad sprang an. Ich habe wirklich keine Ahnung von Motorrädern, aber vom Geräusch her klang es, als hätte ich so ungefähr tausend Pferde zwischen den Schenkeln. In jeder anderen Situation wäre mir das spannend und aufregend vorgekommen, aber so?

Wir fuhren los. Sie beschleunigte, bremste ab, blieb stehen, beschleunigte, bog mal nach links, mal nach rechts und legte sich manchmal in weite Kurven. Ich hatte keinen blassen Schimmer, wo wir uns in etwa befinden könnten. Anfangs hatte ich noch mit meinem räumlichen Empfinden versucht zu rekonstruieren, wo wir abbogen oder geradeaus fuhren. Doch schon bald blickte ich nicht mehr durch, es hatte keinen Sinn, ich gab auf. Ich hatte zwar den Eindruck, dass wir in Richtung Osten fuhren, aber das machte es ja nur noch schwieriger, denn weder die Straßen noch die Geräusche des Ostens waren mir hinreichend vertraut, um zu erahnen, wo wir sein könnten. Nichts ergab einen Sinn. Wer war sie? Wo wollte sie hin? Was hatte sie vor?

Ich rechnete jeden Moment damit, ein entferntes Martinshorn zu hören, das mir gälte. Bestimmt hatte jemand aus dem *Roses* die Polizei gerufen. Oder vielleicht fiel ja irgendeinem Autofahrer auf, dass eine junge Frau, an ein Motorrad gefesselt, durch Berlins Straßen gefahren wurde. Das musste doch irgendjemandem komisch vorkommen?

Irgendjemandem! Die Berliner riefen schließlich wegen jedem Pup nach der Polizei. Wir fuhren und fuhren … Der Verkehrslärm um uns ebbte ab, nur noch selten hörte ich das Geräusch eines Autos. Meine Nasenschleimhäute schwollen ein wenig an. Aus alldem schloss ich, dass wir uns inzwischen in einem Berliner Randbezirk befinden mussten beziehungsweise vielleicht sogar schon außerhalb der Stadtgrenze waren, denn die Pollenbelastung nahm zu.

Von nun an verwandte ich all meine Energie und all meine Gedanken darauf, die steigende Panik zu bekämpfen.

In einer nicht endenden Litanei sagte ich mir in Gedanken die immer gleichen Sätze vor: ›Heuschnupfen ist harmlos! Das ist weder Asthma noch Pseudo-Krupp. Du wirst nicht ersticken. Deine Nase wird nicht zuschwellen. Du bekommst ganz normal Luft. Du musst dich nur ein bisschen mehr anstrengen. Es ist völlig in Ordnung, dass deine Nase tropft. Heuschnupfen ist harmlos. Das ist weder Asthma noch Pseudo-Krupp. Du wirst nicht ersticken ...‹ Die Sätze verselbständigten sich, verloren Inhalt und Bedeutung, ich wurde ruhig, beinahe gleichgültig gegen alles. Ich konnte nichts tun. Gar nichts.

Sie ging vom Gas. Wir rollten vorsichtig in eine Rechtskurve. Unter den Reifen knirschte Kies. Das Motorrad schlingerte ein wenig. Wir rollten in eine Garage oder einen Schuppen, denn plötzlich war das Dröhnen des Motors ohrenbetäubend. Sie würgte ihn ab. Es roch nach Abgasen, Muff und feuchten Mauern. Ich speicherte jede Wahrnehmung, denn spätestens seit der Reemtsma-Entführung wusste jedes Kind, wie wichtig das Sammeln von Details werden könnte. Als ich mir der Stille, die uns umgab, bewusst wurde, stieg urplötzlich wieder Panik in mir auf. Tatsächlich, während wir gefahren und gefahren waren, hatte ich meine Angst vollkommen vergessen, ich hatte mich eingelullt und beruhigt. Hier, in der Abgeschiedenheit eines Schuppens, ohne das stetige Rollen der Räder, wurde die Fremde zur Gefahr. Wie eine erstickende Faust bohrte sich Angst von innen gegen meine Kehle. Ich rang nach Luft. Leises Klirren drang an meine Ohren. Ein Schlüsselbund? Tatsächlich, sie griff meine Hände und öffnete die Handschellen, instinktiv rieb ich die Gelenke, aber kein Gefühl von Befreitheit wollte mich durchdringen. Im Gegenteil. Sie stieg ab, fesselte meine Hände erneut, diesmal auf dem Rücken.

»So, Schätzchen«, raunte sie nah an meinem Ohr, »nicht vergessen, dieses Gefährt ist ziemlich schwer, und deine Beinchen sind recht zart.« Mit diesen Worten ging sie. Was sollte das nun wieder? Ihre Schritte entfernten sich, verklangen. Mir lief ein Tropfen aus der Nase. Ich schniefte ihn hoch. Das erste Mal, seit sie mich von meinem Barhocker weg entführt hatte, empfand ich so etwas Ähnliches wie kalte Wut. Wollte sie mich etwa hier, in irgendeiner Garage des Berliner Umlandes vergammeln lassen? Das hatte ich nicht verdient. Außerdem, diese Scheißkarre könnte ja von selbst umfallen, einfach so! Was wäre zum Beispiel, wenn ich einschliefe? Ich schniefte Rotz hoch. Verfluchter Heuschnupfen, dabei flogen doch angeblich nachts nicht so viele Pollen herum.

Die Minuten vergingen, klebten sich aneinander, verwandelten sich in das dunstige Grau eines Dezemberabends, waren ohne Anfang und Ende. Die Minuten vergingen, reihten sich vielleicht zu Stunden, vielleicht zu Tagen, ich verlor jedes Zeitgefühl. Um nicht wahnsinnig zu werden, begann ich zu zählen, ich zählte von eins bis tausend und wieder bis eins. Wenn ich nicht zählte, überfielen mich Fragen nach dem Warum? Warum ich? Und dann zwang ich mich, wieder zu zählen. Als ich vereinzeltes Vogelgezwitscher hörte und daraus schließen konnte, es müsse nunmehr kurz vor Tagesanbruch sein, war ich überrascht. Erst drei oder höchstens vier Stunden saß ich hier? Ich hörte dem anbrechenden Morgen zu, und dann zählte ich wieder. Ich zählte inzwischen alles, meine Atemzüge, meine Zehen, die Knochen meiner Hände, alle Affären, die ich je gehabt, auch jene, die ich zwischendurch verdrängt hatte. Die Zeit war inzwischen keine Zeit mehr, nur noch eine undefinierbare, quälende Masse, als würde ich in Hafergrütze schwimmen. Okay, sie wollte mich hier verfaulen lassen? Sie wollte, dass ich mich zu Tode ängstigte? Ich zählte! Ich zählte! Von weit her, und so vorsichtig wie ein Mikado-Stäbchen, das man sachte führt, weil sonst der ganze fragile Haufen zum Einsturz kommt, so vorsichtig und sacht drängte sich etwas in meine Gedanken. Noch wurde es von Fragen und Ängsten verschüttet, aber es würde wachsen, und dann bekäme es einen Namen. Und dann hieße es Durst! Ich zählte. Ich zählte. Ich fühlte beißendes Stechen in meinen Fingern, bewegte im Rhythmus der Zahlen meine Handgelenke in den Metallfesseln hin und her. Ich zählte. In das autistische Immerwieder meiner Zahlenkolonnen mischte sich das Geräusch von knirschendem Kies unter schweren Stiefeln. Ich hörte auf zu zählen, drehte suchend meinen blinden Kopf in ihre Richtung. Ich roch das Leder, hörte ihren Atem, wieder verstrichen endlose Sekunden, Schweiß brach aus meinen Handflächen. Was hatte sie vor? Was würde sie tun? Wieso sagte sie nichts? Ihre Jacke knirschte, sie stand direkt neben mir, da, ihre Hände griffen in mein Gesicht, sie öffnete sanft den Verschluss des Riemens unter meinem Kinn, zog den Helm von meinem Kopf, ich spürte mich leichter werden. »Guten Morgen, Schätzchen. Hast du gut geschlafen?« Und mit dieser zynischen Frage riss sie mir das Gaffa vom Mund. Ich stöhnte auf, spürte dem brennenden Schmerz hinterher, sog tief die Luft in meine Lungen und flüsterte: »Wie spät ist es jetzt?«

Das mag einem, gemessen an meiner Situation, absurd vorkommen, aber wenn man bedenkt, dass Zeit für uns Menschen eines der wenigen Dinge ist, die wir glauben zu begreifen, wenn man bedenkt, dass wir weder Liebe noch Furcht erklären können und der Strom zwar aus der Steckdose kommt, aber seine Entstehung nach wie vor ein Mysterium bleibt, wenn man bedenkt, dass man einen Minutenzeiger auf der Uhr beobachten kann und sieht, wie die Stunden vergehen, und wenn eben diese ZEIT sich innerhalb einer blinden, durchzählten Nacht in NICHTS auflöst, dann kann man begreifen, dass diese Frage unter Umständen tatsächlich die dringlichste des Lebens werden kann.

»Halb zehn«, sagte sie ohne eine Spur von Verwunderung, »halb zehn vormittags.«

»Wirst du mich umbringen?«

»Aber woher denn! Erst mal wird gelebt, das Sterben kommt von ganz allein.«

»Was hast du mit mir vor?«

»Ich werde jetzt deine dreckigen Füße von meinem schönen Motorrad abschneiden.«

Ich spürte erneut ihre Hände, hörte das Schneiden und Reißen von Textil.

»Und jetzt?«

Sie lachte. Sie lachte ein volles Lachen, von unten herauf. Meine Nackenhaare stellten sich auf. Sie tätschelte mir die Wange und wiederholte meine Frage, als wollte sie mich verhöhnen: »Und jetzt? … Schätzchen, jetzt steigst du ab.«

Wie? Ich rührte mich nicht.

»Steig ab!«

Es ging nicht. Selbst wenn ich gewollt hätte, es wäre nicht gegangen. Abgesehen davon, dass die rücklings gefesselten Hände mich in meiner Bewegungsfreiheit einschränkten und ich nicht gewusst hätte, wie ich mich, ohne mich irgendwo abstützen zu können, von diesem stählernen Ungetüm hätte herunter bewegen sollen, abgesehen davon hatte ich keinerlei Gefühl mehr in den Beinen. Es ging einfach nicht.

»Ich kann nicht.«

Schon packte sie mich unter den Achseln, hob mich hoch, als wäre ich nichts weiter als eine Milchtüte, und ließ mich auf den Boden fallen. Gut, es war vielleicht nur ein Sturz von einem halben Meter, aber ich fiel auf Beton, und das tat weh. Ich schrie auf. Sie lachte dröhnend. Immerhin spürte ich jetzt meine Beine wieder, ich streckte sie, fühlte den zerrenden Druck der blauen Flecken und empfand ob all meiner Lebendigkeit widersinnigerweise so etwas wie Zuversicht.

»Los, steh auf«, hörte ich ihre Stimme von weit oben. Sie besaß wieder jenen drohenden Unterton von gestern Nacht. Ich rollte mich auf den Bauch, rappelte mich wie ein Käfer auf die Knie, ich spürte das Demütigende der Situation, mein Gesicht lag auf dem Betonfußboden, und ich zwang die Wut beiseite, denn es hatte keinen Sinn, ich konnte mich nicht wehren. Zähneknirschend bäumte ich mich auf. Auf den Knien verharrte ich, wartete, dass sie mir aufhelfen würde, was sie aber nicht tat. »Los, mach schon«, zischte sie nur. Ich mühte mich ab, es musste sehr lächerlich aussehen, wie ich da versuchte, auf die Füße zu kommen. Endlich stand ich und bekam sofort einen Stoß in den Rücken, sie stieß mich vor sich her, über den Kiesweg. Ich spürte die Wärme der Sonne, hörte die Vögel, roch den Duft des späten Frühlings, von Obstblüten, Wiesen, schwerer, satter Erde und etwas unangenehm Saurem, das ich nicht einordnen konnte. Ich hob den Kopf in den Nacken, reckte ihn zur Sonne. Ein Windhauch streichelte mein Gesicht. Das heiße Jucken auf der Haut unter dem Klebeband stand in krassem Gegensatz zu dieser flüchtigen Berührung. Ich versuchte, meine Augen und Wangen an den hochgezogenen Schultern zu scheuern, was mir jedoch nicht gelang. Urplötzlich hatte der Kiesweg ein Ende, meine Füße strauchelten in weicher Erde, ich blieb stehen.

»Weiter«, flüsterte sie und stieß mir wieder in den Rücken. Gut, dann eben weiter. Unter meinen Sohlen bäumten sich klobige Grasnarben, ich suchte vorsichtig meinen Weg, bis sie mich festhielt, an den Schultern nahm und drei Treppenstufen aufwärts in ein Haus führte. Diesmal war es ein Haus, kein Schuppen. Ein bewohntes Haus, das konnte ich deutlich riechen. Der Geruch einer deftigen Mahlzeit hing noch im Raum. Vielleicht Eier mit Speck und Zwiebeln? Mein Magen knurrte.

»Und?«, hörte ich die fragende Stimme einer weiteren Frau. Das musste die andere sein, die meine Füße ans Motorrad gefesselt hatte. Gestern waren sie zu zweit gewesen, natürlich, es war die andere. Ich erkannte ihre Stimme wieder, diesen nasalen Beiklang. Offenbar war sie vorausgefahren.

»Oh, alles in bester Ordnung. Unser kleines Schätzchen ist gut beieinander. Ich brauche dich nicht mehr. Wenn du alles vorbereitet hast, kannst du jetzt gehen.«

»Na klar ist alles vorbereitet. Okay, dann gehe ich jetzt. Falls du mich doch noch brauchst, ich nehme für alle Fälle das Handy mit.«

»Ich sagte bereits, dass ich dich nicht mehr brauche«, wiederholte meine Entführerin scharf, »du kannst gehen. Lass das Handy da. Von nun an hast du mit der ganzen Sache nichts mehr zu tun. Verstanden?«

»Verstanden.« Die Antwort klang gleichmütig. Schritte entfernten sich.

»Oder«, ganz offenbar sprach sie zu mir, »was meinst du? Brauchst du noch irgendetwas?«

»Ich muss mal«, flüsterte ich, »und ich hab' Durst.«

»Oh«, sagte sie nach einem Moment und klang zum ersten Mal einen Hauch verblüfft, »dafür brauchen wir denn doch nochmal die Süße. Und das andere, das kannst du dir abschminken, Trinken is nicht.« Sie pfiff kurz und befehlend auf ihren Fingern. Die Schritte kehrten zurück.

»Na, doch was vergessen?«, näselte sie mit leichtem Spott.

»Wie man's nimmt. Das Schätzchen möchte ihr Wasser abschlagen. Und das fällt ganz eindeutig in dein Revier.«

»Na los«, lachte sie in meine Richtung, »dann komm mal.«

Im Verhältnis zu dem, was ich bisher an Behandlung von ihnen gewohnt war, wurde ich geradezu sanft über einen Pfad von Kopfsteinpflaster oder etwas Ähnlichem geführt. Ich prägte mir alles ein.

»Hier«, sagte sie. Wir blieben stehen. Sie zog mir kurzerhand die Hosen runter, bis an die Knöchel.

Verwirrt und beschämt blieb ich stocksteif stehen.

»Ich verstehe nicht«, murmelte ich.

»Oh doch, du verstehst ganz gut. Und erwarte bitte nicht, dass ich dich abhalte wie ein Kleinkind.«

Sollte ich mich etwa hier hinhocken? Während sie neben mir stand? Das konnte ich nicht. Heiße Röte schoss mir ins Gesicht.

»Ach, wie niedlich. Sie schämt sich! Hock dich einfach hin, ich verspreche dir, dass ich mich umdrehe.«

Was blieb mir anderes übrig? Ich hoffte inständig, mich in Luft aufzulösen, oder wenigstens nicht meine Jeans zu bepinkeln, gesetzt den Fall, ich würde überhaupt pinkeln können.

Ich löste mich nicht in Luft auf. Die Natur suchte sich ihren Weg. Ich wurde angezogen und zum Haus zurückgeführt. Diesmal verabschiedeten sie sich endgültig, ich hörte ein Motorrad anspringen und sich rasch entfernen. Ganz egal, was von nun an mit mir geschehen würde, es gäbe keine Zeugen mehr. Es gab nur noch sie und mich.

»Los, komm, wir sind jetzt allein. Komm endlich rein, leg dich dort hin, da liegt eine Matratze. Mach's dir gemütlich.« Während sie redete, führte und stieß sie mich in eine Ecke, warf mich zu Boden. Ich landete bäuchlings auf einer Matratze, die nach feuchtem Keller roch und sicher auch einmal bessere Tage gesehen hatte. Wer, außer mir, mochte hier schon alles gelegen haben?

»Los, leg dich auf die Seite.« Ich gehorchte einfach. Sie nahm meine Hände, bog die Arme weit nach hinten. Eine

Kette klirrte, offenbar hatte sie mich an einer Mauer festgebunden. »Und nun schlaf ein bisschen. Ich wecke dich später.«

Schlafen!? Die war ja nicht ganz bei Verstand. Wie könnte ich schlafen? In solch einer absurden Situation, entführt, in der Gewalt einer Verrückten, einem ungewissen Schicksal entgegenblickend, hungrig, durstig, nicht wissend, was das alles sollte, völlig konfus von all den Fragen, die sich in der Nacht einsam in meinem Kopf gedreht hatten. Nichts ergab einen Sinn. Was hatte ich ihr getan? Ich kannte sie nicht. Wie hätte ich schlafen sollen?

»Bitte, sag mir doch endlich, was das soll? Warum quälst du mich so? Du musst dich irren. Es handelt sich bestimmt um eine Verwechslung.«

Vielleicht war sie ja eine Art Berufskiller? Vielleicht hielt sie mich für einen Drogenkurier?

»Nein, Schätzchen, tut mir leid, das ist keine Verwechslung. Ich meine dich. Genau dich!«

»Aber warum nur? Warum? Warum ich? Was hast du mit mir vor?« Meine Stimme klang wie Weinen. Ich hörte das Knarren ihres Leders, sie kam näher, ich spürte, dass sie sich zu mir beugte, ich roch ihren Atem. Ich flüsterte verzweifelt: »Was willst du bloß von mir?«

»Was ich will?« Sie raunte beinahe tonlos, ihre Stimme klang ohne jedes Gefühl, als wäre es nur das Knistern von Aluminiumpapier. »Du möchtest wirklich wissen, was ich von dir will?«

»Ja«, beharrte ich.

Sie stand auf. »Ich will, dass du vor Geilheit heulst. Ich will, dass du um meine Faust bettelst. Ich will, dass dir dein Saft vor Begierde die Schenkel runter läuft. Ich will, dass du willst, dass ich dich ficke, bis dir die Möse in Fetzen runterhängt.«

Eine Tür krachte ins Schloss.

Ich war vollkommen sprachlos!

Erstarrt lag ich auf der Matratze und rang um Fassung.

Ich musste mich verhört haben!

Hatte sie eben tatsächlich das gesagt, was ich glaubte, gehört zu haben?

Sie hätte mich ebenso gut mit ihren Stiefeln in den Solarplexus treten können, die Wirkung hätte kaum lähmender ausfallen können.

Das war doch alles nicht mehr wahr. Das wurde immer verdrehter. Sie war wahnsinnig, vollkommen wahnsinnig. Ich musste hier weg, ich musste unbedingt hier weg. Ich wand mich, bis ich auf dem Bauch lag, zerrte an meinen Fesseln, vielleicht hatte ich Glück und würde die Verankerung aus der Mauer reißen können. Ich musste unbedingt hier weg. Ich zerrte, hörte Metall auf Metall, hörte den Mauerputz, der auf die Matratze rieselte. Aber die Verankerung saß zu tief, sie rührte sich nicht wirklich, ich war gefangen! Ich war völlig hilflos in der Gewalt dieser Wahnsinnigen.

Erschöpft blieb ich liegen und lauschte meinem eigenen Schluchzen. Oh verdammt, es waren natürlich keine Spielzeug-Handschellen, die sie mir angelegt hatte. Durch das Gezerre hatten sich die Metallbügel enger geschlossen, sie schnitten in die Haut. Ich öffnete und schloss panisch meine Finger, um die Blutzirkulation aufrechtzuerhalten. Auch das noch. Verdammte Scheiße! Meine Hände, sie würden absterben. Ich bin Schriftstellerin, ich brauche meine Hände. Ich schniefte Rotz hoch. Es sollte aufhören, bitte! Vielleicht war alles nur ein Traum und ich würde gleich erwachen? Nein, nein es war kein Traum, ich wusste es natürlich, leider war es kein Traum. Es war verdammte Wirklichkeit, obwohl es tatsächlich so wahnwitzig schien wie ausgedacht, als hätte sich das irgendjemand ausgedacht, ich zum Beispiel, wer weiß? ›Ach Quatsch‹, mahnte ich mich, ›bleib ruhig, bleib ganz ruhig, du darfst jetzt nicht durchdrehen, du musst einen kühlen Kopf behalten, auch wenn du überhaupt gar nichts tun kannst als nur warten, musst du trotzdem ruhig bleiben. Deine innere Ruhe ist vermutlich die einzige Waffe, die du hast. Wenn du jetzt durchdrehst, wenn du jetzt einen deiner berühmten Schreikrämpfe kriegst, dann hat sie schon gewonnen, gewonnen noch bevor sie ihre eigentliche Attacke ritt. Das darfst du ihr nicht gönnen. Sie ist wahrscheinlich eine Perverse, sie weidet sich an deiner Angst, das gibt ihr Genugtuung, das verschafft ihr sexuelle Befriedigung, das wirst du ihr doch nicht gönnen?‹

»DOCH!«, schrie ich, »ICH HABE ANGST! Hilfe! Hilfe! Hört mich denn niemand?!«

Egal, was meine Vernunft sagte, ich hatte eine Scheißangst. Meine Hände begannen abzusterben, ich hatte seit etwa sechzehn Stunden nichts mehr gegessen, das bescheuerte Bier, diese lauwarme Suppe, war das Letzte, das ich zu mir genommen hatte, ich litt inzwischen furchtbaren Durst, er brannte auf meiner trockenen Zunge, ich hatte nicht geschlafen, meine Beine taten weh, und ich hatte eine verdammte SCHEISSANGST.

Ich rieb meine zugeklebten Augen über die raue Matratze. Dieses Jucken, es sollte aufhören. Alles sollte aufhören!

Die anderen, die aus der Bar, jemand musste sich doch das Kennzeichen notiert haben. Bestimmt suchten sie schon nach mir? Oh Mist, das Motorrad stand in der Garage, man würde es nicht finden können. Das KFZ-Amt, bestimmt hatten die ihre Adresse! Jemand müsste ihre Adresse über das Amt ausfindig machen. Jemand sollte mich suchen! Und finden! Ich wollte hier weg, ich wollte nach Hause … In Gedanken schrie ich nach der Geliebten! Nach der starken, vertrauenerweckenden Geliebten, die inzwischen sicher schon bei mir angerufen hatte und sich Sorgen machte, wo ich wohl sein könnte, und vielleicht dachte sie, ich läge bei einer anderen, weil sie das immer dachte, zumindest sagte sie immer, dass sie das denkt, und ich sagte ihr ein ums andere Mal, dass ich keine andere sähe, dass ich keine andere begehrte, geschweige denn bei einer anderen liegen wollte, und dass ich ein treues, deutsches Mädel wäre. Der ewige Streitpunkt. Nur, weil sie ständig irgendwelche Mädels sah, die sie spannend fand, meinte sie, mir müsste es auch so gehen, das läge in der Natur der Frau, und ich würde sie belügen.

Aber ich habe sie nie belogen. In all der Zeit habe ich keine andere gewollt, und auch jetzt lag ich ganz sicher nicht aus freien Stücken hier in diesem Raum. In Gedanken schrie ich nach ihr. Hol mich hier raus! Sie hatte doch gesagt, sie wolle mich beschützen, immer, vor allem. Und jetzt lag ich hier, einsam, auf einer muffigen Matratze, gefesselt, blind, in der Gewalt einer sadistischen Irren. Wer weiß, was mich noch alles erwarten würde? Man las ja immer so furchtbare Sachen in der Zeitung! Vielleicht würde in ein paar Wochen ein ahnungsloser Spaziergänger meinen Kopf in einer Plastiktüte finden und spielende Kinder meine abgehackten Hände. Der Rest wäre verschollen. Und diese Wahnsinnige, sie konnte doch nicht allen Ernstes glauben, dass irgendjemand, irgendeine auf dieser Welt, vor Verlangen um ihre Faust betteln würde. Sie sollte sich ihre Hände mal besehen, groß wie Mühlsteine, das grenzte ja an Selbstmord. Da könnte ich ebenso gut einen Volleyball fragen, ob er mich nicht mal eben ficken wolle, der würde mir ebenso viel Vergnügen bereiten wie eine ihrer Fäuste. Obwohl, wenn ich ehrlich sein sollte, wusste ich gar nicht sicher, wie groß ihre Hände wirklich waren, es war ja alles so schnell gegangen, und auf ihre Hände hatte ich nicht unbedingt geachtet, aber sie selbst, sie war sehr groß, das wusste ich noch genau, und dass ich nach Hause wollte, das wusste ich ebenfalls.

Und über all meine wirren Gedanken, über all meine Verzweiflung siegte dann doch die Erschöpfung. Ich fiel in einen Abgrund aus schwarzem Schlaf.

Ein durchdringender, gellender Schrei riss mich hoch. Im selben Augenblick spürte ich den Schmerz, sah ich ein schwaches Licht. Sie hatte mir das Gaffa von den Augen gerissen! Während ich schlief! Und so, wie mir jetzt das Gesicht brannte, war ich mir ganz sicher, dass sie mir sämtliche Wimpern und die Augenbrauen mitsamt Wurzeln herausgerissen hatte. Böse funkelte ich sie durch einen Schleier aus Tränen an. Ich würde niemals um ihre Faust betteln! Ich bettelte um Rettung. Sie lachte. »Los, dreh dich mal mit dem Gesicht zur Wand.« Ich tat wie mir befohlen. Sie löste meine Fesseln und murmelte: »Oh oh, da war aber jemand ein böses Mädchen, die Hände sehen gar nicht gut aus.« In jedem ihrer Worte lag pure Ironie. Sie drückte mir einen eiskalten, triefenden Lappen in die Hände, ich setzte mich auf, presste ihn übers Gesicht und auf meine brennenden Augen. Unwillkürlich sog ich so viel Wasser wie möglich aus dem Stoff. Es schmeckte nach Spülmittel und altem Fett. Es schmeckte köstlich.

»Keine Panik, Schätzchen, ist noch alles dran. Fühlt sich immer viel schlimmer an als es dann tatsächlich ist. Wie sagt man so schön? Es wird dir kein Haar gekrümmt.« Und wieder lachte sie dröhnend, als hätte sie einen unglaublich guten Witz gemacht. Als der Lappen ausgesogen war und nicht mehr kühlte, legte ich ihn langsam beiseite und massierte dann meine blutunterlaufenen Handgelenke. Die Haut am linken Daumen blieb ohne Gefühl. Ansonsten schienen meine Hände intakt. Ein Glück. Ich sah mich vorsichtig um.

Der Raum hatte zwei Türen. Eine Eingangstür, und gleich daneben eine kleinere Zimmertür. Geradeaus war ein Fenster, draußen dämmerte der Abend. Im schwachen Schein einer einzelnen Birne, die lose von der Decke baumelte, prägte ich mir die Einzelheiten ein. Es war ein schäbiger Raum, roher Putz an den Wänden, es musste Jahrzehnte zurückliegen, dass jemand die Wände gestrichen hatte oder den abblätternden Fußboden lackiert. Ein Tisch stand an der Wand und ein dreibeiniger Schemel, alles uralt, und trotzdem roch es bewohnt, da war ich mir ganz sicher, und es war auch nicht dreckig, im Gegenteil, der Boden war offensichtlich frisch gewischt. In der Ecke stand ein Eimer. Ich wurde aus dem, was ich sah, nicht schlau.

Mein Blick streifte sie und blieb hängen. Sie war wirklich sehr groß, das stimmte schon, wenn auch nicht zwei Meter, wie es mir gestern erschienen war, aber eins neunzig sicher, und sie war auch sonst sehr imposant, wie eine gotische Kirche. Sie war nicht fett, aber mächtig. Sie war massig, als hätte sie jahrelang auf dem Bau geschafft. Ihre Hände, nun ja, besagte Hände eben, also, ich konnte mir vorstellen, dass sie gewohnt waren zuzupacken. Auch wenn sie nicht wirklich riesig waren, waren sie doch zu groß. Ihre Hände wirkten sehr stark. Alles an ihr war groß, und alles an ihr wirkte stark. Wie sie da so stand, nicht etwa Spielbein-Standbein, nein, sondern das Gewicht gleichmäßig verteilt, Hände in die Hüften gestützt, schwarze Lederhose, schwarze, geschmeidige Lederweste, schwarze Stiefel … die nackten, muskulösen Oberarme … auf beiden Unterarmen schlängelten sich geflügelte, feuerspeiende Drachen, deren Flammenatem sich bis über die Handgelenke und die Handrücken ausbreitete. Mächtige, geradezu bedrohliche Oberweite. Ihr Halsumfang in etwa das doppelte von meinem. Alles in allem schätzte ich sie auf gut hundertzehn Kilo, eher noch mehr. Und über der ganzen, unglaublichen Erscheinung prangte dann noch dieses schöne, scharfgeschnittene Gesicht: Rasierter Schädel mit schwarzem Mephisto-Tattoo, große, mokkabraune Augen, dicht umwimpert, gelassener, ruhiger Blick …

Meine Musterung hatte keine fünf Sekunden gedauert. Ich blickte zu Boden, musste mir jedoch eingestehen, dass, würde ich sie in einer Bar oder Disco entdecken, ich würde sie anstarren. Aber nur kurz! Denn ich bin treu, und glücklich, und mich interessiert keine andere. HOL MICH HIER RAUS!

»Na, alles gesehen? Und?«

Ja klar, ich hatte fast schon vergessen, dass sie natürlich Gedanken lesen konnte.

»Sehr beeindruckend. Du solltest zum Film«, erwiderte ich, bemüht, eine ordentliche Portion Sarkasmus in meine Stimme zu legen, um meine Unruhe zu verdecken.

Sie zog nur eine Augenbraue in die Stirn. »Schätzchen, das wird der beste Film, den du je gesehen hast. Und stell dir vor, du spielst die Hauptrolle. Na komm, mir kannst du es doch sagen, ich bin deine heimliche Traumfrau.«

»Wohl eher die Frau meiner Albträume. Soll ich dich vielleicht mit Herrin anreden? Oder lieber Meisterin?«

»Rede so viel du willst, was du willst, und solange du es noch kannst.«

In meinem Gehirn türmten sich stumme Fragezeichen.

Sie stieß mich leicht mit ihrer Stiefelspitze, ich rappelte mich hoch, blickte sie fragend an.

»Siehst du den Eimer dort in der Ecke?«

Ich nickte.

»Wenn du willst, darfst du jetzt pissen. Und ich rate dir, das Angebot anzunehmen. Könnte sein, dass ich dir das nicht allzu oft anbiete.«

Mein Stolz und mein Schamgefühl mussten schon erheblich gelitten haben, anders konnte ich mir nicht erklären, dass ich sofort die Hosen runterließ, ihr den Rücken zuwandte und mich auf den Eimer hockte. Als ich fertig war, hörte ich hinter mir ihre Stimme, die langgezogen und höhnisch sagte: »Übrigens ...« Ich drehte mich um. In der Hand hielt sie ein großes Glas Milch. Sie streckte es mir entgegen. Mit fiesem, breitem Grinsen beendete sie den angefangenen Satz: »...du hättest nicht das Spülwasser schlürfen müssen. Das ist hier zwar kein Hotel, aber ich hab' nichts davon, wenn du mir ohnmächtig zusammenklappst.«

Zögernd hob ich die Hände. Ich behielt meine Entführerin genau im Blick, rechnete jeden Moment damit, dass sie das Glas wieder wegnähme, um mich weiter zu quälen. Sie nahm es nicht weg! Ich griff gierig zu, für einen Moment berührten sich unsere Finger. Dann stürzte ich die Milch in einem Zug runter, trotz meiner Hast war ich sorgsam bemüht, nichts zu verschütten. Ich begann zu zittern. Tränen stiegen mir in die Augen. Eine merkwürdige Welle aus Dankbarkeit durchströmte mich. Wie kann ein Mensch seinem Folterer dankbar sein?! Meine Welt stellte sich auf den Kopf!

»Und jetzt, da entlang«, sagte sie und nickte in Richtung der im Schatten liegenden Zimmertür. Auch wenn ich nicht wusste, was mich erwarten würde, wusste ich doch genau, dass, sobald wir diese Tür durchschritten hätten, etwas seinen Anfang nähme, von dem kein Weg mehr zurückführte. Ich zögerte. Kurz überlegte ich, was wohl wäre, wenn ich einfach losrannte. Ich war nicht mehr gefesselt und sie stand das erste Mal nicht zwischen mir und der Eingangstür. In meiner Jugend war ich eine recht passable Langstreckenläuferin. Ich hätte vielleicht eine Chance. Aber dann verwarf ich den Gedanken genauso unvermittelt wie er mir gekommen war. Draußen war es dunkel, ich kannte mich nicht aus, und meine namenlose Gebieterin würde mich nach spätestens einhundert Metern wieder am Wickel haben. Ich wollte sie nicht unnötig reizen, also ging ich langsam vor ihr her, wartete vor der Tür. Fast hätte ich aufgelacht, als ich den Riegel an der Eingangstür bemerkte. Ich wäre also nicht einmal drei Meter weit gekommen, geschweige denn hundert. Sie öffnete die Tür nach nebenan. Ich schnappte nach Luft. Mein Körper erstarrte. Sie stieß mich voran.

Dann schlug sie mich ans Kreuz.

Nicht an irgendein Kreuz, und nicht mit Nägeln. Viel furchtbarer! Ich konnte wieder sehen, und was ich sah, nahm mir den Atem, trieb mir erneut Röte ins Gesicht. Ihre Drohungen drehten sich in meinem Kopf bis mir schwindlig wurde. Ihre Hände waren überall zugleich, und ich sah das Leder an den Wänden. Und den Raum. Ein Studio? Ketten, Metall, Werkzeuge. Ein Andreaskreuz, freistehend, mitten im Raum. Das Kreuz und ich und sie und alles und sonst nichts. Und Bilder im Kopf. Und eine hassenswerte Möse zwischen den Schenkeln, die von einem glühenden Blitz getroffen wurde, der ein dumpfes Pochen zurückließ. Und meine schmerzenden Augen und meine Scham und sie. Und meine Beine, die nicht mehr stehen wollten, sondern liegen, und SIE. Zu groß. Zu viel. Und die Geliebte: Rette mich!

Streckbank? Folterknechte? Hexenverfolgung? Rette mich! Wenn sie, die schwarze Riesin, mich meinte … und sicher war, MICH zu meinen und keine andere, dann musste doch irgendein Sinn dahinter stehen. Welcher? Entwürdigt hing ich an dem Kreuz, bereit zu sterben. Lieber sterben als sie zu wollen. Und sie? Sie schlug mich. Schlug mich ans Kreuz. Mit diesen Händen, farbige Flammen auf der Haut, schlug, nahm, fesselte sie mich, und diesmal waren die Fesseln aus Leder.

Unverwandt blickte sie mir in die Augen. Ruhig. Tief. Glasklar und hart. Ich senkte die Lider, was die Sache auch nicht besser machte, denn hinter den geschlossenen Lidern stürzten Bilder übereinander, Bilder, die sich zusammensetzten aus all dem Gesehenen, den Drohungen und meinen Befürchtungen. Ich habe eine lebhafte Phantasie, also blickte ich doch lieber in ihre Augen, was mir das kleinere Übel schien. Sie lächelte. Jedoch nur mit dem Mund. Ihr Blick blieb unverändert. Dann wandte sie sich ab.

Da stand ich also. Ich versuchte mir vorzustellen, wie ich wohl aussah. Wahrscheinlich ziemlich lächerlich, mit Jacke und Sweat-Shirt, mit Jeans und farbbekleckerten Turnschuhen, in dieser unmöglichen Situation. Wenn ich mich hier umblickte … das reinste Horrorszenario. Das musste man ihr lassen, sie war perfekt eingerichtet. Angeblich war das ja der Traum vieler Frauen: Hilflos ausgeliefert, dem Willen einer anderen unterworfen. Na, ich weiß nicht. Ich fühlte mich ganz bestimmt nicht wie in einem Traum, kam mir eher ein wenig dämlich vor, aber mein Atem ging trotzdem schneller. Was genau hatte sie vor?

Ich hörte sie zurückkommen, drehte den Kopf. Da stand sie, in der rechten Hand ein Teppichmesser! Sie legte es mir sanft an den Hals, direkt unterhalb der Kehle spürte ich den leichten Druck des Metalls. Also doch die Nummer mit dem Kopf in der Plastiktüte?

Sie schnitt. Sorgfältig führte sie die Klinge abwärts, durchtrennte mein Shirt in der Mitte, umfasste mich, schnitt an meinem Rücken hinab. Ich roch ihren Schweiß, scharf und männlich wie eine Mischung aus Sandelholz und Moschus, hörte das Geräusch der schneidenden Klinge im Stoff. Sie schob die Reste meiner Kleidung langsam über die Schultern, die Arme entlang aufwärts und ließ die Fetzen nachlässig über den Unterarmen hängen. Sie öffnete meinen Gürtel mit einer einzigen, schnellen Bewegung, zog ihn durch die Schlaufen der Jeans, öffnete den Reißverschluss, umfasste meine Hüften und durchtrennte sorgfältig die Mittelnaht über meinem Hintern, die Kreuznaht im Schritt, legte das Messer zur Seite und riss mit einem kurzen, heftigen Ruck die Endpunkte des Reißverschlusses auseinander. Der Stoff glitt an meinen Beinen abwärts.

»Sehr schön sieht das aus«, sagte sie so leise, dass ich Mühe hatte, sie durch das Rauschen des Blutes in meinen Ohren hindurch zu verstehen. In meinem Rücken und über dem Bauch brannten die feinen Schnitte, wo sie mit der Klinge zu tief geglitten war.

»Du trägst keinen Schlüpfer«, stellte sie fest.

Ich schüttelte den Kopf.

»Nie?«

»Selten.« Ich wusste natürlich genau, was sie sah.

»Hübsch rasiert«, sagte sie dann auch prompt.

Zur Antwort gab ich ein schiefes Grinsen. Was hätte ich darauf auch erwidern sollen? Ich gehörte zu der Sorte Frauen, die Körperschmuck bei anderen zwar attraktiv fand, aber selbst nicht mal ein winziges Tattoo besaß, auch keinen Ohrring. Nichts. Der einzige Schmuck, den ich mir leistete, war die Rasur. Aber nur die Lippen, eine Totalrasur löste bei mir unangenehme Bilder aus. Die totale Nacktheit ließ mich an Kinderkörper denken … und an Kindersex. Rasierte Lippen jedoch fand ich schön. Ich mochte den Anblick, und besonders liebte ich es, diese samtig weiche Haut zu berühren. Manchmal, beim Einschlafen, legte ich eine Hand zwischen die Beine und war jedes Mal ganz bezaubert von der Zartheit und Unschuld des Fleisches. Als ich mich das erste Mal rasiert hatte, als ich das erste Mal meine eigene, nackte Scham in der Hand gehalten hatte, hatte ich schlagartig begriffen, wie es zu dem Bild einer Pflaume gekommen sein musste. Es fühlte sich wunderbar an, tatsächlich wie eine überreife, weiche, sonnendurchwärmte Pflaume im August.

Da stand ich nun. Vollkommen entblößt. Beschämt. Mein Puls beschleunigt und der Atem tief. Ich hasste das Pochen zwischen meinen Schenkeln. Ohne Vorwarnung griff sie zu. Grob umfasste sie mein Geschlecht. Wieder roch ich ihren Schweiß, oder war es meiner? Sie hielt mich fest, einfach nur sehr fest, regte keinen Finger, roch verwirrend, überragte mich um gut einen Kopf, hielt mich fest, und ich spürte, wie mein Geschlecht in ihre Hand hineinschwoll.

»Gefällt dir das?«

»Die und ich gehören nicht zusammen. Wir sind selten einer Meinung«, erwiderte ich wahrheitsgemäß.

Jetzt verstärkte sie den Druck ihrer Finger, kniff das pochende Fleisch so hart zusammen, dass ich aufstöhnte vor Schmerz. Dann ließ sie mich los und hinterließ Hitze.

»Ich hatte gefragt, ob dir das gefällt?«

Ich schüttelte stumm den Kopf.

»Gut. Ich werde dir ein bisschen Zeit lassen, herauszufinden, ob du das magst.«

Sie griff zur Seite, nahm ein schwarzes Tuch und band es mir fest über die Augen. Ich hörte sie fortgehen, eine Truhe oder einen Schrank öffnen, hörte sie wiederkommen. Ihre Schritte wurden begleitet von einem feinen, winterlichen Klingeln, wie das Geräusch von Weihnachtsbaumketten. Sie blieb stehen. Ich spürte ihre Wärme, spürte geradezu körperlich ihre Blicke auf meinem Körper. Ein kaum merkliches Zittern begann in meinen Muskeln. Als ich plötzlich ihre Finger an meiner linken Brustwarze spürte, schrak ich zusammen. Sie legte kühles Metall an den empfindlichen Knoten, der sich sofort hart aufrichtete und sich in die Zwinge nehmen ließ. Dann das gleiche Ritual an der rechten Seite. Ich brauchte nicht sehend zu sein um zu wissen, was sie dort tat, und ich wusste ganz genau, dass sie die Schrauben noch fester anziehen würde, irgendwann. Allmählich beschlich mich eine unglaubliche Ahnung. Diese fremde Frau hier, die wusste offenbar, was sie tat. Sie schien sogar ganz genau zu wissen, wie weit sie gehen durfte. Sie war für mich eine Fremde, aber, so ungeheuerlich dieser Gedanke auch anmutete, mir schien es, als wäre ich für sie nicht ganz so fremd wie sie für mich.

Oder? Aber nein, das war dann doch zu absurd. Ich verwarf den Gedanken. Schließlich, wer sollte ein Interesse daran haben? Es war absurd. Ich wollte mir einfach nicht vorstellen, dass jemand, den ich kannte, in irgendeiner Weise mit der Situation, in welcher ich mich hier befand, wie auch immer zu tun haben könnte. Denn, wer sollte das sein? Und vor allem, warum?

Ich spürte ihre Finger leicht über die immer noch brennenden Schnitte meines Oberkörpers streichen. »Oh«, schnurrte sie, »du armes Mädchen.« Unvermittelt zog sie die Schrauben fester. Ich bäumte mich stöhnend auf. Zwischen meinen Brüsten und meinem Geschlecht jagten die Informationen hin und her. Unter meiner Nase bildete sich Nässe, und diesmal war es nicht vom Heuschnupfen. Selbst meiner Wäscheschleuder wäre nicht verborgen geblieben, dass dieser Körper Lust empfand.

»Du solltest dich sehen können. Du wärst begeistert.«

Mit diesen Worten ging sie. Ich hörte das Schlagen einer Tür. Ich stand da, stand einfach nur da, allein in diesem Raum, dessen Einrichtungsgegenstände vor meinem inneren Auge Spalier liefen, was mich schütteln ließ. Probeweise versuchte ich, meine Handgelenke in den Lederfesseln zu bewegen, zu drehen. Es ging nicht. Ich spürte der Spannung hinterher, die sich gegen meinen Willen in meinem Körper aufbaute, und versuchte, mit fremden Augen zu sehen, wie ich dort stand: Vollkommen schutzlos, preisgegeben, mehr oder minder nackt, hilflos. Ich sah mich dort stehen, mit erhobenen Armen, die Achseln dargeboten, die Beine gegrätscht. Mit Hand- und Fußfesseln, der Körper am Kreuz fixiert. Im Rücken spürte ich das polierte Holz der mächtigen Balken, die am Boden und an der Decke mit stabilen Stahlwinkeln verschraubt waren.

Alles das ängstigte mich. Aber zugleich, und dafür schämte ich mich bis ins Mark, zugleich betörte mich die Vorstellung dieses Anblicks. Und nach wie vor sangen meine Brüste, riefen nach mehr. Wenn das hier eine schicke Onanier-Fantasie gewesen wäre und ich läge zu Hause entspannt auf dem Bett, die ganze WG wäre ausgeflogen, keine würde mich hören, ich könnte den weiteren Verlauf der Phantasie bestimmen, hätte zwei fleißige Hände zwischen den Schenkeln … also, das könnte mir schon gefallen. Aber so? Zugegeben, beim Onanieren stellt man sich schon recht merkwürdiges Zeug vor, nur wer will das dann in Wirklichkeit erleben?! Wer will in Wirklichkeit von einem betrunkenen Handwerker in der Dusche überrascht und in den Arsch gefickt werden? Wer will wirklich von vier maskierten Frauen stundenlang missbraucht werden? Ich nicht.

Wieder versuchte ich, gegen den Druck des Leders, meine Handgelenke zu bewegen. Es blieb zwecklos. Ich stand da, wusste nicht, was sie vorhatte, wie lange es dauern würde und wann sie wiederkäme. Das heißt, eigentlich wusste ich natürlich ganz genau, was sie vorhatte. Sie hatte es schließlich deutlich genug formuliert. Ihre Worte sprangen mich aus der Erinnerung an wie wilde Hunde, die meine wachsende Erschöpfung spürten, und meine Möse pochte vor Entsetzen bei der Vorstellung, die Fremde könnte tatsächlich …

»NEIN!«, schrie ich.

Verdammt, mich quälte das Warum? Warum stand ich hier? Wer hatte etwas davon? Vielleicht drehte sie ein

Video? Oh Gott, wenn meine Mutter mich so sehen würde?! Meine Eltern waren da ja gnadenlos, die guckten sich jeden Schrott an. Bei Wohnungsauflösungen fanden sie immer mal wieder Schmuddel-Videos, und die sahen sie sich natürlich an. »Als wir jung waren, da gab's ja so etwas nicht. Man ist doch neugierig.« Schwulenfilme, Hetenfilme, Homevideos, Filme mit Frauen, die waren so dick, dass sie keinen Schritt mehr vor den anderen tun konnten, Videos mit Namen wie »Mega-Möpse«, »Black Queens«, »Auf der Flucht vor geilen Flittchen«. Sie fanden manchmal die wirklich letzte Scheiße. Und steckten sie natürlich kichernd in den Recorder. Und wir großen Kinder guckten mit. Und wenn Freunde zu Besuch waren, guckten die natürlich auch. Einmal hatten sie ein sogenanntes Homevideo gefunden, das spielte wohl in München, auf einer Party, da machte ein Mädel mit, das ich aus der Berliner Szene kannte. Ihr wurde eine Flasche in die Vagina eingeführt. Eine Selters-Flasche! Anschließend wurde sie von einer langhaarigen Blondine gefistet. Ihre Fingernägel waren blutrot lackiert und lang wie Käsegabeln. Nicht auszudenken. Oder, noch schlimmer, vielleicht drehte sie hier mit mir ein Snuff-Video? Nein, diesen Gedanken verdrängte ich sofort wieder. Außerdem, das Verrückte an der Geschichte war ja, die Frau, sie war zwar gemein, sie demütigte mich, sie ließ mich stundenlang in einer Garage sitzen und mich ängstigen, sie beschämte mich, aber … aber sie war nicht WIRKLICH brutal, nicht wirklich. Im Gegenteil, fast schien es, als wollte sie, dass ich Lust empfand. Richtige, tatsächliche, reale Lust. Das war so merkwürdig. Das ergab keinen Sinn. Andererseits, wenn ich länger darüber nachdachte, würde das wiederum zu dem passen, was sie vorgab, von mir hören zu wollen. Also gut, verflucht, ich sollte um ihre Faust betteln! Nur, warum? Was sollte das? Was hätte sie davon? Würde es ihr Vergnügen bereiten, wenn mein Blut an ihrem Handgelenk nach unten lief? Nein, es ergab keinen Sinn. Sie wirkte nicht wie eine Schlächterin. Also, wahrscheinlich doch ein Video. In Echtzeit. Jemand anderes würde sich später an meiner Angst aufgeilen und dabei genüsslich Erdnussflips knabbern, oder Käsecracker.

Aber, vielleicht war es alles doch ganz anders. Vielleicht käme sie wieder, vielleicht würde sie dann brutal werden? Ich meine, RICHTIG brutal. Vielleicht war ich für sie wirklich nur ein Stück Fleisch, mit dem sie glaubte tun zu können, wonach ihr beliebte, ganz egal, was am Ende von mir übrig bliebe?

Es hatte keinen Zweck, ich gab auf, denn inzwischen taumelten meine Fragen immer schneller, drehten sich wie eine Windhose durch mein Gehirn, mir wurde schwindlig, mir wurde schlecht. Ich gab auf, ich würde keine Antworten finden. Nicht in mir.

Dann begann ich zu zählen. Und obwohl ich zählte, was das Zeug nur hergab, obwohl ich sogar vierstellige Zahlen miteinander multiplizierte, was doch recht viel Konzentration erfordert, obwohl ich alles daran setzte, bloß nicht mehr zu denken und keine Fragen mehr im Kreis zu stellen, obwohl ich meine Existenz komplett mit Zahlen zuschüttete, schaffte es ein hartnäckiger Gedanke, sich immer weiter in mein Bewusstsein zu drängen. Und dieser Gedanke ließ mich verzweifeln: ›Ich kann nicht um ihre Faust betteln. Ich würde verbluten.‹

Trotzdem sich eine immer gewaltigere Erregung in mir aufbaute, trotzdem mein unvernünftiges Geschlecht allmählich über den Verstand zu lachen begann und anfing, die Oberhand zu gewinnen. Trotzdem die Hitze zwischen meinen fernen Beinen zunahm. Trotz allem und allem, ich KONNTE NICHT! Sie würde mich zerreißen. Und so wusste ich eben nicht mehr ein noch aus. Wie sollte ich, verfluchte Scheiße, aus dieser Situation bloß wieder halbwegs unbeschadet herauskommen? Scheiße, Scheiße, Scheiße. Ich zählte. Ich zählte.

Irgendwo hinter meinem Rücken fiel eine Tür ins Schloss. Ich hörte es, und ich hörte ihre Schritte. Vor Verzweiflung hätte ich weinen mögen, stattdessen schluckte ich nur. Langsam kam sie näher, umrundete mich halb, blieb vor mir stehen, und vermutlich blickte sie mich an. Ich verspannte mich. Ich spürte den warmen Hauch ihres Atems über meiner Stirn, meiner Wange, meinem Mund. Nah an meinem Ohr hörte ich sie, schnurrend, zynisch, weich: »Und? Ist dir inzwischen klar geworden, ob es dir gefällt?«

Ich schüttelte leicht den Kopf, wollte gerade anfangen zu fragen, zu erklären, warum das alles nicht gehen könnte, da schlug sie zu. Nach rechts und links flog mein Kopf zur Seite. Hinter dem schwarzen Tuch riss ich vor Entsetzen die Augen weit auf. In der Dunkelheit tanzten glühende, weiße Punkte. Dann verlor ich das Bewusstsein.

Als ich wieder zu mir kam, spürte ich Nässe im Gesicht, Tränen liefen aus meinen Augen, tränkten das Tuch. Ich bekam Angst. Alles hatte sich plötzlich umgedreht. Meine Lust und Erregung hatten sich aufgelöst. Ich hatte

Angst. Nichts weiter als furchtbare, haltlose Angst. Sie sagte keinen Ton zu mir. Ich hörte sie nicht, ich roch sie nicht. Wo stand sie? Wo? Vorsichtig bewegte ich meinen dröhnenden Kopf von einer Seite auf die andere, ich versuchte ihre Position zu orten. Nichts. War sie noch hier? Ich schmeckte Blut. War meine Lippe aufgeplatzt? Oder lief es aus der Nase? War ja egal. War ja alles vollkommen egal. Ich weinte.

»Warum«, flüsterte ich kaum hörbar, »warum?«

Ich hörte ein leises, verächtliches Schnauben. Sie stand direkt vor mir! Statt einer Antwort drehte sie die Schrauben der metallenen Klammern an meinen Brustwarzen enger. Und mein hassenswerter Körper stöhnte erneut, mein hassenswerter Körper beugte sich ihr entgegen, soweit die Fesseln dies gerade zuließen, also nicht sehr weit, aber weit genug, um als eindeutige Geste verstanden zu werden.

»Kannst du mich hören?« Ich nickte.

»Antworte gefälligst, wenn ich dir eine Frage stelle. Ich will wissen, ob du mich hörst?«

»Ja«, flüsterte ich, »ich höre dich.«

»Ein einfaches Ja genügt. Ich glaube, wir müssen hier mal etwas klarstellen. Also, pass auf. Du darfst stöhnen. Du darfst schreien. Du darfst um meine Faust betteln. Aber sonst nichts! Ich will kein einziges Wort von dir hören, außer ich habe dir eine Frage gestellt. Verstanden?!«

»Ja.«

Ich weinte immer noch. Ich hasste sie, weil sie mich so machte, dass ich mich und meinen Körper hasste. Ich hasste sie. Und ich war erregt. Und traurig.

»Bist du gerne hier? Gefällt es dir bei mir?«

»Ja«, hauchte ich erstickt. Ich hasste sie. Mein Mund schmerzte. Ich spürte, wie die Oberlippe sich verhärtete und anschwoll, so anschwoll wie mein verachtetes Geschlecht.

»Gut. Sehr gut. Ich werde dich jetzt vorbereiten. Wir wollen doch, dass du hübsch aussiehst.«

Ich spürte ihre Hand an meiner Scham, auf meinem Venushügel, beiläufig, uninteressiert. Sie seifte mich ein! Warm. Feucht. Beiläufig. Und ich stöhnte, verdammt nochmal, schon wieder. Warum machte es mich so? War es das, was ich insgeheim wollte? Brauchte? Nein! Ganz bestimmt nicht. Ich brauchte das nicht! Ich bin ein leicht erregbarer Mensch. Der küssende Mund meiner Geliebten brachte mich zum Stöhnen. Meine Begierde wurde von ihrer zärtlichen Hand ebenso geweckt wie von ihrem bloßen Anblick. Ihr Lachen konnte mich bezaubern und ihr dreckiges Grinsen mich ohne jede Berührung zum Auslaufen bringen. Wir waren rundum glücklich, auch im Bett stimmte alles. Wir wollten zusammenbleiben, für immer. Wir hatten überlegt, im Winter nach Las Vegas zu fliegen und dort Ringe zu tauschen. Ich war glücklich! Ich brauchte so etwas wie hier nicht. Warum machte es mich dann so, dass ich mich selbst nicht wiedererkannte? Ich wollte es und mich nicht ansehen, ich wollte nicht, ich wollte nicht. Ich stöhnte. Ich dachte an die Hände der Geliebten. Die Hände. Die Haut. Der Geruch, der Geschmack. Ihr Anblick. Sie besaß die perfekteste Möse der Welt. Eine schnurgerade, senkrechte Linie zwischen ihren Schamlippen, die Klitoris wuchs oben wie eine kostbare, kleine Lilie empor. Auch die Farben waren perfekt. Nicht so ein schmutziges, ewighungriges, rötliches Braun wie bei mir, sondern zarte Marmorfarben, wie von einem Künstler erdacht und gemalt. Ich dachte an ihren Schweiß. Der Schweiß auf ihrem Rücken, der zu meinem wurde. Und ihre Schenkel zwischen meinen Schenkeln, deren Druck mich erschaudern ließ. Wir hatten ein glückliches, ausgefülltes Sexualleben. Gut, manchmal vielleicht etwas wild, vielleicht auch grob, aber erlaubt ist doch was gefällt, oder? Ja okay, manchmal war sie mit ungeheuerlichen Ideen und seltsamen Spielzeugen angekommen, Ideen, die mich verwirrt hatten, Spielzeuge, die ich abgewiesen, die ich nicht gewollt hatte, weil SIE mir reichte. Und das hier? Das brauchte ich nicht. Ich war normal. ICH WAR NORMAL! Naja, so normal, wie eine Frau sein kann, die in einer Welt lebt, in der es als unnormal gilt, Frauen zu begehren. Als Frau.

Ach Schatz. Hol mich hier raus. Rette mich! Du weißt doch, dass ich keine andere will!

»Hol mich hier raus«, stöhnte ich leise.

»Wenn du redest, ohne gefragt zu sein, verklebe ich dir den Mund. Verstanden?«

Ich nickte, besann mich jedoch schnell und flüsterte: »Ja.«

Sie legte die Klinge an meinen Unterleib. Das war keine kleine Gillette-Klinge mit Schwingkopf, das war ein richtiges, kaltes, scharfes Rasiermesser. Erstaunlich, wie viel ein Mensch mit den Augen seiner nackten Haut zu sehen in der Lage ist. Ich weinte nicht mehr. Meine Brustwarzen begannen vor Überreizung zu schmerzen, bald würden sie taub werden. Ich spürte die Klinge. Sie schnitt! Gelassen. Ruhig. Sicher. Das machte sie ganz offensichtlich nicht zum ersten Mal. Die Klinge glitt, geführt von einer gehassten, begehrten Hand, geschmeidig, kalt und erregend über mein Schambein, über den weichen, gepolsterten Hügel abwärts, wurde abgesetzt, angelegt, glitt, ich hörte das schabende Geräusch, ich stöhnte, hasste, bat in Gedanken um Verzeihung. Wen? Mich? Und alle! Und die Geliebte! Ich wollte fort von hier, fort von mir. Etwas war passiert, hatte sich verselbständigt, roch von dort unten zu mir herauf, war Seife und Frau und Nässe. Und ihr Schweiß, der fremd war und doch nicht neu, so wie meine Geilheit irgendwo dort unten wuchs und fremd war und doch nicht neu, schnitt sie, und ihre Finger öffneten Falte um Falte, Lippe um Lippe, glitten durch Seife und Saft. Ich wollte sie NICHT! Aber mein Körper, mein Geschlecht, mein schizophrenes Geschlecht WOLLTE sie. Oder das Messer. Schneide mich! Zerstöre mich! Mach mich mit deinem Messer so, dass keine andere mehr mich will, dass ich niemandem mehr, jemals mehr gehören kann. HALT! Was denkst du? Was bist du? Wer? Ist Fleisch ohne Hirn? DENKE! Ich wollte denken. Mein Fleisch sollte denken, sollte nicht so wahllos sein, schnitt sie und teilte, schabte, glättete die sanfte, pflaumenweiche Haut, pflügte mit dem Messer, der Klinge, dem harten Metall alles, was ich glaubte zu wissen, zu sein, zu wollen, auseinander. Fort.

Ich wollte fort von hier. Rette mich doch endlich. Ich wollte sie nicht! Ich wollte sie wirklich nicht. Nur mein Fleisch, das wollte! Das Fleisch wollte irgendetwas von dem, was sie machte, was hier geschah. Und es lief aus. Es strömte über die Klinge, das Messer, das harte Metall, wie ein Wasser. Wie war ich? Etwas übrig? Nichts mehr übrig. Schnitt sie und atmete jetzt auch. Tief. Tiefer Atem. Das Geräusch. Und ich. Aber sie stöhnte.

Sie atmete laut. »Schön«, stieß sie die Worte hervor, »sehr schön.« Sie nahm mein fremdes Ich in ihre Hände, oder Hand, und zog, zog an dem Fleisch, an der Haut, an meinem Geschlecht, zog die triefende, wimmernde Möse, die ich nicht mehr kannte, zog die Haut, die Häute in die Länge, bis ich mich schreien hörte, wie ich mich noch nie schreien gehört hatte, tat sie mir nichts, nicht wirklich, zog einfach nur grob, hart, und kniff dann wieder all das Schwimmende so heftig zusammen, dass unter meinen Fußsohlen, dass aus meinen Achseln das Wasser, das Salz schoss, dass alles tropfte und strömte … UND DANN KAM DER SCHMERZ! SEHR KURZ. Als ich ihn verspürte, war er schon vorbei.

Ein Schmerz, der neu war und anders, hörte ich mich schreien ohne Worte, Worte waren verboten, wären mir auch nicht eingefallen, war ohne Worte, ohne Wissen, war nur Schmerz. Als der Schmerz DA war, da im Gehirn, da war er vorbei. Das Wasser lief mir aus der Haut, aus der Kehle, aus der Brust, aus dem Rücken ins Holz lief der Schweiß. Was hatte sie getan?! Ich wusste es. Aber ich glaubte es nicht. Und deswegen fand ich keine Worte.

Ein Wundschmerz blieb. Mehr nicht. Aber der breitete sich aus, von seinem Zentrum, der Klitoris, bis in alle Nerven. Der breitete sich aus, JETZT, jetzt als sie den Ring durch die Kanüle zog. ICH SCHRIE! Nicht wegen ihr. Nicht wegen mir. Es war so endgültig. Es würde bleiben.

Auch wenn ich ihn wieder herausnähme, auch wenn ich all das hier überlebte, er würde dort gewesen sein, so wie ich hier gewesen war. Ich würde nie wieder unversehrt sein.

Unversehrtheit. Trauma. Wunsch. Nie wieder ohne all das hier. Mit oder ohne Ring. Schmuck. Schmucklos. Eine alte, alte Erinnerung spülte herauf bis fast an die Oberfläche, erstarb dann doch, noch unter der Gischt. Jetzt war ich hier. Nur hier. Ohne Vergangenheit, ohne Zukunft. Die Welle verebbte. Ich war nackt, schutzlos, ausgeliefert, versehrt. SIE hatte mich versehrt. Déjà-vu. Bilder. Vergessen. Der Ring wird geschlossen. Dort wie dort. So oder so. Nimm deine Geschichte und stirb. Oder lebe!

»Du solltest es sehen können. Es würde dir gefallen.«

Ein Wundschmerz brannte über einer sehr alten Wunde, und mein weiblicher Schlund schrie nach einer Erfüllung, die ich im Hier nicht mehr finden wollen würde. Genugtuung! Oder Befriedigung.

»Sehr schön. Sehr, sehr schön«, flüsterte sie wieder nah an meinem Ohr.

Mein furchtbares, riesiges Geschlecht schrie und bettelte, aber mein Ich, mein Stolz, wir fanden keine Worte für den Hunger, der sich in uns ausbreitete, und würde sie mich jetzt fragen, ich würde nein sagen, ganz egal was sie dort sah, sehen musste. Wenn sie fragte, würde ich nein sagen, NEIN schreien, denn ich wollte sie nicht wollen.

»Gefällt es dir bei mir?«

»Ja«, hauchte ich, denn sie sollte mich nicht wieder schlagen.

Meine Möse tropfte auf den Fußboden, dorthin, wo ich hingehörte. Meine Möse war so bereit, so willig, dass ich sie morgen würde verkaufen müssen, an die Erstbeste. Ich würde sie nie mehr berühren können und würde nicht wollen, dass die Geliebte und die, die danach käme, sie je wieder so berührte, oder so, oder anders.

Warum war ich so? Warum fanden wir nicht zueinander? Sie da unten und ich Kopfmensch.

Ich spürte ihren Finger, den sie zwischen meinen triefenden oder weinenden Lippen ablegte ohne Versprechen, und bog mich ihr entgegen, oder Ich, oder nur sie, wurde Verlangen zu Wahn, und Hunger zu Verlangen, drang sie mit einem Finger, mit einem nur, in mich, und ich schrie vor LUST. Es hätte die Zeit sein können, in der alles stehen bleibt, und sie hätte ihre Klinge, ihr Messer in mich führen sollen wie einen Säbel aus Lust und monotonem Gebet.

Halt! Halt! Du stehst immer noch hier. Gefesselt. Gebrandmarkt. Nichts hat sich verändert. Deine Situation nicht, und nicht diese Frau. Sie ist immer noch fremd. Und böse.

Aber ich will sie. Ich will sie. Ich will wieder Eins werden, will Oben und Unten in irgendeiner fernen Mitte vereinen.

Ich wollte sie. Ich wollte, dass sie mich wollte.

Ich wollte sterben, an und über einer Hand, zu einem Himmel hinauf, der wie ein leeres Versprechen geworden war im Laufe eines unbedeutenden Lebens, das mein Leben war, und mein Leben blieb. Ich hatte doch nichts verbrochen? Meine Sehnsucht war doch nur die alte, die ewige Sehnsucht, die wir alle kennen, die uns treibt. Eins werden. Eins. Mit einem anderen Menschen, oder wenigstens mit uns selbst. Ich wollte mich vereinen. Mit mir, mit ihr, Wollen ohne sie zu wollen. Krankes Hirn, krankes Meer, krank, hungrig, verschlingend …

»Darf ich sprechen?«

Luftholende Stille zwischen uns.

Würde sie mich jetzt schlagen?

Keine Antwort von ihr. Antworte. Antworte! Es ist doch nur Sex. Oder ein Spiel? Oder Gewalt? Oder eine »Reise nach Jerusalem« in die Kindheit, in die Vergangenheit einer verbotenen Sprache, als Sprache noch neu war und verboten und deshalb wortlos für Bilder nur Bilder fand … Aber hier war Heute, und ich war tatsächlich heute geil auf sie, wer sie auch war und sein könnte, sein würde.

Atemholen zwischen uns. Gerüche.

Dann ihre Hände. Sie nahm mir vorsichtig die metallenen Schraubklammern von den Brustwarzen. Zwei taube Kieselsteine, die sich schnell erholten. Kaum war der Druck von ihnen genommen, strömte warmes, pochendes Blut hinein, erfüllte sie mit dem Schmerz, den sie die ganze Zeit nicht hatten fühlen dürfen. Lebendig brannten sie auf meinen Brüsten. Meine Brüste auf den Rippen über meinem schlagenden Herzen.

»Was möchtest du mir sagen«, fragte sie sanft, fragte sie zärtlich wie eine Liebhaberin.

War ich gereinigt? Kasteit?

»Meine Lust läuft an meinen Schenkeln hinab. Ich will dich. Ich will, dass du mich fickst. Ich will, dass deine Faust mich tötet. Ich will, dass du mich fickst, bis mir die Möse in Fetzen runterhängt.«

War das tatsächlich meine Stimme?

Jemand sprach mich!

»Gut.«

Stille.

Dann Schritte. Viele Schritte. Ging sie fort? Schlug dort leise eine Tür ins Schloss? Nein, sie war vielleicht gegangen, um sofort wiederzukehren. Ich hörte ihre Schritte wie das Geräusch vieler Füße. Sie schien gleichzeitig zu stehen und zu laufen. Sie schien gleichzeitig fortzugehen und zu kommen. Sie schien Zwei zu sein. Die Handlangerin?

In meinen Ohren summte es, durch das Summen vermeinte ich erneut das Schließen einer Tür zu hören, es musste eine Tür in meinem Innern gewesen sein, die sich geöffnet hatte, oder geschlossen. Ich wusste es nicht, ich wusste nur, dass sie bei mir war, nah bei mir. Und es war nur sie, nur Eine. Was hatte sie vorbereitet? In meinen Ohren rauschte es wie ferne Brandung, in meinen Beinen gab es keine Knochen mehr, und mein Unterleib spannte sich wie eine Sehne. Ich stand in der Erwartung des nun Kommenden, in der Erwartung des Unausweichlichen, denn etwas in mir hatte sich entschieden. Ich stand stundenlang, oder Sekunden, oder einen Atemzug. Dann spürte ich ihre Fingerspitzen, dort, in all meiner sie erwartenden Nässe lagen ihre Finger, und ich wartete ein Leben lang, lebenslang hinter Gittern aus Gedanken, die niemals Worte finden. Vergangenheit, Welle, Wolke, Zukunft, Sturm. Archaisch drang sie in mich. Ohne jeden Anlauf. Ohne Vorwarnung. Sofort tief. Tief, ganz, ganz hinein, hörte ich mich in der nahenden Ohnmacht von Ferne brüllen, laut und durchdringend, beschämend und unaufhaltsam wusste ich selbst nicht, ob es Lust war, oder

Verzweiflung, Schmerz oder Hingabe, war es umfassend, hörte ich mich brüllen, nur Weib, dein Weib und du in mir. Von nun an gab es auch hier keine Worte mehr für das was geschah, denn kein Wort hatten wir dafür gelernt, und kein einziges Wort könnte den Horizont zwischen Himmel und Hölle beschreiben, es gab keine Worte mehr, nur noch Vergessen und Wissen zugleich. Nur eines wusste ich mit Sicherheit: Ich würde nie wieder so sein wie zuvor, wenn es ein Zuvor jemals gegeben hatte, wenn es danach ein Zuvor noch geben könnte.

Über dem herannahenden, riesigen, alles verschlingenden Orgasmus, der sich in den Fußsohlen ebenso ankündigte wie in der Halsgrube und zwischen den Schulterblättern, über all dem und durch den Schleier hindurch hörte ich die Stimme. Ich spürte die Faust in mir, ich spürte eine weiße Welle aus VOLLKOMMENEM Licht, dieses Licht sprang in meine Möse, in meine Mitte und schwamm durch mich wie die Kreise des Wassers in einem See, unaufhaltsam drängten die Kreise weiter und weiter, verschlangen meinen Kopf, meinen kranken Kopf, alle Haut und alle Wunden, zogen mit Macht nach außen, nach Mehr, und ich kam, und ich hörte ihre Stimme, die Worte nicht, aber den Klang, und der Klang war wie ihr Lächeln, das war sie, sie war hier, SIE war in mir, füllte mich aus, und ich kam, über sie, über ihre Hand, brachen meine Muskeln beinah ihren zarten Knochen, das Handgelenk, kam ich wieder und wieder, fragte nicht, wie sie hierher kam, nahm sie nur auf und alles an, alles vergeben, vergeben, kam ich und schrie. Und dann Stille. Ich war Stille. Atem. Liebe. Verständnislosigkeit. Liebe.

»Komm hoch, hoch zu mir«, flüsterte ich.

Sie stand auf, glitt an meinem schweißnassen Körper empor, hoch zu meinem Gesicht, küsste meinen verwundeten, weichen Mund, der war so weich wie mein Körper, wie meine Seele, wie eine Blumenwiese im Mai, wie ich.

»Nimm mir die Binde von den Augen, bitte. Und bitte, umarme mich.«

Sie nahm mir vorsichtig das Tuch ab. Ich sah in ihre Augen. In ihre … ihre hellen, gequälten, befreiten Augen. Sie. SIE. Die Geliebte. Ich war viel zu erschöpft, um Fragen zu stellen.

»Bitte, halt mich fest«, flüsterte ich noch immer, »liebe mich. Verachte mich nicht. Ich habe dich nicht betrogen. Tu was du willst, aber bitte, bitte verachte mich nicht.«

»Wie könnte ich dich verachten? Ich bin so verliebt, dass es mir Angst macht.«

»Wo kommst du her?«

»Ich war die ganze Zeit da. Ich war die ganze Zeit bei dir.«

Die ganze Zeit? Auch als ich in der Garage saß und vor Angst Zahlen zählte? Auch, als die Mephisto mich schlug? Kurze Wut wollte wachsen und wurde erstickt von dem Glück, sie zu sehen.

»Ich hatte solche Angst«, raunte ich matt.

»Ich weiß, aber es konnte dir nichts passieren.«

»Ich dachte, dass sie mich zerreißt mit ihren Händen.«

»Ich lasse nicht zu, dass eine andere dir wirklich wehtut.«

Während wir redeten, löste sie meine Fesseln. Erst einer, dann zwei lahme Arme sanken auf ihre Schultern. Ich war zu erschüttert, um wütend zu sein. Ich wollte sie nur küssen. Mit meinem schmerzenden, aufgeschwollenen

Mund küsste ich sie, während sie mich küsste und ich die Welt nicht mehr verstand, hatte ich keine Fragen.

»Mein Motorrad steht draußen«, sagte sie, »wenn du dich ausgeruht hast, fahre ich dich zu mir nach Hause.«

»Ich fahre mit dir. Nachhause. Nachhause.«

Ihr ganzer Körper umarmte mich.

»Jaja, du treues deutsches Mädel. NIE willst du eine andere. Keine siehst du. Keine willst du. Nur mich.«

Sie ließ mich los, kniete nieder und löste die Fesseln über meinen Knöcheln.

»Sie hat …« Ich verstummte errötend, fühlte mit den Fingern. »Sie hat mir einen Ring …!«

»Mein Ring! Ich trage den gleichen. Und nachher trage ich dich über die Schwelle. Jetzt brauchen wir nicht mehr nach Las Vegas zu fliegen. Hey, mein Weib, bist du okay?«

Ich war zu verstört und entkräftet, um die Bedeutung dieses Satzes zu erfassen. Ich spürte, dass der Satz wichtig war. Ich hob ihn mir für später auf.

»Nein, ich bin nicht okay. Ich werde nie wieder okay sein, nie wieder. Wie konntest du mir das alles antun? Was hast du dir dabei gedacht? Und die Fremde, wo ist sie hin?«

»Sie ist weg. Weit weg.«

Meine Beine waren befreit, ich versuchte zu gehen und stürzte der Länge nach zu Boden. Sofort war die Geliebte neben mir. Stark. Vertrauenerweckend. Geliebt.

»Ich dachte, du wolltest mich beschützen, vor allem. Und immer«, flüsterte ich in ihre Hände, die mir aufhalfen.

»Ich beschütze dich«, antwortete sie, »immer. Vor allem. Aber vor dir selber kann ich dich nicht beschützen.«

Das Mädchen Dinah

Es war Ende Mai, die Tage flogen vorüber. Vom gegenüberliegenden Haus dufteten die Glyzinien quer über die Straße, direkt in mein Zimmer. Das Blau ihrer zerstiebenden Blütentrauben war so betörend, dass ich mich hineinträumte und offenen Auges zu dösen begann.

Ein kleiner Kummer zog durch meinen Magen, angesichts der Schönheit dieses Tages packte ich ihn zur Seite.

Gerade heute Morgen, als ich auf dem Dachboden nach einem Blumenkasten gesucht hatte, um bei meiner Freundin den Balkon zu bepflanzen, den ich nur deshalb bepflanzen wollte, um mit all meiner Zärtlichkeit und Liebe, die ich für sie empfand, irgendwohin zu können, und sei es auch nur in Blumenerde … gerade heute Morgen hatte ich das Geschilpe zum ersten Mal gehört.

Dort, in einer der Maueröffnungen zur Straße hin, hinter einem zusammengeknüllten Mantel schilpte es. Im ersten Moment dachte ich angewidert ›Tauben!‹ Aber dann erkannte ich am Klang, dass es sich um Spatzenküken handeln musste und hieß sie freundlich im Leben willkommen. Mit dem Blumenkasten unterm Arm ging ich eine Etage tiefer, im Treppenhaus begegnete mir Emma, die Katze meiner Nachbarin. Emma war offensichtlich auf der Suche nach Unterhaltung. Ich beugte mich zu ihr und sagte eindringlich: »Wenn du die Spatzenkinder nicht in Ruhe lässt, kokel ich dir deine Schwanzhaare ab, bis du wie eine nacktschwänzige Ratte aussiehst!«

Sie musterte mich mit milder Nachsicht, als wollte sie antworten: »Reg dich ab, die Dinger sind seit zwei Wochen da oben und ich hab sie nicht gefressen. Mach sie in eine Dose, dann reden wir darüber.«

Ich zuckte die Achseln. Wo sie recht hatte, hatte sie recht.

Emma begleitete mich in mein Zimmer. Es war ein warmer Tag, alle Wohnungstüren auf den oberen Etagen standen offen, und sie ging freundlich bei allen rein und raus, sah nach dem Rechten, wollte gestreichelt werden oder legte einem ihre zerfetzte, speichelnasse Spielmaus vor die Füße mit der unmissverständlichen Aufforderung, man möge diese doch ein bisschen in der Gegend rumwerfen. Das tat ich dann auch gern, so wie alle es gerne taten, weil es bezaubernd war, ihr zuzusehen. Ich warf, sie apportierte, ich warf, sie apportierte, ich warf ... bis sie keine Lust mehr hatte und sich auf den Fotokopierer neben dem geöffneten Fenster legte, um ein bisschen zu schlafen.

Ich vergaß Emma, setzte mich an die Schreibmaschine und arbeitete an einer Geschichte weiter, als ich plötzlich dieses beißende, leise »keck-keck-keck« einer Katze auf der Jagd hörte. Ich blickte auf und erschrak. Da stand sie, sprungbereit geduckt, ihr Schwanz schlug wild hin und her, und draußen auf dem Fensterbrett war einer von den kleinen Kerlen, die ich grad erst heute auf dem Dach entdeckt hatte. Er war winzig klein, hüpfte voller Todesverachtung auf dem Fensterbrett herum, sang mit heller Stimme seine Lebensfreude in die Welt und sah zum Schreien niedlich aus. Sein Hals war fast nackt, und auf dem Kopf standen vereinzelte Federn in alle Richtungen, als hätte er sie mit einem Kamm toupiert. Wie ein naseweiser Mini-Punk machte er Emma verrückt. Sie saß auf dem Kopierer und ich wusste, gleich springt sie! Und ich wohne doch im vierten Stock. Ich schrie »Emma!«, nutzte den kurzen Moment ihrer Verwirrung, hechtete quer über den Schreibtisch, durchs Zimmer und schlug krachend das Fenster zu. Geschafft.

Der Frechdachs draußen hüpfte noch immer hin und her.

Emma saß schon wieder mit glasigem Blick und »keck-keck-keck« in Lauerstellung, mir schlug das Herz bis zum Hals, aber immerhin: Ich hatte sie gerettet. Wenn sie ernsthaft gesprungen wäre, hätte ich mir sofort eine neue Wohnung suchen müssen, am besten in einem anderen Bezirk, denn Emma war der erklärte Liebling des ganzen Hauses, und keine hätte mir verziehen.

Wie dem auch sei, die Lust am Schreiben war mir gründlich vergangen. Ich schnappte mir die Blumenerde, den Kasten, meine Jacke und ging los. Schwer beladen mit etwa einem Dutzend Blumentöpfchen, klingelte ich an der Tür meiner Liebsten. Sie öffnete.

»Was ist das denn!?«

»Wieso? Ich sagte dir doch, dass ich mit Blumen komme.«

»Aber die Farben! Das ist ja grauenhaft! Lauter Tussifarben: Rosa, Lila und Lachs. Ich hasse diese Farben. Hast du jemals bei oder an mir irgendetwas in solchen Farben gesehen? Nein, natürlich nicht! Du hättest dich doch bloß mal ein bisschen aufmerksam hier umschauen brauchen. Und? Was siehst du? Blau und Weiß und Gelb und Rot!«

»Es sind doch nur Blumen. Ich wollte dir eine Freude machen. Ich habe mich darauf gefreut, auf deinem Balkon in der Erde zu buddeln, und dachte, du würdest dich auch freuen«, murmelte ich, kämpfte mit den Tränen und war bemüht, sie nicht merken zu lassen, wie sehr mich ihre Reaktion verunsicherte.

Es war gerade ein wenig schwierig zwischen uns. Seit etwa einem dreiviertel Jahr waren wir nun zusammen, die erste rosa Welle ebbte ab, und aus dem Meer des Glücks erhoben sich vom sandigen Grund ungeahnte Klippen und Riffe. Wir befanden uns in der Phase, in der zwei Menschen eine Form finden müssen, in der sich beide zuhause fühlen. Eine Form, die irgendwo in der Mitte zwischen ihren unterschiedlichen Vorstellungen liegt. Dummerweise lagen unsere Vorstellungen dermaßen weit voneinander entfernt, dass ich zwischendurch glaubte, wir befänden uns vielleicht schon auf dem Weg in die Trennung. Das allerdings wollte ich nicht. Auf keinen Fall. Denn ganz gleich, wie verschieden wir auch funktionierten, so waren wir doch verliebt, verstanden uns und fühlten uns miteinander wohl.

»Was stehst du da rum? Komm rein. Pflanz das Zeug in die Kästen, damit ich endlich den Balkon putzen kann.«

»Nein, ich hole Montag andere Blumen und komme wieder.«

»Red' keinen Quatsch, komm rein. Ich freue mich. Ich freue mich und finde die Blumen toll, toll, toll«, herrschte sie in diesem Tonfall, den alle Südländer so an sich haben, den sie für einen normalen Unterhaltungston befinden und der für uns Nordeuropäer immer wie wütendes Schreien und Streiten klingt. Wie oft hatte ich sie schon gebeten, mich nicht so anzuschreien, nur um als Antwort angeschrien zu werden, dass sie doch überhaupt nicht schreie.

»Komm jetzt sofort rein, oder ich mach die Tür zu und lass dich draußen stehn.«

Unter ihren prüfenden Blicken pflanzte ich vorsichtig die Blumen in die Erde. Torfklumpen, die versehentlich auf den Boden rieselten, hob ich sofort auf, denn ich wollte nichts dreckig machen. Auf den Besenstiel gestützt, beobachtete sie jede meiner Bewegungen. Sobald ich fertig wäre, würde sie hier den Besen schwingen. Alle zwei Minuten fragte ich mich fassungslos, was um alles in der Welt ich hier eigentlich tat? Weshalb ging ich nicht nach Hause, las ein Buch, machte den Fernseher an oder holte mir einen runter?

Ich blieb, denn ich wollte bei ihr sein. Ich wollte da sein, um den Moment nicht zu verpassen, in dem sich die Anspannung zwischen uns auf wundersame Weise in Nähe verwandeln würde.

»Nein, nicht da hin«, schrie sie in meine Gedanken hinein, »dort musst du den Kasten hinhängen. Hast du denn kein Gefühl für Symmetrie?«

»Mir ist Symmetrie nicht so wichtig. Es soll einfach nur bunt sein, das reicht mir schon.«

»Stimmt«, sagte sie giftig, »ich hatte fast vergessen, dass du ja immer mit recht wenig zufrieden bist.«

Der Pfeil traf. Spätestens jetzt hätte ich gehen müssen. Aber ich ging nicht!

So floss der Nachmittag dahin. Obwohl wir uns gegenseitig nervten, klebten wir aufeinander. Ich wusste immer noch nicht, ob ich über Nacht bleiben würde, ob sie das wollte, ob ich das wollte. Sie kochte, wir aßen zu Abend. Zwischendurch blitzten ihre Augen verliebt in meine, und ich machte dann treffgenau irgendeine falsche Bemerkung, worüber sie sich ärgern konnte, und ich mich auch.

Schließlich fragte sie: »Bleibst du eigentlich heute Nacht bei mir?«

»Ich würde sehr gerne bei dir bleiben. Ich sehne mich nach dir, nach der Berührung deines Körpers, nach deinem Geruch. Ich möchte mich an dich schmiegen, neben dir einschlafen und neben dir erwachen.«

Sie lächelte und verdrehte gespielt die Augen. »Kannst du nicht einfach wie ein normaler Mensch einfach nur Ja sagen?«

Ich lächelte jetzt auch, denn ihre Zugewandtheit machte mich mutig.

Sie stand auf. »Dann beweg deinen Hintern schon mal ins Bad. Mach deine endlosen Mädchenrituale, aber beeil dich! Ich warte im Bett.«

»Ich werde mich beeilen.«

Das tat ich dann auch, aber bei aller Sehnsucht nach ihr, war mir doch beklommen zumute. So viele Dinge zwischen uns waren unausgesprochen. Sie würden mit uns ins Bett kommen, würden sich zwischen uns legen und zwischen uns schlafen. Mit diesen Gedanken betrat ich ihr Schlafzimmer, um mich zu entkleiden. Sie beobachtete mich. Eine brennende Scham stieg in mir auf, als würde sie mich das allererste Mal betrachten. In meinen Bewegungen lag nicht ein Hauch weiblicher Koketterie der Geliebten gegenüber, sondern nur die ungelenke Hast eines Teenagers, der sich alles vom Körper reißt, um so schnell wie möglich ins Bett, unter die Decke, in eine schützende Höhle zu kommen.

Dann lagen wir da, sahen uns schweigend und prüfend in die Augen. Sie unter ihrem Federbett. Ich unter der Gästesteppdecke. Schweigend ansehen.

Wie gern wollte ich zu ihr, fand keinen Anfang. Nach endlosen vier oder drei Minuten, winkte sie mit dem Kopf. Ich machte ein fragendes »Mmh«. »Komm«, flüsterte sie. In Zeitlupe rutschte ich auf sie zu, ein schreckliches, trauriges Ziehen im Bauch, ein Kummer, der mir in der Kehle brannte, Tränen, die sich in meinen Augen sammelten. Als ich bei ihr ankam, war ich zu scheu, den Arm um sie zu legen und rechnete jeden Moment damit, dass etwas Furchtbares passieren könnte. Aber das Einzige, was dann passierte, war, dass sie sehr vorsichtig und sehr liebevoll den Arm um mich legte. Unsere Körper pressten sich gedankenlos eng aneinander. Ich verlor die Beherrschung, und Tränen liefen über meine Wangen.

»Nicht weinen«, flüsterte sie.

»Ich weine nicht«, flüsterte ich.

»Ich kann das alles nicht. Ich will das nicht. Nicht so. Natürlich bin ich verliebt, aber ich will nicht: Heiraten, Kinder, Reihenhaus in Lichtenrade, Blumenkästen auf dem Fensterbrett.«

»Ich weiß«, erwiderte ich, »das weiß ich doch alles. Aber es gibt ja vielleicht eine Mitte? Eine mögliche Mitte zwischen dir und mir.«

»Vielleicht. Wir finden bestimmt einen Weg. Aber nicht mehr heute. Lass uns ein anderes Mal darüber sprechen.« Und, nach einer kleinen Pause, fügte sie sanft hinzu: »Ich will dich doch auch nicht verlieren.«

Wir schmiegten uns aneinander. Zwischen uns lag keine Sinnlichkeit und kein Begehren, sondern etwas anderes, Neues.

Ich konnte nicht einschlafen. Ich spürte, dass sie ebenfalls wach neben mir lag.

»Schläfst du?«

»Nein«, murmelte ich.

»Erzähl mir noch eine Geschichte zum Einschlafen.«

»Ich weiß keine Geschichte.«

»Quatsch keinen Müll«, polterte sie liebevoll, »du verdienst dein Geld mit Geschichten, also los, erzähl mir eine.«

»Na gut«, lächelte ich, »was denn für eine Geschichte?«

»Ein Märchen.«

»Ein Märchen?«, fragte ich nun ehrlich verblüfft, »was meinst du damit? Sowas mit ›Es war einmal‹?«

»Egal. Irgendwas. Was es so in der Wirklichkeit nicht gibt. So, dass man plötzlich fliegen kann. Oder sowas.«

»Muss es eine Geschichte sein, die es so nicht gibt, oder geht auch eine, die einfach so unglaublich klingt, dass man denkt, es ist wie ein Märchen?«

»Mein Gott, frag doch nicht immer so viel! Erzähl mir jetzt endlich eine Geschichte!«

»Also gut. Ich habe einmal ein Katzenmädchen aus dem Fenster springen sehen. Es war kein Mädchen und kein Junge, keine Katze und kein Vogel, und es war doch alles zugleich.«

»Du lügst. Du hast mir auch erzählt, du hättest mal ein Ufo gesehen.«

»Ich lüge nicht! Und ich HABE mal ein UFO gesehn! Also, ES WAR EINMAL ...«

Es war einmal vor vielen Jahren in der *Music-Hall* am Walter-Schreiber-Platz. Es war der sechste Juli 1980, und ich tanzte bis zur Erschöpfung. Die Klimaanlage lief zwar auf Hochtouren, aber du weißt ja, das nützte dort nicht viel. Das Wasser lief mir runter, meine Klamotten klebten am Körper, und grade lief *Miss you* von den Stones. Ich konnte nicht mehr tanzen, brauchte eine Pause und setzte mich auf das Podest, um auszuruhen. Da entdeckte ich sie. Um genauer zu sein: Da bemerkte ich, dass ich von ihr entdeckt worden war. Sie schälte sich aus einem Pulk dichtgedrängter Menschen und kam auf mich zu, wiegend, weich und geschmeidig, ich hatte noch nie zuvor ein Mädchen so gehen sehen. Irgendwie fremd. Und sehr besonders! Die ganze Zeit sah sie mir in die Augen. Das faszinierte mich. Immerhin musste sie etwa zwanzig Meter bis zu mir zurücklegen, und sie blickte nicht nach links oder rechts oder wo sie ihre Füße hinsetzten könnte. Es war wirklich brechend voll, aber sie schaffte es, sich durch die Menge zu bewegen, zu gleiten, niemanden anzurempeln und die ganze Zeit ihre Augen in meine zu bohren, das war, ich weiß nicht, das war ein wenig unheimlich.

Ich weiß noch, dass sich mir der Vergleich mit einem wilden Tier aufdrängte, ein Tier, das auf der Jagd ist und sich trittgenau durchs Unterholz bewegt, ohne die Beute aus dem Blick zu lassen und ohne ein einziges Geräusch zu verursachen. Sie kam immer näher. Trotz der Hitze trug sie ein langärmliges, bodenlanges Bhagwan-Gewand, so einen Hippielappen, kam näher, blieb vor mir stehen und sagte: »Hey, du bist aber gutes Material!«

Mir fiel die Klappe.

Sie stand sehr dicht vor mir, ich saß auf dem Podest, und obwohl ich saß, überragte sie mich nur um wenige Zentimeter. Würde ich aufstehen, dann könnte ich ihr locker auf den Kopf spucken, aber einstweilen war mir nicht nach Spucken, sie hatte mir die Sprache verschlagen. Immerhin war ich ja noch ganz schön jung, grade siebzehn geworden, und in dem Alter ist man noch nicht so abgebrüht.

»Hey«, sagte ich dann ziemlich einfallslos.

»Hey«, wiederholte sie. Immer noch bohrte sich ihr Blick in meine Augen. Mir fiel auf, dass sie bisher nicht ein einziges Mal mit den Lidern geblinzelt hatte. Und, noch merkwürdiger, als einziger Mensch im ganzen Club hatte sie ein trockenes Gesicht. Alle andern glänzten von Schweiß. Ich auch. Sie nicht. Und, sie blinzelte nicht.

»Setz dich doch«, meinte ich und machte eine einladende Geste mit der Hand.

»Nein, keine Lust. Steh du auf.«

Ich stand auf und hätte ihr tatsächlich ohne Probleme auf den Kopf spucken können. Ich kicherte albern. Sie packte mich im Genick, riss meinen Kopf nach unten, presste mir ihren Mund auf die Lippen, küsste mich wild, leidenschaftlich und dermaßen hart, dass mir schwindlig wurde vor Verlangen. Dann ließ sie mein Genick los, und ich blieb wie ein versteinerter Volltrottel unbeweglich stehen. Vornüber geneigt, verblüfft und verwirrt. Dazu muss man natürlich wissen, dass die *Music-Hall* ein stinknormaler Tanzclub war, Rockmusik, Funk, aber stinknormal. Ein Mädchen, das auf der Suche nach einem Mädchen war, würde nicht unbedingt hier danach suchen. Und überhaupt, ich stand zwar auf Mädchen, war aber mit allem doch noch recht unvertraut, war schockiert, dass ich offenbar aussah wie SO EINE. Ich hatte eben noch jede Menge Moralmüll im Kopf. Auf jeden Fall stand ich dort recht verwirrt in der Gegend rum.

»Bist du noch Jungfrau?«, fragte sie.

Jetzt war es wohl völlig aus. Ich nickte und murmelte: »Quasi.«

»Sehr schön, Jungfrau ist wichtig.«

Plötzlich war ich mir nicht sicher, ob sie vielleicht mein Sternzeichen meinte, denn es war damals unglaublich schick, sich mit dem passenden Sternzeichen zusammenzutun.

»Wie meinst du das? Wichtig!? Was bist du denn?«

»Auch Jungfrau.«

»Aszendent was?«, versuchte ich ein zweites Mal herauszubekommen, ob wir dasselbe meinten.

»Wie? Aszendent?«

Also meinte sie tatsächlich, oder wahrscheinlich, Jungfrau. Ich hätte jetzt natürlich eine feministische Diskussion vom Zaun brechen können, dass Mit-Mädchen-schlafen nicht unbedingt bedeutete, ein intaktes Jungfernhäutchen zu haben. Abgesehen von der altbekannten Geschichte mit Sport und so, also ich mochte es schon auch ganz gern, wenn ein anderes Mädchen mit ihren Fingern in mich drang, aber egal, wer wollte in so einer spannenden Lage schon irgendwelche Diskussionen führen? Feministische.

Sie hatte keinen Moment ihre Augen aus meinen genommen. Und sie blinzelte, verdammt noch mal, nicht.

»Wie meinst du das? Was soll diese Frage? Ich glaube nicht, dass ich … wie soll ich sagen …?«

»Ich will nur wissen, ob ein Begatter schon mal seinen Samen in dir abgelegt hat?«

Meine Augenbrauen schossen in die Höhe, und erneut blieb mir der Mund offen stehen. Stumm verneinend schüttelte ich langsam den Kopf. Die hatte wahrscheinlich auch eine Macke. Ich zog solche Menschen an, wie Gustav Gans das Glück oder wie ein Stück Aas die Schmeißfliegen. Absonderliche Menschen jeden Alters pflasterten sozusagen meinen Weg. Ich beschloss, sie müsse in diese Kategorie gehören. Es störte mich nicht. Mit ihnen war es allemal lustiger als mit rechenpapierartig ausgerichteten, linierten, funktionierenden, gestempelten Normalos, die sich zwar gut stapeln ließen, die aber schon um acht Uhr wussten, was sie um zehn oder zwanzig Uhr tun würden. Solche Leute machten mir Angst. Viel mehr Angst als all die Merkwürdigen um mich herum, welche in ihren Phantasiesprachen komische Geschichten erzählten und kuriose Sachen erlebten und trotzdem lebendiger sprudelten, als kochendes Wasser. Klar, irgendwann ist alles Wasser verdampft. Dann ist eben Schluss mit lustig.

»Nein, da hat noch keiner seinen Samen abgelegt.«

»Sehr gut. Gutes Material. Irgendwelche Allergien?«

»Allergien?« Ich kam mir vor ... wie bei einem Bewerbungsgespräch.

»Nein. Nicht direkt«, ich schluckte ungemütlich. Vielleicht hatte sie einen Hang zu Splatterfilmen? »Das einzige, was ich in der Hinsicht zu bieten habe sind Rote Beete, da bekomme ich Durchfall.«

Sie lachte schallend, übrigens zum ersten Mal, und rief: »Oh, Tom Robbins! Eine Geschichte, die mit Rote Beete beginnt, endet mit dem Teufel! Prima. Das finde ich klasse. Welche Farbe?«

»Farbe?«

»Der Durchfall! Welche Farbe hat er?«

Plötzlich war ich mir nicht mehr so ganz sicher, ob sie mir tatsächlich gefiel oder ob ich sie unappetitlich fand. Ein bisschen versaut fand ich ja gut. Aber sowas?

Sie packte erneut mein Genick, ihre kleinen, zarten Finger waren erstaunlich kräftig. Wieder küsste sie mich, als wären wir irgendwo, verschlungen auf einer Matratze, dabei waren wir in einem überfüllten Music-Club! Aber meine Knie begannen zu zittern, ich stöhnte leise jammernd vor Lust, und mein Mund floss über von Spucke. Ich versuchte mich loszureißen, aus ihrem Griff zu winden, mir war das nichts, so viele Leute drum herum, ich kriegte sie nicht los, versuchte mich aufzurichten, was mir auch gelang, allerdings wurde ich weder sie, noch ihren hart küssenden Mund los. Ich stand aufrecht, und sie baumelte mit ihrem Gewicht von etwa vierzig Kilo an mir, klebte wie ein blutsaugendes Ungeziefer an meinem Mund, meinen Lippen, und ich war hin- und hergerissen zwischen Ekel und Gier. Meine Zunge presste sich von selbst gegen ihre, die sich in mir aufbäumte. Miststück, dachte ich, du kleine Drecksau, hör sofort auf damit! Und endlich schaffte ich es, sie mit einer schnellen Drehung meines Oberkörpers abzuschütteln.

Sie landete zielsicher auf beiden Füßen.

Wie eine Katze.

Ich hingegen schwankte.

Sie lachte.

Auf ihren entblößten Zähnen schimmerte Blut.

Oder?

»Los, komm«, flüsterte sie, »lass uns gehen. SOFORT!«

Sie drehte sich um, ging einfach los in Richtung Ausgang.

Ich blieb sekundenlang stehen, blickte ihr hinterher. Sie glaubte doch nicht im Ernst, dass sie hier so rumzubefehlen hatte wie King Lui, dachte ich noch, dachte ich, da waren meine Füße schon längst hinter ihr her, ich konnte mich grade noch soweit bremsen, dass ich nicht losrannte.

Draußen auf der Straße blickte ich mich um, sie war schon ein gutes Stück weit vorgegangen, jetzt setzte ich mich doch in Trab. Kaum hatte ich sie eingeholt, trabte auch sie los, und ich gab mir Mühe, mit ihr Schritt zu halten. Wir liefen durch eine herrliche Julinacht, der Himmel war klar, keine Wolken. Ein riesiger, orange leuchtender Mond hing über den Häuserdächern. Er war noch lange nicht an seinem Zenit angelangt, würde irgendwann später, wie üblich, die altbekannte bleiche, kleine Scheibe sein und diese Stadt beschützen. Der Mond war ziemlich voll. Oder war sogar schon richtiger Vollmond? Ich wusste es nicht. Konnte sein. Wir liefen.

»Du hast mich in die Lippe gebissen!«

»Guter Sex tut meistens ein bisschen weh.«

Die nächsten zwei Häuserblocks dachte ich über den Sinn ihrer Antwort nach. Mein Gott, ich war siebzehn und somit ganz entschieden NICHT ihrer Meinung. Guter Sex war für mich einfach guter Sex, war zärtlich und spannend, hatte mit Entdecken zu tun und mit der Freude aneinander, mit der Freude am Leben, mit Lust. Meine Sexualität war in diesem Alter noch nicht besonders zielgerichtet, vielleicht sogar ein bisschen unbeholfen. Also, ich fand entschieden nicht, dass sie recht hatte, jedenfalls nicht auf dem Stand meiner bisher gesammelten Erfahrungen. Wir liefen und ich keuchte: »Weiß nicht. Finde ich nicht unbedingt.«

»Wir reden später darüber«, antwortete sie lächelnd. Sie keuchte kein bisschen!

»Bist du Marathonläuferin?«

»Spar dir deinen Atem.«

Wir liefen. Inzwischen bogen wir in die Kolonnenstraße ein. Ich konnte einfach nicht mehr: »Warte!«

Sie blieb stehen, drehte sich um zu mir. Kleines Persönchen. Im Mondlicht schimmerte ihre Haut weiß, der Kontrast ihrer schwarzen Haare unterstrich das Weiße noch. Sie stand da in ihrem Wallewallekleid, mit Kürbiskernketten um den Hals, und ich kriegte kaum noch Luft, und ich konnte einfach nicht mehr. Was wollte ich mit diesem Hippiemädchen eigentlich?

Sie stemmte die Hände in die Hüften und lachte mich aus. »Komm«, sagte sie, »wir müssen uns beeilen!«

»Moment«, knurrte ich, »erstens, wo müssen wir überhaupt hin, und zweitens, warum müssen wir uns beeilen?«

»Erstens, wir müssen zu dir, zweitens, es geht wie bei allem im Leben nur um den richtigen Zeitpunkt.«

Das war für mich spanisch.

»Bis zu mir ist es noch verdammt weit. Von Zeitpunkten weiß ich nichts, da halte ich nichts von. Entweder, es passt oder es passt nicht.«

»Eben! Und manchmal passt etwas partout nicht ineinander, aber dann kommt der richtige Zeitpunkt, und dann … dann macht es ZONG und es passt. Es passt so ineinander, als wäre es nur füreinander geboren worden. Manchmal muss man sieben Jahre darauf warten.«

Für mich blieb es bei spanisch. Ich schüttelte den Kopf. Sie redete nicht so, wie ich das von Mädchen in meinem Alter gewohnt war. Komisches Zeug, sieben Jahre warten bis es passt. Bis was passt? Ich hatte noch nie in meinem Leben auf irgendetwas so lange gewartet. Höchstens auf meine Volljährigkeit. Noch knapp ein Jahr, dann könnte mir keiner mehr was!

»Okay, okay. Wir wollen also zu mir. Gut. Aber, wenn wir es eilig haben, dann sollten wir vielleicht ein Taxi nehmen, sonst kommen wir sicher erst in zwei Tagen an. Mit ein wenig gutem Zureden wird mein Geld grade so reichen.«

»Gut.«

Sie hob die Hand. Wie aus dem Nichts hielt ein Taxi. Sie hielt mir die Tür auf, ich stieg ein. Sehr, sehr merkwürdig.

»Nach Kreuzberg bitte.«

Wie ein harmloses kleines Mädchen schmiegte sie sich an mich, schob ihre Hand in meine und lächelte mich unschuldig von unten herauf an. Sehr, sehr merkwürdig.

»Kannst du auch Regen machen?«, fragte ich misstrauisch.

»Nein, ich glaube nicht.«

»Mmh.«

Es mochte inzwischen kurz nach Mitternacht sein. Der Himmel hatte ein unheimliches, tiefes Tintenblau. Der Taxifahrer redete kein Wort, und das Hippiemädchen lächelte leise. Ich wurde das Gefühl nicht los, dass irgendwas nicht stimmte. Irgendwas war nicht so, wie es hätte sein sollen. Und ich war kein Held. Wirklich nicht! Und verdammt noch mal, mir wurde mulmig. Und das komische Zeug, das sie die ganze Zeit redete. Wenn sie redete. Von Begattern und Allergien! Sehr, sehr merkwürdig.

Wir stiegen aus. Ich wollte zahlen. Der Taxifahrer winkte ab, schlug die Tür von innen zu und brauste davon. Verdammt! Was war hier los? Ich sah zweifelnd in ihre unverwandt blickenden Augen. Sie blinzelte immer noch nicht. Und ihre Augen hatten keine Farbe. Keine Farbe, wie Augen sie zu haben hatten. Irgendein Grau. Aber so ein dermaßen helles, helles Grau, das war nicht normal. Und es war auch nicht schön! Je länger ich in ihre Augen hineinblickte, desto heller und tiefer wurden sie.

»Sag mal, hast du eigentlich einen Augenfehler?«

»Wieso fragst du?«

»Naja«, ich kam mir so doof vor, »weil du nie zwinkerst.«

»Ach so, das! Ja. Das ist aber nichts Schlimmes. Das gibt es häufiger. Erbsimasides Syndrom, nicht weiter wild. Meine Tränendrüsen produzieren deshalb vermehrt Flüssigkeit, damit die Augen nicht austrocknen. Bei meinen

Augen fehlt einfach der übliche Reflex, der normalerweise die Flüssigkeit auf dem Augapfel verteilt.«

Zweifelnd fragte ich: »Erbsimasides Syndrom?«

Ich war mir sicher, dass sie log.

Wir gingen hoch. Ich wohne im vierten Stock. Der vierte Stock ist mein Schicksal. Ich schloss die Wohnung auf. Sie huschte seitlich an mir vorbei in den finsteren Flur und drehte sich für einen Moment zu mir um. Das Licht der Treppenhausbeleuchtung wurde von ihren weit offenen Augen reflektiert. Sie funkelten in der Dunkelheit. Dann schaltete sie die Flurlampe an. Und ich war mir nicht mehr sicher, ob ich das eben wirklich gesehen oder ob ich mir das einfach nur eingebildet hatte. Ich musste es mir eingebildet haben. Licht wird von Augen nicht reflektiert, wird nicht als glänzender Schein zurückgeworfen. Jedenfalls nicht bei den Menschen, die ich bisher kennengelernt hatte.

Gerne wäre ich unauffällig zum Bücherregal hin geschlendert und hätte heimlich im Brockhaus, den ich von meinen Großeltern geerbt hatte, nachgesehen, ob ich irgendwas über ihr sonderbares Syndrom fand, da krachte die Wohnungstür, der sie offenbar einen ordentlichen Tritt versetzt hatte, hinter meinem Rücken ins Schloss. Und im gleichen Moment sprang sie mich an. Sprang sie auf meinen Mund, hing mit ihren paar mal zehn Kilo an mir, und wieder dieser Mund, so tief. Zu tief und zu hart für einen wirklichen Kuss. SO, wie ich Küssen kannte, war DAS NICHT, spürte ich ihre Zunge, GENAU DAS! Aber ich, ich wollte das nicht. Nicht so, wie sie das tat. Das war mir zu schnell. Das war zu viel. Ich wusste nicht mal ihren Namen.

Das war nicht so, wie es sein sollte, stöhnte ich in ihren atmenden Mund. Und sie wurde laut. Lauter. Das gehörte sich so nicht. Nicht an diesem Punkt. Kämpfte ich gegen sie in meiner speicheltriefenden Mundhöhle, aber klein wie sie war, hatte sie mehr Kraft. DAS WAR MEINE WOHNUNG!

Ich riss die Arme hoch, packte sie an den Schultern, versuchte sie fortzustoßen, mir ging das alles zu schnell. Sie flog etwa einen Meter weit. Und landete sicher auf ihren Füßen.

»Komm«, murmelte sie sanft, »komm, zeig mir dein Bett! Komm schon. Komm. Hab keine Angst. Du hast nichts zu verlieren. Nicht viel. Komm.«

Sie machte das Flurlicht aus. Sprang mich wieder an. Ich wollte ja, ich wollte. Sie. Oder Sex. Oder beides. Ich war nur nicht so schnell. Sie sprang und war an mir. Von meinem Mund lief es warm den Hals hinab, meine Spucke, mein Schweiß, es war Juli, die Nacht war heiß, und dieses Mädchen drehte durch. Wie viele Hände hatte sie? Hundert? Oder mindestens sechs, knallte sie mich gegen den Türrahmen, immer noch im Flur, griff mir zwischen die Beine, durch die Jeans, packte mich, und jetzt reichte es mir aber, packte ich sie genauso! So HART! Tat sie mir weh, tat ich ihr weh! Zog sie, zog ich an ihr, griff in ihre Haare und versuchte, ihren zu hart küssenden Mund von meinem Hals wegzureißen. Scheiße! Wo war sie, wo stand sie? Sie biss mir den Hals, die Wange, den Mund.

»Scheiße!«, schrie ich.

»Komm«, schnurrte sie aus dem Dunkel, von allen Seiten zugleich, schnurrte sie aus drei oder vier Mündern, und ihre Zähne waren zu scharf.

»Hör auf!«

»Ich tu dir nichts.«

»Doch! Du tust mir weh! Du machst mir Angst!«

Sie zog mich. Gleitend und windend, umspielten ihre Hände meine Handgelenke. Riemen gleich, flossen ihre Hände unablässig und sacht. Diese Berührung war so zart, so elektrisierend, dass ich sie mehr an den Härchen spürte denn als Griff wahrnahm. Spielend und zugleich führend, umglitten ihre Finger wie warmes Öl meine Gelenke, sie zog mich, zog mich durch den Flur, durchs Dunkel in mein Zimmer, als wäre es ihre Wohnung.

»Jetzt mach mal halblang«, rief ich keuchend, schon wieder keuchend, und sie atmete kaum und schwitzte immer noch nicht.

»Hier ist dein Bett.«

»Ja«, unleugbar, der Mond erleuchtete das Zimmer, da war mein Bett, und da war sie, und da war ich. Mein Mund blutete. Nicht stark, nur ein wenig. Mein Hals, die zarte Haut, alles tat weh, und sie zog mich zu MEINEM Bett. So, wie sie drauf war, wozu brauchte sie überhaupt ein Bett? Ich war mir sicher, sie würde es normalerweise an jeder Wand, im Klo und in der Straße machen.

»Komm, wir haben die Nacht auf den siebten Juli. Komm, ich glaube es passt. Es ist Vollmond und du bist Jungfrau.«

»Hör auf! Ich zieh' mich selber aus!«

Mann, legte die ein Tempo vor. Die hatte einen totalen Knall.

»Wo ist eine Uhr? Ich brauche die Uhrzeit, alles muss stimmen.«

Und ich Vollidiot suchte ihr im Silberlicht des Mondes eine geerbte Armbanduhr, während ständig EINE von ihren sechs oder zwanzig Händen an einem meiner Gelenke krallte.

Krachend landete ich in der Waagerechten, sie auf mir. Plötzlich war ich FAST nackt, und während sie auf mir lag, entledigte sie sich ihrer Kürbiskernketten, rieb ihr Gesicht tief an meinem Hals, dem Schlüsselbein, biss, und ich biss auch, so wie sie mich und ich sie, auf- und übereinander, so, so hart, zu hart, Kürbiskerne unter der schwitzenden Haut meines Rückens, waren ihre Ketten gerissen.

Und dann zog sie sich aus, windend, auf mir, gelenk und ungelenk zugleich, entledigte sie sich ihrer Kleider, sich hüftenschwingend auf mir windend, die Schultern, das Kreuz durchgebogen, wand sie sich, und ich wand mich unter ihr in dem Versuch, nach oben zu gelangen, DENN ICH LAG NIE UNTEN! Gelang es mir — verflucht noch mal — nicht. Dieses Miststück …

Ich machte eine Pause. »Schläfst du schon?«

»Bist du wahnsinnig, jetzt aufzuhören? Erzähl weiter, erzähl SOFORT weiter! Ich schlafe kein bisschen. Ich will wissen, wie es weitergeht!«

Da lag sie also neben mir und onanierte. Naja, vielleicht onanierte sie nicht wirklich. Vielleicht hatte sie nur ihre Hände zwischen den Schenkeln liegen und spielte an sich herum. Trotzdem war es ein wenig bitter. Wir hatten bestimmt seit vierzehn Tagen keinen Sex mehr zusammen gehabt. Es war spät in der Nacht. Ich war ein bisschen müde und ein bisschen trotzig. Aber gut, ich sollte erzählen. Sie würde ihre Einschlafgeschichte kriegen.

Jetzt war sie nackt, und ich sah sie zum ersten Mal an. Völlig. Ich sah sie an, während sie auf mir lag und mit ihren Zehen meine Strümpfe von den Fesseln, den Füßen streifte. Ihr Körper sah aus wie flüssiges Silber.

Was war das?

Das kam doch nicht vom Mondlicht? Sie war nicht das erste Mädchen, das ich nackt sah. Aber das hier war schon ungewöhnlich. Ihr Körper war von einem feinen, weißblonden Pelz bedeckt. Lange, feine, weiße Härchen, über all ihrer Haut, flossen, schmiegten sich über Muskeln, über Muskeln wie ich sie noch nie gesehen hatte. Sie war so klein, zart und zierlich, trotzdem aber gar nicht zerbrechlich. War ein Mädchen, aber doch kein Mädchen, war sehnig, zäh, und ihr Körper sah nicht aus wie ein Körper, wie ich ihn kannte, wie ein Körper hätte sein sollen.

Ich staunte sie an, flüsterte: »Warte. Warte bitte einen Moment.«

Tatsächlich blieb sie ruhig liegen, ließ sich sogar bereitwillig von mir zur Seite schieben. Andächtig staunte ich sie an. Klar, sie hatte mir in dieser Nacht schon einige Male die Sprache verschlagen, aber das hier … das war anders, das war allerhand. Eine Stille war um uns, ich wusste genau, es war die Stille vor dem großen Sturm, aber jetzt war Stille, ich brachte kein Wort und nichts sonst über meine Lippen, ich … verflucht war das schön, es war vollkommen neu, es war unwirklich, und ich war voller Ehrfurcht. Andächtig berührte ich sie, glitt vorsichtig, mit zitternden Händen, über die seidige Glätte ihres schillernden Pelzes, spürte die Sprungkraft ihrer sehnig gestreckten Muskulatur. Das war nichts, was ich mir je hätte vorstellen können. Es war kein Mädchen. Es war auch kein Junge. Es war tatsächlich etwas Ähnliches wie … sie war, sie war … Ich berührte sie, drehte sie vorsichtig auf die Seite, strich über ihren gespannten Hintern, glitt über die langgestreckten Lenden, staunte den flachen Bauch an, der als Einziges unbehaart war, ihr Nabel war keine Kuhle, sondern ein daumenkuppengroßer Knoten, sie, es … Ich atmete stöhnend aus. Ich fühlte mich auf einmal unendlich schwach, als würde ich jeden Moment ohnmächtig werden, aber das wollte ich auf gar keinen Fall! Ich wollte ihren Anblick in mich aufnehmen, wollte wach sein, vollkommen wach und da. Meine Finger glitten über ihre Brüste, die sich fest und flach über den Rippen ausbreiteten, ja, sie hatte Brüste, wenn auch nicht so, wie ich es kannte, waren es doch eindeutig weibliche Brüste, und sie hatte auch eine weibliche Öffnung dort zwischen ihren Schenkeln, zwischen denen ich mittlerweile staunend kniete. Ich blickte ihr Geschlecht an, aber ich konnte es nicht berühren. Ich sah es nur an, die Farbe war im Mondlicht nicht so genau zu bestimmen … vielleicht braun? Ja, es könnte ein helles Braun gewesen sein, so wie Sahnenougat. Die Öffnung wölbte sich aus ihrem Unterleib, unbehaart wie die Bauchdecke, prall und rund, etwa in der Größe einer halben Aprikose. Das sah fremd aus und sehr schön, zugleich unschuldig und herausfordernd. Über ihrer sich wölbenden Öffnung wuchsen aus der Stelle, die ich jetzt mal Venushügel nenne, obwohl es so nicht aussah, über ihrer Öffnung wuchsen zwei penisähnliche Glieder empor. Das Obere war kleiner und schlanker als das Untere, an der Wurzel waren sie zusammengewachsen ... Ich wagte nicht, irgendetwas von alldem zu berühren. Es ging einfach nicht.

Sehr langsam hob ich meinen Blick. Scheu und verwirrt suchte ich das Gegenüber ihrer Augen. Offen sah sie mich an, lächelte in den Mundwinkeln.

»Wer oder was bist du?«

Obwohl ich nur kaum hörbar geflüstert hatte, wusste ich im selben Moment, dass diese große, beschützende Stille unwiederbringlich vorbei sein würde. Überdeutlich nahm ich sie wahr. Sie schien von innen heraus zu leuchten, so wie ich es nur von Häuserfassaden kannte, wenn sich am Himmel schwarze Gewitterwolken schnell näherten, wenn ganz plötzlich alles Tageslicht verschluckt wurde und, wie ein letzter Widerschein des Lichtes, die Häuser anfingen von innen her zu strahlen.

»Ich bin Dinah. Und ich möchte einfach nur nach Hause. Ich möchte nur noch weg von hier.«

»Wie lange schon?«

»Sieben Jahre. Sieben verdammte Jahre! Und ich will endlich hier weg. Ich will zurück zu meinen Leuten.«

»Sieben Jahre«, wiederholte ich.

»Ja, sieben endlose Jahre. Sieben Jahre in eurer Zeitrechnung. Weit mehr als 2500 Tage, und vor allem die Nächte, und alle zwei Nächte die Haare von den Händen und aus dem Gesicht reißen, ätzen, brennen, rasieren. Eine unvorstellbar lange Zeit... Und nun möchte ich heim.«

»Warum ich? Und warum heute?«

»In einer Nacht auf den siebten Juli bin ich aus der dreizehnten Dimension gefallen. Es war nur ein dummer Unfall, die Folge eines unbedachten Spiels. Wir waren eine Gruppe, ich stellte mich zu weit an den Rand, plötzlich spürte ich einen brennenden Schmerz überall, das Licht des Mondes hatte mich erfasst, sein Licht ist der Transmitter, und dann fiel ich über die Kante. Hier bin ich nun.«

»Warum ich? Warum heute?«, wiederholte ich gebannt.

»Heute ist die Nacht auf den siebten Juli. In der dreizehnten Dimension, da wo ich herkomme, da gibt es keine Zeitrechnung, jedenfalls nicht so, wie ihr sie kennt. Ich muss … Wie soll ich dir das bloß erklären? Es ist wie eine Tür, diese Tür ist immer da, immerzu existiert sie, aber, du musst warten, bis sie wieder an dir vorbeikommt, verstehst du das? Sie ist immer vorhanden, aber sie kommt hier bei euch nur einmal im Jahr vorbei. Ich habe es jedes Jahr versucht, jeden siebten Juli habe ich es versucht, aber das Licht reichte nie aus, es gab einfach nie genug Licht! Und heute haben wir Vollmond! Es muss funktionieren. Es muss! Verstehst du? Heute ist meine Tür da. Es muss BITTE funktionieren.«

»Okay, ich glaube, dass ich dir so ungefähr folgen kann. Aber, beantworte mir doch bitte, warum ich es bin? Bin ich so etwas wie ein One-Way-Ticket?«

Sie ließ sich Zeit mit einer Antwort. Schließlich sagte sie: »Es wird dir nichts passieren! Es wird dir nichts passieren.«

Ich schwieg. Meine Augen schweiften ab, glitten durch mein Zimmer, glitten über den Boden, über unsere verstreute Kleidung, blieben schließlich an der Armbanduhr hängen. Ich beugte mich vor, nahm sie in die Hand und sah auf das rührend altmodische Zifferblatt. Ich mochte diese neuen Uhren nicht, auf denen eine digitale Anzeige nur das absolute JETZT markiert. Diese neuen Uhren hatten weder ein Vorher, noch ein Nachher, nur das Jetzt. Meine Uhr hier, die hatte alles, alles zugleich, vielleicht ein bisschen so, wie sie ihre Tür beschrieb, diese Tür, die immer da war, aber nur manchmal erreichbar. Hier auf dem Zifferblatt, die Acht zum Beispiel, ich konnte sie immerzu sehen, sie war einfach da, aber der Zeiger, der kreuzte sie nur alle zwölf Stunden. Alle zwölf Stunden konnte die Acht den Zeiger berühren.

Ich glaubte zu begreifen. Jedoch, wozu brauchte sie, oder es, wozu brauchte Dinah eine Uhr?

Ohne ihr eine Frage gestellt zu haben, sagte sie: »Um zwei. Die Tür kommt um zwei Uhr früh.«

Es war zehn Minuten vor eins. Sie hatte also nicht mehr viel Zeit.

Das Zimmer wurde dunkler, bestürzt blickte sie zum Fenster. Eine Wolke schob sich vor den Mond. Sie tat mir leid: »Hörst du den Wind in den Bäumen? Es ist nur eine einzige kleine Wolke. Sie wird weiterziehen. Bestimmt.«

Ich bemerkte, dass ihre Muskeln sich leicht spannten. Sie lag zwar auf dem Rücken, doch ich traute ihr ohne Weiteres zu, aus dem Liegen emporzuspringen und auf mich zu stürzen. Ich duckte mich und fragte trotzdem noch einmal: »Warum ich? Sag es mir!«

Sie schwieg. Allmählich ließ die Spannung in ihrem Körper nach, dann sagte sie: »Also, gut. Aber erschreck nicht. Es ist nicht wirklich schlimm. Ich … wie soll ich es dir erklären? Das Licht, es darf mich nicht berühren, jedenfalls nicht direkt. Ich muss mich schützen, sonst verbrenne ich. Ihr habt hier solche merkwürdigen Geschichten über Vampire, die verbrennen in der Sonne. Ich hingegen, ich würde in der Tür verbrennen, wenn ich mich nicht mit etwas bedeckte, etwas sehr Besonderem und Speziellem. Hier bei euch gibt es das aber nicht, es gibt nur etwas sehr, sehr Ähnliches. Ich muss mich damit bedecken, um nicht zerstört zu werden, und zugleich ist es in der Lage, das Licht des Mondes zu bündeln und sogar zu verschlucken. Verstehst du? Mein Körper darf nicht reflektieren. Ich muss das Licht aufnehmen, und unter dieser Schutzhülle wird das Licht dann zur Tür, wird zum Transmitter.«

»Was ist das für ein Stoff?«, flüsterte ich. Eine unbehagliche Ahnung beschlich mich, ich befühlte unwillkürlich meinen Hals, die zerbissene, allmählich verschorfende Haut, »was brauchst du für deine Reise???«

»Blut.«

Obwohl ich mit genau dieser Antwort gerechnet hatte, schluckte ich hörbar.

»Und Fleisch. Blut und Fleisch.«

»Blut und Fleisch«, echote ich matt.

»Nicht einfach nur irgendein Blut, es muss weiblich sein, muss Antikörper gegen irgendeinen Stoff ausgebildet haben, also Blut von einer Allergikerin, und es muss gemischt sein mit dieser Flüssigkeit, die ihr Weibchen hier in der dritten Dimension absondert, wenn ihr Lust empfindet.«

Sie hatte sehr sachlich und schnell geredet. Ich sagte: »Ahhah.«

»Und das Fleisch«, auf einmal war sie gar nicht mehr zu bremsen, »das Fleisch darf auf keinen Fall geraubt werden! Auch das Blut nicht! Es muss ein Geschenk sein. Freiwillig hergegeben. Deshalb musste ich eine finden, die sich gerne an den Schmerz gibt, die sich vom Schmerz nehmen lässt und ihn dadurch beherrschen kann.«

Wieder war ich sprachlos. An den Schmerz geben? Rauben? Schenken? Einen Teil meines Körpers herausbeißen lassen, freiwillig, und trotzdem noch diesen Saft absondern, den die Weibchen der dritten Dimension produzieren, wenn sie Lust empfinden? Wofür hielt sie mich? Himmel ja, ich war allergisch gegen Rote Beete, aber sonst?

»Und es muss jungfräulich sein, es darf noch nie von einem eurer Begatter beschmutzt worden sein, denn ich bin Dinah, das heißt bei uns so viel wie ›Die Zweischwänzige‹, ich bin ein Königsbegatter.« Sie redete ohne Punkt und Komma, ich hörte ihr mit offenem Mund zu und dachte sekundenlang, dass ich bestimmt gleich verrückt würde, oder sinnlos schreien müsste, oder doch lieber in Ohnmacht fiele. Ich konnte mich für nichts entscheiden und hörte einfach zu. »Die Königsbegatter können selbst nicht gebären, so nennt ihr das hier, wir begatten nur, und für den Transformationsprozess brauche ich willig gegebenes Fleisch von einer, die nicht ist wie ich, deshalb darf deine Haut auch keine von diesen Informationen besitzen, die eure Begatter zurücklassen. Es darf nicht sein wie mein eigenes …« Ich unterbrach sie mit einer schwachen Geste. Ich wollte nichts mehr hören, nicht ein einziges Wort! Sie verstummte, und im selben Augenblick flutete das Mondlicht erneut ins Zimmer. Die Wolke war vorübergezogen.

Es war ein Uhr und vierzehn Minuten, und ich sah aus den Augenwinkeln einen Schatten, der pfeilschnell über mir war, mich im Bruchteil einer Sekunde vornüberriss, an den Schultern niederdrückte, mein Gesicht stirnlings in die Matratze presste, mich an den Hüften umkrallte, sich emporwand und mich riss, über mich glitt und durch einen tiefen Biss ins Genick bewegungsunfähig machte, während sie rücklings eindrang.

Sie drang ein, rücksichtslos, als wäre es die Eile der Zeitlosen, denn sie hatte keine Zeit mehr, und ich schrie in die Matratze, schrie ich ein Ventil für das explosive Gemisch von sich widersprechenden Empfindungen, schrie ich in den Stoff des Lakens und überwand den Schock, hob mich ihr entgegen, spürte sie, spürte ihre Tentakel in mir, BEIDE ZUGLEICH, und schrie, atmete stoßweise in den Stoff, der schon feucht wurde von der Hitze meines Atems, während sie mich durchdrang, durchdrang, durchdrang, glitt ich fort, einer Ohnmacht ähnlich glitt mein ganzes Sein, all mein Empfinden glitt in den Unterleib und dorthin, überall dorthin wo sie war, dort war ich, nur noch dort und nur noch ich, ich da bei ihr, um sie herum, und ihre Zähne hielten mein Genick, drang sie schnell und immer schneller, schwindelerregend schnell immer tiefer, so schnell, dass ihre Bewegungen kein Kommen und Gehen mehr waren, sondern nur noch eine einzige gleitende Berührung.

Sie war wie ein Fließen in mir, dieses Fließen machte, dass wir EIN Körper wurden, der ineinanderfloss und sich in Flüssigkeit verband. Sie war in mir, und ihr Ziel war die Verletzung, denn sie wollte mich öffnen, ich jedoch empfand keine Qual, nur ihre Zähne im Genick, die spürte ich nebelgleich als bohrenden, dauernden Schmerz, aber zwischen unseren Körpern war nur diese vereinende Berührung, weshalb ich mich höher und dichter an sie presste, mit meinem Rücken in ihren Bauch und ihre Brust drang, mit dem einen, einzigen großen Wunsch, vollständig in sie zu dringen.

Eine Lust glühte in mir. Tiefer als jedes Meer. Tiefer als der flüssige Kern im Innern der Erde. Vielleicht eine ganz andere Art von Tiefe? Vielleicht so tief wie das All? Das hatte ganz bestimmt nichts mit Sex zu tun, ganz sicher nicht, Sex, so wie ich ihn kannte, war etwas völlig anderes, Sex hatte mit Zärtlichkeit zu tun, aber das hier, ich ahnte es, das hier war etwas sehr Ähnliches, nur auf einer fremden, ganz anderen Ebene. Meine Lust wuchs, und ich war erschüttert von der Art der Berührung. Noch nie zuvor hatte ich, geschweige denn jemand anderes, mich dort berührt, war dort in mich eingedrungen, es war eine intensive Lust, ich spürte, wie ich auf einen Orgasmus zu glitt, und ich weiß noch, dass ich das registrierte und mich verwundert fragte, wie das sein konnte, denn es gab keine vaginalen, also wahrscheinlich auch keine analen Orgasmen. Trotzdem riss es mich strudelnd diese besondere Welle hinauf, die ich bisher SO mit anderen noch nicht erschwommen war, und ich stöhnte ein nicht abreißendes Stöhnen in das nasse Laken der Matratze, als sie mich unvermittelt von sich stieß, ich auf dem Bauch landete, im selben Moment an den Hüften gepackt, hochgerissen und herumgeschleudert wurde, auf dem Rücken landete, ihre Hände an den Schenkeln spürte, die sie mir auseinanderriss, sich dazwischenwarf, ihr Gesicht mit den ewig offenen Augen hineinpresste, als wollte sie, Kopf voran, in mich dringen, ihren Mund in mein schwimmendes, weibliches Fleisch tauchte, ihre Zähne und ihre Zunge hineingrub, ich aber dennoch aufwärtsglitt und nur noch Begehren und Lust war und über sie kam. Sie leckte und biss, teilte mich mit den Händen, und ich kam. Sie badete Gesicht und Hals in mir, glitt aufwärts, dicht an mich gedrängt, glitt sie mit ihrer Brust, ihrem Bauch an mir entlang, durch mich hindurch, schwamm aufwärts und rollte sich abwärts, und ich kam. Sie fraß mich auf, aber selbst das konnte mich immer noch nicht zum Heulen bringen. Ich kam. Ich habe keine Ahnung, wie oft ich in dieser Nacht gekommen bin. Es erschien mir endlos.

Irgendwann sackte ich in einen kurzen Dämmer, nahm sie und ihren gleitenden Tanz zwischen meinen Schenkeln nur noch schemenhaft wahr, war davon berührt und beschützt, schloss die Augen. Erst als sie sich von mir löste, als die Berührung ihres Körpers plötzlich fehlte, kam ich wieder zu mir. Seufzend empfand ich jetzt den Schmerz, ganz plötzlich war er da. Ich atmete tief durch, versuchte, ihn anzunehmen und vorsichtig durch den ganzen Körper laufen zu lassen, ich zwang den Schmerz in das Geflecht meiner Adern und ließ ihn fließen, sich verteilend wurde er erträglich. Ich öffnete die Augen und sah sie.

Sie stand am Fenster. Ich drehte vorsichtig den Kopf, um sie betrachten zu können. Im Licht des Mondes wirkte sie beinahe schwarz. Schwarz und feuchtglänzend stand sie am Fenster, hatte mir ihren Rücken zugewandt, öffnete bedächtig die unteren Fensterflügel und drehte sich dann zu mir um.

»Wie geht es dir?«

Ich lächelte gequält. »Oh, ich denke, ich bin in Ordnung. Wie ist es mit dir?«

»Oh, ich denke, ich bin auch in Ordnung. Ich denke, du warst eine gute Wahl.«

Sie kam auf mich zu und kniete sich hin. Das Blut begann rasant zu trocknen, die feinen Haare waren verklebt und mit kleinen Klumpen behaftet. Sie hatte sich wirklich Mühe gegeben. Soweit ich das auf den ersten Blick beurteilen konnte, gab es nicht eine einzige, silbrig schimmernde, unbedeckte Stelle auf ihrem Körper. Selbst in ihren Augen, diesen merkwürdigen, sich niemals schließenden Augen, schwamm Blut. Ich konnte ihren Blick nicht mehr finden. Mühsam griff ich neben das Bett, dort lag die Armbanduhr. Es war zwei Minuten vor zwei. Sie beugte sich tiefer, berührte vorsichtig mit ihren verkrusteten Lippen meinen noch immer nach Blut schmeckenden Mund. Sie gab mir einen sanften Kuss!

»Danke. Leb' wohl.«

»Leb' wohl.«

Sie ging erneut zum Fenster, sprang aus dem Stand hinauf aufs Blumenbrett und erstarrte.

Wir warteten.

Ich beobachtete den Sekundenzeiger, dabei wusste ich nicht mal, ob die Uhr genau ging und in welcher Zeit diese Tür hier eigentlich vorbeikommen würde, ich meine, wie GENAU die anderen da in ihrer dreizehnten Dimension wohl waren. Bei uns kamen Züge selten pünktlich. Zwei Uhr. Aus ihrem Körper heraus kam ein Laut, ein Summen, das beständig anschwoll. Das Licht des Mondes glitt über sie hinweg, wurde von ihrem stumpfen, dunklen Leib aufgesaugt, verschluckt, aus dem Summen wurde ein Dröhnen, das Zimmer schien zu beben und dann, dann … dann begann sie wieder zu strahlen, wie vorhin schon einmal, von innen heraus. Und dann sprang sie. Sie sprang einfach aus dem Fenster! Wie gesagt, vierter Stock, sprang sie. Aber nicht etwa hinab, nein, sie sprang hinauf! Eine Sekunde oder zwei sah ich sie fliegen, und dann war sie weg. Einfach weg. Sie hatte sich sozusagen in Luft aufgelöst.

Es schien funktioniert zu haben.

Das faszinierte mich. Was für ein überwältigender Gedanke, dass ein Teil von mir jetzt durch das All flog oder in einer anderen Realität war oder in einer anderen Dimension. Ein Teil von mir lebte irgendwo weiter. Ein Teil von mir konnte solch eine Wandlung mit verursachen. Das war sehr weiblich. Wie gebären. Das beeindruckte mich fast noch mehr, als mein allererster multipler Orgasmus, den ich in dieser Nacht erlebt habe. Es war übrigens auch mein bisher letzter.

Ich schmiegte mich an meine Liebhaberin, die mich jedoch brüsk zur Seite schob. »Nein, ich will jetzt nicht schmusen. Ich will wissen, wie es weitergeht!«

»Wie? Es geht nicht weiter. Es hat doch funktioniert. Dinah hat ihre Tür gefunden.«

»Nein, der Schluss gefällt mir nicht. Ich will wissen, was mit dem Mädchen passiert, will wissen, ob sie stirbt und überhaupt.«

»Was redest du für komisches Zeug? Ich liege doch neben dir, wie soll ich denn da tot sein, denkst du etwa, ich sei ein Zombie? Oder sowas Ähnliches?«

»Wieso denn du?«

»Na, du wolltest doch ein Märchen, und ich hab' dich gefragt, ob es auch eine Geschichte sein dürfe, die so unglaublich klingt, dass man denkt, sie ist nur ausgedacht. Das war meine Geschichte mit Dinah.«

Sie schüttelte mich maulend und erstaunlich wach, sie knurrte: »Hör sofort auf, mich anzulügen! Ich will jetzt einen vernünftigen Schluss. Denk dir irgendwas aus. Irgendeine ganz schreckliche Pointe.«

»So glaub mir doch. Das war die ganze Geschichte. Wenn es dich glücklich macht, erzähle ich noch den Epilog.«

Ich lag also in meinem Zimmer, führte die Schmerzen durch meine Adern und atmete konzentriert. Nach einer Weile wurde ich doch unruhig, weil die Blutung nicht aufhörte. Es blutete zwar nicht sehr stark, aber es hörte auch nicht auf zu bluten. Also robbte ich zum Telefon und rief eine Freundin an, die in der Nähe wohnte und ein Auto hatte. Ich schilderte ihr in groben Zügen, dass ich von einem Tier angefallen und verletzt worden sei. Ich bat sie um Hilfe. Sie kam. Ihren Gesichtsausdruck, als sie das Zimmer betrat, brauche ich dir wohl nicht zu beschreiben. Du kannst dir vorstellen, was sie sah. Ich war nackt, blutverschmiert, Mund, Hals, Brust und Unterleib zerbissen. Blut auf dem Laken, dem Teppich, am Fenster, und überall Kürbiskerne verstreut. Sie war so schockiert, dass sie keine einzige Frage stellte, mich in ein sauberes Laken wickelte, rasch ein paar Kleidungsstücke aus dem Regal zog und mich auf ihren Armen die Treppe runter, zum Auto trug. Dann fuhr sie mich zur Ersten Hilfe im Urban-Krankenhaus. Wir kamen sofort dran. Der Arzt stellte alle möglichen Fragen, ich verwickelte mich in Widersprüche, kam mir vor wie eine Mörderin, die verhört wird, immer mehr Ärzte kamen, alle schauten und fragten und fühlten. Dann bekam ich eine Tetanusspritze in den zerbissenen Hintern und wurde schließlich doch ohnmächtig. Erst am kommenden Tag wurde ich wieder wach. In einem Krankenzimmer.

Ein netter, älterer Professor kam vorbei und erklärte mir, dass sie die Wunde mit zehn Stichen genäht hätten, dass auch sonst alles gut verheilen würde und ich glücklicherweise noch rechtzeitig gekommen wäre. Und dann fragte er und fragte und fragte. Ich wich ihm aus und antwortete sehr vage, sagte etwas von einem Tier, dann redete ich vom Hund meines Nachbarn. Er wurde nicht sehr froh mit mir, schließlich fragte ich ihn, was dieses Verhör sollte, und er sagte, dass ich jetzt die dritte Patientin innerhalb von fünf Jahren sei, die mit solchen Verletzungen käme, und jeder von uns würde ein Stück ihrer linken, inneren Schamlippe fehlen, und jede wäre in der Nacht zum siebten Juli gekommen, alle wären sie von alleine gekommen, und keine von uns wollte sagen, was denn da nur vorgefallen sei. Und so sagte ich ihm also, dass auch ich nichts weiter dazu erklären wollte, dass, wenn er in anderen Krankenhäusern herumfragte, er ganz sicher noch von vier weiteren Patientinnen erfahren würde und ich aber ganz sicher die allerletzte wäre, sozusagen das Schlusslicht einer Serie. Das wäre nun vorbei. Mehr sagte ich nicht. Dann ging er. Ich wurde schon nach drei Tagen entlassen. Die Bisse verheilten, die Flecken verschwanden. Ich befühlte jeden Tag meine Zähne, ob sie vielleicht wachsen würden, beobachtete meinen Körper, ob die Behaarung sich verändert. Aber alles blieb altvertraut. Nur ein Teil von mir, der fehlte eben. Aber, da war ich Dinah fast schon dankbar, denn wenn ich nicht diesen Makel zurückbehalten hätte, dann hätte ich gedacht, ich hätte mir alles nur eingebildet, und darüber wäre ich früher oder später wahnsinnig geworden. Aber so?! Schade auch, dass mir das Krankenhaus nicht die Namen der anderen Mädchen geben wollte. Ich hätte sie gern kennengelernt.

»So, mehr Epilog fällt mir jetzt nicht ein. Und bitte, frag mich nicht schon wieder, was mit dem Mädchen weiterhin passiert ist. Dieses Mädchen liegt hier neben dir. Nur ein bisschen älter.«

»Ein bisschen«, grinste sie, »das hast du aber charmant formuliert. Und abgesehen davon, glaube ich dir kein einziges Wort von deiner Geschichte.« Sie wirkte sehr zufrieden.

Ich klopfte mahnend auf ihre rechte Hand, die sich fleißig und schamlos in ihrem Schoß bewegte. Ich zog sie in die Arme. Sie sträubte sich nicht.

»Ein bisschen älter«, beharrte ich, »jedenfalls alt genug, um eine aufregende, nackte, ebenfalls ältere Frau sehr begehrenswert zu finden.«

»Oh, fang doch nicht schon wieder damit an. Ich bin müde. Es ist mitten in der Nacht, und ich habe morgen einen anstrengenden Tag vor mir. Wir sollten jetzt beide schlafen. Sofort.«

Sprach sie. Sprach sie mit einem winzigen Anflug dieses unterschwelligen Gurrens, das mich regelmäßig schwach werden ließ. Ich nahm meinen ganzen Mut zusammen und legte scheinbar selbstsicher meine hohle Hand über ihren sich immer noch windenden Handrücken, so dass unsere Hände nun wie eine einzige in ihrem Schoß lagen. Sie seufzte leise. Und wurde endlich weich. Und öffnete ihre wunderbaren Schenkel. Ein Hauch ihres Duftes trieb in meine Nase. Nun war es an mir, zu seufzen. Ich schloss die Augen und glitt über sie.

Der folgende Morgen begann mit dem schrillen Fiepen ihres Weckers, mit schlechter Laune ihrerseits, mit der fast schon vertraut werdenden Distanz, die sie offensichtlich Nacht für Nacht im Schlaf zusammensuchte. Ach je, versteh' einer die Frauen.

Würde ich jetzt aufstehen und für sie Kaffee kochen, könnte sie dies als eine Geste der Demut auslegen. Also ließ ich sie in ihrer morgendlichen schlechten Laune zurück und kochte Tee. Für mich. Sie hasste Tee.

Dann rauchte ich mit Genuss eine Zigarette auf dem Balkon, freute mich am herrlichen Wetter und an den bunten Blumenkästen. Die anschließende Dusche ließ mich endgültig mit allem versöhnen. Als ich mich trocken rieb, stand sie plötzlich in der Badezimmertür.

»Du hast mir gar keinen Kaffee gekocht.« Leiser Vorwurf.

Ich schüttelte lächelnd den Kopf und sagte: »Einen wunderschönen guten Morgen. Ich hoffe, du hast gut geschlafen. Und schön geträumt.«

Sie lächelte ebenfalls, umarmte mich und murrte: »Ich weiß, dass ich ein furchtbares Scheusal bin. Was soll ich nur tun? Du bist so schrecklich nah. Nach so kurzer Zeit.

Das verkrafte ich einfach nicht. Und ich will das auch nicht. Ich bin so glücklich mit dir. Ich will das nicht. Ich brauche dich nicht. Es ist wunderbar, dich hier zu haben, aber …« Sie brach ab, sah mich unsicher an: »Was ist? Warum starrst du so?«

Ich schob sie auf Armeslänge von mir: »Weißt du, dass du noch an keinem einzigen Morgen je zuvor mehr als nur ein geknurrtes ›Morjen‹ herausbekommen hast? Deine lange Rede verwirrt mich.«

Wir küssten uns. Wenn wir nicht redeten, wenn wir einfach nur unsere Lippen, Hände, unsere Haut sprechen ließen, verstanden wir uns ganz hervorragend. Ohne Probleme.

Ich spürte, dass wir keine gemeinsame Zukunft haben würden. Aber bis dahin wollte ich es genießen.

Teile und herrsche

Er war groß, ausgemergelt und hatte Feuer. Nicht so wie eine Peperoni, eher wie ein Flammenwerfer. So hatte ich mir als Kind immer Jesus vorgestellt. Jemand, der eine Vision hat, der an etwas glaubt und diesen Glauben wie eine Fackel trägt. Vermutlich war ich ihm vom ersten Moment an verfallen, denn sonst hätte ich gesehen, dass er ein Verzweifelter ist.

Ich beobachtete, wie er in irgendeiner Kneipe die Welt um sich herum vergaß und mit einer Frau stritt. Laut, maßlos, ungerecht, furchtbar. Sie hatte keine Chance. Sie weinte. Ich war hingerissen. Der Anblick, den sie boten, besaß die erregende Ästhetik des Untergangs. Etwas in mir begann zu klingen. Ich wusste, dass wir zusammengehören würden, irgendwann. Und dann würden wir etwas Großes zusammen erleben.

Zwei Jahre vergingen. Zwei Jahre, in denen ich keinen Gedanken an ihn verschwendete, aber etwas von ihm hatte sich in einem meiner geheimen Kellerräume festgesetzt. Etwas, was ich nicht hätte hinausfegen wollen, selbst wenn ich es gewusst hätte.

Dann traf ich ihn unerwartet in einer Bar. Ich ging auf ihn zu, sah ihn offen an und sagte: »Hallo. Ich glaube, ich habe lange auf dich gewartet.« Verwirrt suchte er in seinem Hirn, woher er mich kennen müsste. Vergeblich, denn er kannte mich nicht.

Wir tranken zusammen Bier, bis die Dämme brachen und alles Weitere zwangsläufig wurde. Von diesem Abend an gehörten wir untrennbar zueinander. Um uns her breitete sich dieser Duft von Schicksalhaftigkeit und Gefängnis aus.

Wir gingen zu ihm. Er verriegelte sein Zimmer. Wir waren nackt, hatten keinen Sex, aber Tränen in den Augen vor Glück. Seine Freundin trat schreiend die Tür ein. Sie warf uns aus der Wohnung. Die Klamotten gleich hinterher. Jetzt waren wir unsere einzige Heimat.

Ich hatte den Schlüssel einer Bekannten, deren Blumen ich goss. Dort verkrochen wir uns. Im Bett. Dort hatten wir Sex. Tage- und nächtelang staken wir ineinander. Ich konnte nicht genug von ihm bekommen. Er war mein erster Mann. Verzückt lag ich nach dem Akt zwischen seinen Schenkeln und beobachtete die lebendige Haut über seinen Hoden. Sie bewegte sich, zog sich zusammen und lächelte grimassierend wie das faltige Gesicht eines Greises.

»Was tust du dort?«, fragte er.

»Deine Eier lachen.«

»Komm da weg, das ist mir peinlich.«

Mir war gar nichts peinlich. Ich sog begeistert alles in mich auf. Alles war neu. Und alles war schön. Ich bedeckte ihn mit Küssen aus Freude, die zu seinem Lachen wurde. Auch wenn jemand anderes weinte, es konnte nicht schlecht sein was wir taten. Wir schliefen ein. Er auf mir.

Ich unter ihm. Als ich erwachte, bewegten sich unsere Körper wild ineinander. Wir taten es immerzu. Im Wachen. Im Schlaf. Es begeisterte mich, wie sehr unsere Körper einander verlangten und es einfach machten, ohne zu fragen, ohne zu denken. Er lag über oder unter mir, und zwischen uns war dieses Staunen, das aus offenen Augen weint und in offene Augen fließt. Alles fühlte sich gut an. Solange wir in der Wohnung waren.

Auf der Straße schämte ich mich, seine Hand zu nehmen. Was wäre, wenn uns jemand sah? Ich war doch eine Lesbe. Er war unübersehbar ein Mann. Wenn auch ein sehr femininer, so war er doch ein Mann. Mein Herz flog ihm zu. Nichts passte mehr in mein Weltbild, das ich mir so mühsam zusammengeklebt hatte. Jeder möchte irgendwohin gehören. Oft erschien es mir leichter, in eine Schublade zu gehören als zu einem Mann. Alles war erschütternd neu und tief. Manchmal nahm es mir den Atem. Manchmal den Boden.

Es gab ein Geheimnis in seinem Leben, aber er wollte mir den Namen nicht sagen. Hin und wieder duschte er, machte sich hübsch, und ich durfte ihn nicht berühren. Wenn er wiederkam, roch er nach fremdem Rasierwasser.

Immer häufiger verschwand er in Räume, in die ich ihm nicht folgen konnte. Ich rannte mir den Kopf an unsichtbaren Mauern ein. Seine Arme und Handgelenke waren übersät mit alten Narben. Ich strickte ihm Pulswärmer, die er nicht trug. Manchmal lag ich einsam auf seiner Brust, zählte die Schläge seines Herzens und begann zu ahnen, dass seine Geschichte mit mir eine andere war als meine mit ihm. Wenn er von seinem Liebhaber kam, schrak ich zurück vor der Kälte seiner Augen. Dann war der Sex fremd und nicht nah. Dann war er nicht bei mir. Dann war er irgendwer, und ich träumte von Brüsten.

Ich nähte ihm ein Kleid. Er trug es gern über seinen Jeans. Ein Wollkleid. Inzwischen war es Winter, und ich hielt seine Hand auf der Straße. Da ich mittlerweile nirgendwo sonst mehr hingehörte, trug ich den Kopf hoch und war ein Teil von ihm. Vielleicht war ich ihm verfallen. Vielleicht er mir. Was immer es war, es war wie eine stählerne Fessel, die sich schmerzhaft in unsere Handgelenke grub, und ich hätte beim besten Willen nicht gewusst, wie sie zu lösen gewesen wäre. Untrennbar. Wenn er betrunken war, wandte er seinen Selbsthass gegen mich. Doch ich blieb.

Denn inzwischen war ich so, dass ich glaubte, ohne ihn nichts mehr zu sein. Wir gehörten zusammen. Und auch wenn er kein Mädchen war, so fühlte ich dennoch für die Ewigkeit. Die Spirale drehte sich schneller. Die Welt wurde winzig klein. Ich dachte, es wäre der ganze Kosmos.

Einmal öffnete er versehentlich meine Spielzeugkiste. Selbstgerecht lachend hielt er einen Dildo über den Kopf und rief: »Wenn Mädels also doch nur Schwänze wollen, warum nehmen sie keine richtigen?« Böse funkelte ich ihn an und zischte: »Du hast nichts begriffen. Gar nichts. Es geht nicht um Schwänze. Nie. Es geht immer nur um Berührung. Wenn du mit deinem Freund schläfst, denkst du dann an Mösen? Es ist nur ein Loch. Bei euch und bei uns. Man kann alles Mögliche hineinstecken. Wenn es Spaß macht!«

Er verstummte.

»Zeig mir, was ihr Mädels so miteinander tut.«

Ich wurde zur Verräterin. Ich nahm seine Hand und führte ihn. Ich zwang ihn, mehr Finger zu benutzen, als er sich vorzustellen wagte. Meine Lust schoss über sein Handgelenk. Er war entsetzt über mein tiefes Stöhnen, dieses Stöhnen, das nichts mit unserer Liebe zu tun hatte, sondern mit einem Sex, der ihm fremd war. Er prallte zurück. Er tat es nie wieder. Und wir haben auch nie mehr darüber geredet.

Ich hatte ihn in ein Geheimnis eingeweiht. Er wollte es nicht wissen. Kein Mann will das wissen. Sie wollen nicht wissen, wie tief eine Frau sein kann, nicht wirklich wissen, wie tief wir gehen. Sie kratzen an der Oberfläche und glauben, die Furche, die sie hinterlassen, sei eine Schlucht. Wenn Männer und Frauen sich doch aber so wenig zu geben haben, warum suchen sie einander? Es musste doch irgendeinen Sinn machen? Ich fand keinen. Aber ich liebte ihn.

Nichtsdestotrotz. Leidenschaftlich. Hilflos. Angekettet. Wir wechselten uns ab, wer das Arschloch war und wer heulte. Manchmal, wenn er mich verachtete, weil ich eine Frau bin, weil er sich verachtete, weil er mich liebte, schlug ich ihn. Und er schlug zurück. Es gab keinerlei Respekt mehr zwischen uns. Und auch sonst nichts Trennendes. Das war sehr schrecklich. Und das war sehr schön.

»Was willst du bloß mit diesem Wahnsinnigen? Ihr saugt euch doch gegenseitig aus.«

»Ich kann es nicht erklären. Ich fühle mich zum ersten Mal lebendig, rundum lebendig. Vor ihm war alles tot. Nach ihm kann nur noch Wüste kommen.«

Wir rasten auf einen Abgrund zu. Der Moment des Ansteigens war verpasst, der einzige Bahnhof lag seit Wochen weit hinter uns auf der Strecke. Und außerdem, Menschen sind seltsam, wenn sie den Abgrund spüren, dann wollen sie auch stürzen, wollen mit jeder Faser ihres Seins stürzen. Wenigstens einmal im Leben. Loslassen. Und sehen wo man landet. Wir spürten es und klammerten uns umso fester aneinander, denn mit doppeltem Gewicht fiel man vielleicht doppelt so hart. Es war eine Liebe ohne Sinn und Verstand. Bodenlos. Haltlos. Wenn wir stritten, prügelten wir aufeinander ein, wollten weg voneinander, hatten Angst, uns zu verlieren. Unser Sex wurde so schamlos, dass es dafür keine Worte mehr gab und mein Blut nicht ausgereicht hätte, um angemessen zu erröten. Ich leckte ihm seinen Schweiß aus den Achseln, um den Geschmack für ewig in die Zunge zu kriegen, so wie ich alles von ihm in meine Zunge prügelte, um für andere unberührbar zu werden. Gebrandmarkt wollte ich sein, denn das war es, was ich empfand. Besitz. Gedemütigt lag ich neben ihm, wenn er seinen Hass auf mich schleuderte. Kein Mensch mehr war ich. Nur noch Geschlecht von Kopf bis Fuß. Ohne Stolz. Ohne Ausweg.

Er versuchte auszubrechen, verschwand ohne jedes Wort. Ich rannte wie eine Maus durch das Laufrad meiner Wohnung. Eine Woche lang hörte ich nichts von ihm. Ich schrie meine Wut in die Wände, dämmerte nur manchmal in einen flachen Schlaf, jederzeit bereit aufzuspringen und ihm die Kehle zu zerfetzen, sollte er es wagen zurückzukehren.

Dann kam er.

Betrunken und schluchzend, die Arme zerschnitten, nicht tief, nur so tief, um Dampf abzulassen, um den unerträglichen Druck zu lindern. Wenn das Blut wallt, dann will es fließen, dann will es raus. »Ich hasse dich«, weinte er. »Ich weiß, ich hasse dich auch.« Er warf sich neben mir aufs Bett, schleuderte mich auf den Rücken und nahm mich mit einer Wucht, die uns beiden wehtat. Ich war nackt, er bekleidet. Die Schnalle seines Gürtels zerstach meine Leiste. Wir weinten beide, jeder um sich. Während er mich nahm, waren wir so allein, wie wir noch nie allein gewesen waren. Ich konnte mich nicht bewegen, war gelähmt von dem Entsetzen, ihn nicht zu kennen. Dann lag er auf mir, barg sein Gesicht in den Händen. Ich rang nach Luft, er schlief ein. Ich konnte nicht schlafen. Irgendwann rollte ich sein Gewicht, das nicht mir galt, von meinem Körper. Ich zerrte ihm die Kleidung vom Leib. Vielleicht hoffte ich, darunter etwas zu finden, das ich wiedererkannte? Ich fand nur einen schrecklich nackten Mann. Warum hatte er mir das angetan? Warum hatte er getan, was fremde Männer mit fremden Frauen tun? Und warum blieb ich neben ihm liegen? Der Morgen dämmerte, aber es war kein neuer Tag. Es schien mir, als sei heute Nacht die Zeit stehengeblieben und würde nun für immer Nacht bleiben. Er lag neben mir. Unerreichbar, denn ich hatte keine Hände mehr für ihn. Leise schnarchend lag er bäuchlings neben mir. Weit offen, fast vertrauensselig, als gäbe es nichts, was ich ihm Vergleichbares tun könnte, lag er in meinem Bett, nackt und fern in seinem Schlaf. Woher nahm er dieses Vertrauen in die Welt, das ich nicht besaß? Fetzen eines Kinderliedes gingen in meinem Kopf spazieren, Hand in Hand mit einer bösen Idee. ›Sah ein Knab ein Röslein stehn, Röslein auf der Heiden, war so jung und morgenschön, lief er hin es nah zu sehn … Knabe sprach ich breche dich, Röslein auf der Heiden, Röslein sprach, dann stech ich dich, dass du ewig denkst an mich …‹ Fetzen und Momente wirbelten durcheinander, als blickte ich durch ein Kaleidoskop. Seinen Liebhaber sah ich. War es eine Geste? War es ein Ort, an dem sie sich berührten? An dem wir beide niemals sein konnten, weil wir nicht vom gleichen Geschlecht waren? Waren es ihre Herzen, die anders schlugen als meines? Was war die Grenze? Warum war die Liebe nicht möglich, egal wie viel Liebe ich empfand und wie viel Mann ich auch sein wollte, war ich doch immer nur der morgendliche Tau, der benetzte, aber nie durchdrang. Und er hatte heute Nacht jede mögliche Brücke zerschlagen. Da stand ich auf, mit diesem Wunsch, ihn zu umarmen, den ich niederkämpfte, denn ich wollte ihn nie mehr in die Arme nehmen, denn meine Leiste blutete, und das war noch die kleinste aller Wunden. Ich stand auf, ging fort, einen Meter oder zwei, um mich zu verwandeln und als eine Andere wiederzukehren. Ich zerschnitt seine Lederhose in Streifen, mit denen ich seine Hände und Füße, die an diesem vertrauensselig schlafenden, fremden Körper hingen, an die Messingstangen des Bettes fesselte. Dann öffnete ich bedächtig meine Spielzeugkiste, deren Inhalt, Relikte meines früheren, nicht vergessenen Lebens, ihn zum Lachen gebracht hatte. Ich ging, gekleidet in meine Sehnsucht, die wurde zu einer schwarzen Rüstung, ging ich, alle Grenzen, die zwischen uns waren, ein- und ausatmend, alle Grenzen, immer, trotz allem, wollte ich überwinden, was er überschritten hatte, jetzt. Er schnarchte und war irgendwo, ich war bei mir und einer Vergangenheit, die hier endete, bei einer Zukunft, die ohne ihn sein würde, so unbeschrieben wie sein weißer, nackter Hintern. Aus der Kiste nahm ich jenes Ledergeschirr, dessen Anblick ihn überheblich hatte werden lassen, weil er an halbe Frauen dachte und halbe Männer, die nichts waren als ein ganzer Witz. Heute würde er nicht lachen. Ich legte das Geschirr an und führte den Dildo hinein, schwarz und vertraut wuchs er aus meinem Körper, war kein Schwanz, kein Spielzeug, vielleicht Waffe. Der Mann, der mein Geliebter gewesen war, lag gebunden, seine Körperöffnung schutzlos vor den Blicken der Welt, der Welt, die ich war und seine Öffnung nicht beschützte. Als ich sie benetzte, prickelte das scharfe, metallische Knistern auf meiner Zunge, dieser merkwürdige, mit nichts zu vergleichende Geschmack menschlicher Ausscheidungen. Ich kniete zwischen seinen Schenkeln, die ich sanft, sanft öffnete, denn ich wollte ihn nicht wecken, noch nicht und nicht so. Leise vor mich hin summend, legte ich vorsichtig die Spitze meiner schwarzen Waffe in seine zarte Rose, die viel zu wenig mit Speichel getränkt, die viel zu trocken war, um hineingleiten zu können, doch ich wollte ihm keine Lust bereiten. Dann drang ich ein. Mit drei kurzen, heftigen Stößen. Bis an den stählernen Ring, der den Schaft im Leder fixierte. Er bäumte sich auf, schrie. Im selben Moment schien er seine Lage zu erfassen. Und im folgenden Moment vergaß ich seine Existenz. Ich gab ihm all meinen Hass zurück, doch er wurde nicht weniger. Ich vergaß, dass er ein atmendes Geschöpf war. Ich vergaß alles, was Herzen wissen, und stieß zu, ein ums andere Mal, weinte meinen Kummer auf seinen Rücken, so wie ich mein Glück in seine Augen geweint hatte, nahm ich Abschied. Von ihm. Von der Möglichkeit einer Liebe. Von der Möglichkeit einer Berührung zwischen den Geschlechtern. Mit wem außer ihm hätte ich es probieren wollen? Ich nahm Abschied. Abschied. Abschied. Beobachtete den schwarzen Pflug, der die Erde seines Körpers zerteilte und alles zertrennte, was an Möglichkeiten vielleicht noch dagewesen wäre. Irgendwann konnte ich nicht mehr. Ihn von innen haltend, sank ich auf ihm nieder. Mit Fingern, die nur noch zitternd vor Erschöpfung meinen Anordnungen Folge leisteten, löste ich die Fesseln von seinen Gliedmaßen. Löste mich von ihm. Ich befreite mich von dem Geschirr, hatte keine Tränen mehr, zog mich an, blickte auf ihn, der sich nicht umwandte, der meinen Blick nicht erwiderte. Zwischen uns tobte ein Sturm, der war so stark, dass er wie Windstille war. Wie gar nichts mehr. Soviel.

Mein lieber Schwan

Kennengelernt hatten wir uns in der Kneipe, hier um die Ecke, bei Walter. Ich hatte am Tresen gestanden und Walter bei der Arbeit zugesehen. Das ging bei ihm immer Zackzack, da gab's kein Federlesen, rein ins Glas, voll, rauf auf den Tresen – Walter hat eben Tempo. Einen Tequila! – hatte eine heisere Stimme gerufen, und ich hatte sie angesehen, weil ich Tequila gerne mag und weil die Stimme fremd war. Sie hatte mich auch angesehen, nur kurz, aber lange genug, um zu verstehen, und sie hatte gerufen: Nein, mach zwei. Walter hatte gelacht, hatte mir zugenickt und gesagt, Mensch Räuberbraut, das wird wieder böse enden, was? Ich hatte nur mit den Schultern gezuckt, aber nichts erwidert, und hatte an der Zitrone gelutscht, was ich immer ausgiebigst tue, weil ich Rituale gerne mag, und ich hatte auf die Frau geschaut, und wieder auf Walter, und auf die Frau, und ich hatte dann nur gesagt, mach noch zwei. Walter hatte drei gemacht, wir hatten angestoßen. Auf was? Auf Gott und die Welt. Und ich hatte die Frau angesehen, einfach weil sie so unwahrscheinlich groß und so unwahrscheinlich fett war, dass jeder sie ansehen musste, und Walter hatte gegrinst, und ich hatte gedacht, wow, ein Riesenweib. Sie hatte gelacht, mitten rein in mein Gesicht, und Walter hatte noch drei gemacht und gesagt, Mensch, ich kenn dich doch, die zwei gehen auf meine Rechnung, und denn zieh mal Leine. Ich hatte gegrinst, mitten rein in sein Grinsen, und dann in ihres, denn es war schon klar, dass etwas passieren musste heute Nacht, irgendetwas. Mein Zimmer gefiel ihr auf Anhieb. Ich ging voran, bahnte uns einen Weg, sie folgte mir. Ich habe nur zwei Stühle, und da setzten wir uns dann. Im gelben Licht der Schreibtischlampe wirkte sie leberkrank, wenn sie redete, wackelte ihr Hals. Sie erzählte von Totengräbern und Leichenfledderern, und wie widerlich die sind und wie schwarz ihre Anzüge. Ihre Freundin wäre gestorben, erzählte sie, und deswegen sei sie weggelaufen, weil alle anderen nur stumm waren, und das hätte sie nicht mehr ertragen, weil sie, sie wollte leben, einfach nur leben, weil sie so oder so nicht weinen könnte, das würde irgendwann vielleicht kommen, aber nicht jetzt, und verflucht, OB ICH DAS VERSTÜNDE?

Ich nickte. Ja klar – ich wäre auch weggelaufen. Sie sagte NA PRIMA und warf das Streichholz auf den kahlen Boden, NA PRIMA, mit dem sie die ganze Zeit an ihren Nägeln gepult hatte, und ich sah das Streichholz an, als gäbe es dafür einen Grund, irgendeinen Grund.

Das ausgefranste kleine Streichholz lag auf dem Boden, ich sah es an. Sie lachte nur. Sie lachte, und da war dann schon die Gänsehaut auf meinem Rücken, und SIE WAR DOCH SO RIESIG, und so unglaublich FETT, und sie lachte nur und sagte, NA PRIMA, dann lass uns mal zu Bett gehen.

Ich starrte weiter auf das Streichholz, aber ich sah sie trotzdem, ich sah es ganz genau, denn in meinen Augenwinkeln war genug Platz, ich sah es, alles, und verdammt, es sah schon toll aus, als wäre es ihr Beruf. Sie machte es langsam, so langsam, da musste ich meinen Kopf hochheben, musste sie ansehen, jede Bewegung genau ansehen, musste einfach hinsehen, und ich dachte, ich müsste verrückt werden, weil ich sie SO wollte, weil ich sie so irrsinnig doll wollte, JETZT, SOFORT, weil ich sie so wollte, wie ich noch nie vorher jemanden gewollt hatte, und sie zog sich die ganze Zeit aus, MEIN GOTT, was hatte sie nur alles an. Sogar ihre Perlenkette legte sie ab, und verdammt, das glaubt mir keiner, wie verdammt erotisch sie ihre Perlenkette vom Hals nahm, und O JE, ich hatte wirklich Angst, ich müsste losbrüllen, einfach nur so, weil sie SO war, und ich starrte sie an, starrte ihren weißen Körper an, und sie sah so schön aus, so unglaublich schön.

Ich saß auf meinem Stuhl, krampfte meine Hände ineinander und starrte sie an. Meine Augen streichelten gierig an ihr hinauf und hinunter, jede Wölbung zerkaute ich in Gedanken, jede Pore eroberte ich, aber bewegen konnte ich keinen Muskel, und meine Hände wussten nichts anzufangen mit Knöpfen oder Reißverschluss, denn eigentlich waren sie doch in ihre Fleischwülste gekrochen, und schließlich half sie mir und, MEIN GOTT, was für ein Geruch.

Und so stand ich dann auf, wimmerte wie ein Kind, wie ein verprügeltes Kind, und taumelte ihr entgegen und, o Herr im Himmel, sooo viel Fleisch, und Fett, und weichweichweich.

Sie seufzte und ich wimmerte, denn ich stand eng bei ihr, meine Arme um sie herum, so weit, wie ich gerade kam, und dieser Geruch, dieser Geruch, wie Pfifferlinge im Grunewald nach dem großen Regen.

Ach, Frau Goliath, das ganze Fleisch, alles für mich, alles meins.

Sie stöhnte, aber es war eigentlich nur diese Situation, glaube ich, denn ich war nass vor lauter Gier, dabei hatte sie mich gar nicht berührt.

Ich lief um sie herum, immer im Kreis, aber ganz eng, ganz dicht. Wie die Katze um die Beine des geliebten Menschen, wenn er die Futterdose öffnet, lief ich um sie, immer im Kreis, rieb mich an ihr, rieb ihren Geruch in meine Haut, leckte und schmeckte und küsste sie überall dort, wo sie in meinen Mund fiel, und so tanzte ich einen absonderlichen Tanz ohne Ende. Plötzlich packte sie mich, griff nach meinem Kopf und hielt ihn ein wenig in die Höhe, so als müsste sie den kleinen fremden Kopf genauer betrachten, und jedenfalls verloren meine Füße den Halt, und so schwebte ich dann für einen Moment, aber dann ging es talwärts, hui, ging es bergab, mitten hinein in die enge Schlucht zwischen den Fleischwogen presste sie meinen Kopf, und ich bekam keine Luft, und ich schlug nach ihr, aber sie hielt mich, sie drückte so stark, dass ich meinte, sie wollte mich einfädeln und ich wäre der sture Faden, der wollte nicht ins Nadelöhr, und sie war die Nadel, nein, sie war die Näherin, und verflixt, der Faden musste doch hinein, und die Haare ziepte sie mir, aber schlimmer noch war der Sauerstoffmangel.

Und die ganze Zeit bebten ihre Brüste an meinen Ohren, sie zitterten und wackelten, und manchmal klatschten sie auf meine Ohren, dass es nur so dröhnte tief im Gehörgang. Meine Trommelfelle mussten glauben, eine Luftpumpe wäre gekommen und wollte ihnen den Garaus machen, und ich wollte schreien, aber es gab keine Luft, und mir wurde schwindelig, und gerade dachte ich SO, nun wirst du also ersticken – aber dann ließ sie mich los. Ich musste verrückt geworden sein, musste inzwischen vollkommen verrückt geworden sein, nicht wahr?, denn anstatt fortzulaufen, anstatt zu flüchten, stürzte ich auf sie zu, wieder, und griff hinein in ihre Massen, griff in die Düne über den Hüften, wühlte mich in Speckfalten, suchte nach ihrem Nabel, fand ihn, und herrjemine, dort roch sie ganz dumpf, roch nach Höhlen und Kalkfelsen und Meer und Fledermäusen. Weiter kroch ich, überall hinein in ihre Ritzen und Grotten, hob und wendete die zahllosen Stapelschichten aus Haut und Fett und Fleischhalftern, und so gelangte ich doch wieder ins Nadelöhr, aber diesmal ließ Frau Goliath meinen armen Kopf in Ruh, und oh, sie war ein riesiger Haufen Götterspeise, und sie zitterte unter den bohrenden, trappelnden Händen, sie wackelte, und ihre Brüste waren ganz weiß. Da lag ich im Nadelöhr, aber wie ich mich auch drehte, waren doch überall nur ihre Brüste, und schau an, sie waren gar nicht weiß, sie waren wie ungeschlagene Sahne, oder wie die Eierschalen der Wyandotten, und überall im hellen Grund waren kleine Bäche und Rinnsale, die flossen blau unter ihrer Haut, die hatten scheinbar kein Ziel, die verknoteten sich und lösten sich, aber dann trafen sie sich doch und mündeten alle in einen scharlachroten Ozean, der lag direkt neben meinem Auge. Wie unglaublich! Ich sah auf dieses rote

Meer und staunte nur, denn wo bei mir eine kleine braune Rosine thronte, erhob sich bei ihr ein mächtiger violetter Fels. Ich staunte das violette Wunder an. Unter meinen Blicken streckte es sich, und wuchs, und hob sich empor, und ich dachte, gleich würde es anfangen zu glühen, und da wollte ich löschen, und so kroch mein Sumpfmund näher heran, und da schob es sich hinein ins kühlende Nass. Ich nässte es, ich erfrischte es, aber es wuchs weiter, unaufhörlich, und ich hielt es geschmeidig, und es reckte sich tiefer hinein in den Morast, und ACH, es füllte meinen Mund bis in die hinterste Falte zwischen meinen Mandeln, sodass ich ein wenig würgte, und meine offenen Augen ertranken im scharlachroten Ozean, denn es gab kein Ufer mehr. Meine Zähne waren zaghafte Kinderhände. Neugierig tasteten siebenundzwanzig harte, elfenbeinweiße Kinderhände über ein violettes Tier, und die vielen kleinen blinden Schmeckaugen erschmeckten die vielen vergessenen Küsse, und die Schmeckaugen machten auch eine Spur, sie verewigten sich, machten ein Zeichen für alle, die noch folgen würden, und ich trank. Frau Goliath tropfte in meinen Mund, ich schluckte, ich trank sie, ich saugte und ich schluckte, mir wurde schwindelig – was war das nur für eine Droge?

Sie packte mich bei den Haaren, riss meinen Kopf zurück, so unerwartet, dass es einen kleinen Schmatzer gab vor meinem Mund, grad als hätte sie ihren Fuß aus einem Schlammloch befreit. Sie sah mich an, hielt mich an den Haaren, aber ich sah nur auf das violette Tier im scharlachroten Dschungel, und ich wimmerte begehrlich, wollte zurück. Mein Mund öffnete und schloss sich, machte ein stummes haphap hap haphap, doch Frau Goliath zwang unbarmherzig meinen Kopf ins Genick, und so musste ich sie ansehen, denn sie suchte nach meinen Augen, und so sahen wir uns an, lange.

Dann lächelte sie und sagte: „Aha, eine kleine Fetischistin, ja? Gut, aber nimm auch die andere." Und nach vorn riss sie mich an ihren Sahneleib, manövrierte meinen klappernden nassen Hungermund durch den weiten leeren Raum bis auf den Gipfel des zweiten, des unbekannten Berges, wo meine Lippen schon haphap ganz richtig den Weg fanden, platzierte mich dort auf eine Weise, wie man sonst nur einen Blutegel ansetzt, ließ mein Haar los, endlich, und machte Geräusche wie ein Schwarm satter Tauben. Die Geräusche brummten irgendwie in ihrem Hals, aber auch in meinem, denn ich trank und fraß alles, was sie mir anbot. Unser Orchester bestand aus nur zwei Instrumenten, aber die waren jetzt gestimmt, und ich war also der Grashüpfer auf dem barocken Spinett. Ab ging es also, und nur schade, dass ich nicht noch eine dritte Hand besaß, denn dann läge sie längst zwischen meinen eigenen Schenkeln, denn Frau Goliath war anscheinend sehr faul, und schau an, und o weh, jetzt ging die Reise bergab. Jetzt lagen wir auf dem Bett, das heißt sie lag auf dem Bett, und ich lag auf ihr, aber da blieb ich nicht, denn sie schwankte so, und da rollte ich mich von ihr, und dann holte ich tief Luft: Welcher Anblick!

Ich sprang eilig auf den Boden, lief in die Schneise ihrer offenen Schenkel, denn sie standen auf den Dielen, und dort landete ich in einer Sackgasse, und dort sprang ich auf sie, rutschte breitbeinig mal in die, mal in die andere Richtung, und dann fand ich die geeignete Position für einen Ritt, und dann ritt ich sie, und es glitschte zwischen uns, und sie wogte und stöhnte und pfiff, und ich machte es ihr nach, und meine kleinwinzigen Brüstchen zitterten eifrig bei all dem Radau. Ich behielt die Augen offen, die wanderten über ihren Sahneleib, und alles sah so unglaublich aus, und mitten auf ihren Brüsten prangten diese schockierend roten Kreise, groß wie Suppenteller. Ich ritt sie, und dann wurden meine Beine weich, aber ich ritt sie. Und MAMMAMIA, ich ritt direkt in den Himmel mit meiner Riesin, denn DA … da sah ich schon die ersten Wolken. HALT, rief Frau Goliath, HALT! Sie stieß mich ein wenig zur Seite, und ich sah sie fragend an, denn vielleicht hatte ich ja einen Fehler gemacht, und MIST – ich hatte doch schon eine Wolke gesehen, und jetzt war wieder alles viel zu spät. „Was ist denn?", fragte ich sie. Sie antwortete nicht. Sie hatte mich wohl gar nicht gehört. Mit großen runden Augen starrte sie auf eine Stelle von meinem Bauch. Sie starrte so unentwegt, dass ich dachte, sie wäre vielleicht etwas meschugge, und dann sah sie mich doch wieder an und sagte ganz ruhig, ganz bestimmt: „Fick mich!" Vollkommen meschugge!, dachte ich und kratzte meinen Hinterkopf, aber an ihrer Art, mich anzuschauen, kapierte ich, dass sie es ernst meinte. Vor mich hin schimpfend stieg ich ab. Also gut! Pah! Mir doch egal! Mach doch deine Reise allein. Phh, ich werde wohl immer vergessen! Sicher, Hauptsache, die hat ihr Vergnügen. Grummelnd lief ich um ihr Knie herum und wieder hinein in die Sackgasse ihrer Schenkel. Ich legte meine Hände ineinander, legte sie behutsam dorthin, meine Fingerspitzen tauchten in ihren ganzen warmen Saft, meine Augen wurden verlegen, denn alles, alles war so nackt. Ich wartete. Sie sollte sich gefälligst selber bewegen. Sie wollte gefickt werden? Bitte, meine Hände waren bereit, aber den Rest sollte sie mal alleine machen! Ich wartete, aber sie rührte ihren Hintern nicht von der Stelle, und deshalb sah ich in ihr Gesicht, und ich rief trotzig: „Was ist denn?"

„Nicht so", sagte sie nachsichtig.

„Was soll denn das nu heißen", rief ich noch lauter.

Statt einer Antwort setzte sie sich und winkte mir, ich sollte aufstehen. „Gut", sagte sie schließlich, „und jetzt warte einfach ab. Und stell keine Fragen." Ich stand zwischen ihren Schenkeln, wartete ab, stellte keine Fragen. Sie näherte ihre Hände meinem Bauch, sie streichelte meine Haut, allerdings ohne sie dabei zu berühren. Ihre Hände behielten einen gleichbleibenden Abstand von etwa einem Zentimeter. Sie streichelte mich überall, streichelte die Luft, und ich dachte: „Siehste wohl, ich geh doch wieder leer aus!" Ihre Finger lagen jetzt beinah über meinem Geschlecht, und Frau Goliath starrte auf ihre Hände, sodass auch ich hinstarrte, aber da war gar nichts, und sie murmelte die ganze Zeit irgendwelche Worte, und ihre Hände bewegte sie gleichmäßig und sehr behutsam. Wenn ich nicht gewusst hätte, dass da nur Luft war, hätte ich gemeint, sie sähe mehr als ich. Dann schloss ich meine Augen. Ich spürte die Wärme ihrer Fingerspitzen, und diese Nichtberührung war beinah erregender als eine Berührung, und ich spürte ihre Hände ganz genau, und obwohl ich noch immer trotzig war, schoss mir das Blut in die Lenden, und dann jedenfalls begann das Ungeheuerliche! Ihre Hände streichelten die leere Luft vor meinem pochenden Geschlecht. Ich schob mich näher, schob ihr meine Hüften entgegen, legte mich in ihre Hände hinein, legte mich in die prickelnde Wärme ihrer Hände, aber seltsam, ihre Berührungen waren wie durch einen Nebel, waren irgendwie gedämpft. Ich stöhnte leise. Ihre Berührungen wurden deutlicher, wurden intensiver. Sie drückte, sie rieb an mir, sie koste erst leicht, dann immer härter. Eine komische Furcht kam in meinen Kopf, und so öffnete ich meine Augen, und ich sah nach unten, und MEIN GOTT! Ich sah es! Zuerst wollte ich schreien. Dann weglaufen. Dann wollte ich sie schlagen – aber ich tat überhaupt nichts. Ich sah nur fassungslos auf ihre Hände. Was passierte bloß mit mir? Ganz genau spürte ich ihre Berührungen, spürte ganz genau mein Geschlecht, das lag in ihren Händen – aber, was ich SAH, widersprach dem, was ich EMPFAND! Denn ihre Hände rieben noch immer die leere Luft, streichelten die leere Luft, aber ich spürte ganz genau jede ihrer Liebkosungen, aber da war doch gar nichts zu sehen, aber sie, SIE musste es sehen, denn ihre Finger waren ganz sicher, und da wusste ich, dass Frau Goliath das sah, was ich nicht sehen konnte, und ich zitterte vor Erregung, und über meine Wangen rollten die Tränen. Ein Teil, ein unbekannter Teil meines Körpers lag in ihren Händen, und jetzt, jetzt konnte ich mir nichts mehr vormachen, denn ich spürte, wie es wuchs, wie es sich aufrichtete, wie es pochte und bebte, und selbst wenn ich all das noch verleugnet hätte, dann hätte ich doch nur ihre Hände beobachten brauchen, denn die zeichneten schließlich die Umrisse ganz deutlich, und so stand ich also vor ihr, und ich war fassungslos, denn jetzt war ich plötzlich ein Zwischenwesen, war sowohl Frau als auch Mann, und es war einfach nicht zu leugnen, denn ich spürte doch jede Berührung, also lebte ich doch in diesem fremden Auswuchs meines Körpers, lebte dort ebenso, wie ich in meinen Brüsten lebte, und überall floss das gleiche Blut. O je, und jetzt wimmerte ich wieder, aber es war, weil Frau Goliath ihre Hände fortgenommen hatte. Sie lächelte unverschämt zufrieden und legte sich zurück, machte es sich gemütlich auf meiner Daunendecke und bot sich meinen Augen dar, bot sich ganz offen dar, und ich WOLLTE SIE! Unsicher tastete ich nach dem, was ich nicht sehen konnte. Ich fand es, nahm es fest in meine Hände, und ich spürte den Druck meiner Finger, aber ich spürte gleichzeitig unter meinen Händen, wie es puckerte und zitterte. Ich sah auf, suchte ihren Blick und fragte: „War es schon immer da?" Sie zuckte mit den Schultern. „Keine Ahnung", erwiderte sie, „jedenfalls ist es da. Als ich dir geholfen hatte, dich auszuziehen, sah ich es." Dann wird es wohl bleiben, dachte ich, es wird wohl nie wieder absterben – und dieser Gedanke war so unerträglich groß, dass ich ihn sofort wieder vergaß. „Und jetzt – jetzt fick mich!" Ich sah sie an, und plötzlich war da ein unbekannter Hass in mir, denn ich war keine Frau mehr wie die anderen, und sie, sie war schuld, und die Grenze war zwischen uns, und ich ahnte, es war unwichtig, wie tief ich in sie dringen würde, ich würde sie niemals wirklich berühren können, und für diese Erkenntnis hasste ich sie. Ganz vorsichtig legte ich die Kuppe meiner unsichtbaren Neuentdeckung zwischen ihre nassen und heißen Lippen, die waren ganz geschwollen von Begierde, und ich bewegte mich behutsam, musste erst lernen, mit mir umzugehen, musste es lernen, wie ich Laufen gelernt hatte und Radfahren, und plötzlich war da auch diese Furcht, diese Furcht, was mich wohl erwarten könnte in ihren dunklen Tiefen, und obwohl ich es doch ganz genau wusste, was ich finden würde, ging diese Furcht nicht mehr weg, und auch dafür hasste ich Frau Goliath, aber dann bewegte ich mich ein wenig, und sie war so weich und so glatt und so nass, da glitt ich wie von selbst tiefer, und schließlich war da auch noch die ganze Lust der vergangenen Stunden, und da stöhnte ich laut, und Frau Goliath antwortete mir wie ein Echo, und ich glitt tiefer, ich tauchte in flüssige warme Vaseline, ich glitt immer tiefer, ganz langsam, und ich genoss es, wie sie mich Stück um Stück in ihre heiße Umarmung nahm, denn ihre Muskeln waren ganz eng. Irgendwann ging es nicht mehr weiter, ich stieß gegen etwas Festes, und da schob ich mich wieder zurück, verließ den neuen Ort, an dem ich mich schon beinahe zu Hause fühlte, und mit jedem Zentimeter, den ich verließ, wuchs in mir die Sehnsucht, wieder heimzukehren. Kurz bevor ich sie vollständig verlor, drängte ich wieder voran, stieß in ihre Tiefe ohne zu denken, gehorchte nur noch einem Instinkt, hatte mir eigentlich Zeit lassen wollen, aber es gab keine Zeit mehr, und ich bewegte mich schnell, ich fickte sie, und das machte ich wirklich, ich lag auf ihrem schaukelnden Leib und ich fickte sie. Die ganze lange Nacht lag in meinen Lenden, jede einzelne Minute lag dort, und da sah ich schon wieder eine erste Wolke, und meine Lenden gaben ein Konzert, und dann explodierte alles zugleich,

ich hörte auf zu existieren, und irgendwann lag ich still auf ihr, und lag in ihr, und tief in ihr zitterte ich wie von Erschöpfung und, als wäre es nicht schon genug für eine einzelne Nacht, bäumte sie sich, und da bäumte ich mich mit ihr, und dann zuckte es in ihrem Innern, und sie riss mich in den Strudel zurück, und sie tanzte einen Tango mit mir, tief in ihrem Bauch, und der Bauch war es, der mich irgendwie umarmte, die ganze Zeit. Dann lagen wir still, alle beide. Ich war erschöpft. Ich weinte. Draußen war noch immer eine Nacht.

Orgasmusmaschine

Wo andere ihr Herz tragen, trug ich ein Fass ohne Boden. Achtspurig, mit Gegenverkehr. Da war jede Menge los. Verkehrsberuhigte Zonen gab es nicht. Selbst wenn ich schlief, tobten dort Träume. Nicht endender Polterabend. Hochzeitsfeier. Kindergeburtstag. Topfschlagen ohne Geschenke.

Ich konnte hineinstopfen, wen und was und soviel ich auch wollte, und ebenso konnte ich es herausfließen lassen, wie es kam und wen es grad traf, es hörte nie auf. Und war doch nie genug.

Die Liebe war das Schwierigste von allem. Sie wandelte sich stets und blieb unfassbar. Klebriger Sirup, der über die Haut fließt und lockt. Die Menschheit ein Schwarm kopfloser Fliegen über dem ewigen Weib. Und ich mittendrin. Das Weib riecht nach bitteren Mandeln, hinter dem Haus springt es in einen Bach und fließt davon.

Ich wandte mich handfesteren Dingen zu.

Eine neue Wohnung. Groß und leer. Es galt sie zu füllen. Schnell. Sie sollte der Gegenpol werden. Ein Ort zum Ausruhen und Luft schöpfen. Stabil und greifbar. Auf festen Beinen.

Eine neue Sucht. Sammeln. Ich sammelte alles, was ohne Namen war. Was schon einen Namen hatte, wollte ich nicht. Unbeschrieben sollte es sein und ohne Geschichten. Es sollte neu werden. Gemeinsam mit mir. Radspeichen oder Schraubenschlüssel? Kaputte Wecker und Radios? Uninteressant! Ich suchte Einzelteile und Fragmente. Namenlose Dinge, für die es keine Worte gab, jedenfalls nicht in einer mir bekannten Sprache.

Feine Dinge fand ich, von denen niemand hätte sagen können, was sie ursprünglich mal für eine Bedeutung gehabt haben könnten. Ich schleppte alle heim. Sie stapelten sich in einem dichter werdenden Gewirr und Geflecht. Sie sammelten sich zuerst in den Ecken, dann die Wände hinauf und begannen, allmählich und unaufhaltsam wie eine Wanderdüne zur Mitte des Zimmers hin zu fluten. Es wurde mehr und mehr. Es erfüllte mich mit Glück und Stolz. Es gab mir Sicherheit. Das fühlte sich gut an.

Die Wohnungstür war meist nur angelehnt, denn geschlossene Türen machten mir Angst. Die Gebrandmarkten, die Hasenscharten und die Irren der Nacht, Freunde, die ich auf meinen Jagdtouren an den Müllhaufen gefunden hatte, traten Abend für Abend durch die angelehnte Tür. Sie trugen ihre Narben im Gesicht. Sie sammelten sich in meinem kleinen Hafen. Jeder brachte etwas mit. Alle Hände voll. Billigen Wein, Brot, Käse, Geschichten. Oder schöne, namenlose Dinge für die Sammlung.

In den Nächten, wenn die Versehrten und Gestrandeten wieder draußen ihre Runden drehten, wenn sie Geld sammelten und die Schnapsflasche kreisen ließen, lag ich manchmal lange wach. Ich lauschte dem Wispern, das sich in den zugestapelten Ecken erhob. Ich begann zu ahnen, dass Geschichten überall entstehen. Auch wenn ich die Fragmente ihrer Vergangenheit beraubt zu haben glaubte, indem ich ihre ursprüngliche Form oder Bedeutung leugnete, da sie nicht mehr erkennbar schien, erschufen sie sich doch ein Sein. Aus sich selbst heraus und miteinander. Sie waren Teile eines Ganzen gewesen und erinnerten sich daran. Und somit wurden sie wieder ein Ganzes. Das hatte ich nicht wissen können.

All die namenlosen Dinge wisperten sich durch die Nächte.

Tja, seit einem Jahr lebte ich nun hier. Und vorgestern traf ich dich wieder.

»Na«, fragtest du, »immer noch von der Hand in den Mund?«

»Ja«, sagte ich. »Immer noch von der Hand in den Mund. Und immer noch die Beine breit: Komm rein, Arschloch! Komm rein, Leben! Komm rein, Liebe!«

Ich hätte ordentlich zugenommen, sähe aus wie eine Frau. Du wolltest meine Wohnung sehen. Ich nahm dich mit hoch.

Weil DU da warst, schloss ich ausnahmsweise meine Tür von innen. Heute wollte ich keine Irren mehr, keine wandernden Geschichtenerzähler. Du reichtest mir.

Es war, als hätten wir uns nie verletzt. Ich lag auf und unter dir. Ständig heulte ich los, weil ich es kaum ertrug, dass sich alles so gut anfühlte. Weil ich es kaum ertrug, dass du da warst.

Was ich denn mit dem ganzen Schrott wolle, fragtest du.

Das wäre kein Schrott, sagte ich dir. Das sei meine Sammlung! Und wenn ich genug beisammen hätte, baute ich eine ultimative Orgasmusmaschine.

»Du!? Du kannst doch nicht mal einen Wasserhahn abmontieren.«

»Warts nur ab!«

Wir lachten.

»Hörst du das? Die Geräusche aus den Haufen?«

Du lauschtest angestrengt, mit ernstem Gesicht. »Nein«, sagtest du, »das muss aber nichts heißen. Du hast schon immer komische Sachen gehört.«

Zwei Tage und Nächte konnten wir keinen Finger voneinander lassen. Es war ein wunderbares Miteinander. Süß und klebrig. Marzipan. Ich war vollkommen glücklich. Alles war vollkommen.

Dann, vorhin, du sagtest, dass du nun gehen müssest, und du sagtest: »Danke für diesen wunderbaren Ausflug in die Vergangenheit.«

Ich hatte dich wahrscheinlich gar nicht verstanden, oder vielleicht hatte ich wieder einmal nur deine Blicke gedeutet und nicht deine Worte gehört, ich fragte: »Wann sehen wir uns wieder?«

»Ich kann nicht mehr aufwärmen, was schon so lange vorbei ist.«

Das war vor einer Stunde.

Eine Stunde lang starb ich dann wirklich.

Und jetzt ist jetzt. Ich öffne die Wohnungstür einen Spalt. Vielleicht will noch jemand vorbeischauen? Immerhin, draußen tobt das Leben in den Straßen. Das bedeutet Krieg. Die Versehrten, sie brauchen einen Platz zum Ausruhen. Aber niemand kommt. In den Ecken raschelt es. Die namenlosen Dinge schieben sich dichter ineinander. Das ist Physik. Sie haben ein Eigenleben. Das Gewicht ihres Daseins zieht sie nach unten. Alles verschiebt sich. Ein wenig nur. Aber ich kann es hören. Ich renne durch mein Zimmer. Hin und her. Sehr schnell. Es ist ein großes Zimmer. Mehr als vierzig Quadratmeter. Jemand hat irgendwann einmal eine Mauer herausgerissen. Davon profitiere ich nun. Viel Platz. Aber ich brauche auch viel Platz. Für meine Maschine. Sie soll so groß werden wie das ganze Zimmer. Sie soll einen Eingang bekommen. Und einen Ausgang. Viele verschlungene Pfade. Und Räume. Aber mit Struktur. Kein Irrgarten. Ich baue fieberhaft drauflos.

Hin und wieder kommt jemand. Ich blicke kaum auf. Sie bringen Nahrung. Sie bringen neue Teile. Sie staunen. Einige Wochen vergehen, ich schlafe, wenn ich müde bin, aber die meiste Zeit baue ich. Ich folge meiner Intuition und füge die Fragmente so ineinander, wie es mir sinnvoll erscheint. Ich folge dem vermeintlichen Wispern und Knistern und erschaffe dissonante Melodien. Hier füge ich ein rostendes Stück Metall in ein scharfkantiges Stück verschmorten Kunststoffs. Dort reibe ich Hölzer aneinander bis sie nachgeben und ineinandergleiten. Und dann bin ich fertig. Ich stecke den Stecker in die Steckdose. Die Kontrolllampen an der Eingangstür leuchten auf. »Siehst du!«

Ich gehe raus. Jeder Schritt schreit: Triumph! Die Granitplatten des Bürgersteigs verneigen sich vor meinem Genie. Es ist Nacht, ich gehe in eine Bar und trinke Sekt.

Ich feiere. Als ich nach Hause zurückkomme, wundere ich mich, dass die Tür nur angelehnt ist. Ich glaubte, sie beim Fortgehen verschlossen zu haben, weil ich doch jetzt etwas besitze, was man mir hätte rauben können. Oder gar zerstören.

Wer weiß? Aus alter Gewohnheit offen gelassen? Unbewusst darauf gehofft, beim nach Hause kommen ein Geschenk vorzufinden, oder Besuch?

Als ich ins Zimmer trete, ist etwas seltsam, ist anders als vorher. Genau! Da liegt ein kleiner Haufen neuer Teile. Ich weiß jedoch ganz sicher, dass ich alle Teile verbaut hatte.

Plötzlich dringt ein Schrei durch den Raum. Aus meiner Maschine heraus. Bricht ab. Tönende Stille bleibt.

Die Kontrolllampen leuchten orange. Das ist kein gutes Zeichen. Es gibt offensichtlich in einem der Gänge einen Stau. Jemand muss hineingegangen sein, unvorbereitet. Ich bin ratlos. Eigentlich müsste auch ich jetzt hinein, müsste nachschauen, ob jemand Hilfe braucht. Aber, ich bin so wütend! Jemand Fremdes hat sie in der kurzen Zeit meiner Abwesenheit entjungfert. Das ist nicht fair. Denn immerhin ist es MEINE Maschine. MEINE Liebste. Und irgendjemand liegt jetzt in ihren Eingeweiden und braucht womöglich Hilfe oder ist vielleicht sogar tot. Wenn es ein Mann ist, dann könnte er inzwischen ein ziemlich toter Mann sein. Denn die Maschine ist so konzipiert, dass man hineingehen kann wie man will, in jedem Zustand menschlichen Seins. Aber hinaus, hinaus kommt man erst nach der vollkommenen Befriedigung, nach der totalen Hingabe. Erst wenn man sich losgelassen hat, ohne Nachdenken, ohne Gestern, ohne Morgen.

Ich bin mir nicht sicher, ob Männer das durchstehen können, denn sie sind doch von ihrer Biologie her so anders. Können sie einen minutenlangen Orgasmus überstehen? Oder zerplatzen sie einfach? Ich weiß es nicht sicher. Aber egal, ob dort drinnen ein Mann oder eine Frau herumliegt, ganz sicher weiß ich, dass ich hineinmuss, um den Müll zu entfernen. Sonst ist sie verstopft. Auf Dauer unbrauchbar. Also los.

Ich betrete den Flur. Im ersten Raum sehe ich nicht viel. Ein tiefes, dunkles Blau strahlt. Es strahlt aus tausenden winzigen Leuchtpunkten. Tiefes Blau. Sanft. Wie eine Umarmung. Wie deine Umarmung. Ich werde sanft. Ja, es funktioniert! Der Alltag wird blasser. Der Ärger lichtet sich. Der Atem geht ruhig und gleichmäßig.

Im zweiten Raum ist alles sehr gelb. Ein sattes, samtiges Gelb, wie Butterblumen. Die Temperatur nimmt zu. Meine Gliedmaßen schwellen leicht an, die Poren der Haut öffnen sich, die Hautspannung sinkt. Es kommt mir vor, als würde ich sonnendurchwärmt an einem Strand liegen. Das ist angenehm.

Und da, da liegt etwas!

Tatsächlich ein Mann. Einer von meinen Heimatlosen, einer von meinen Versehrten. Er ist tot. Offenbar hat er noch, als er es nicht mehr ertrug, versucht, sich zum Eingang zurückzuschleppen. Sein Geschlecht hängt aus der Hose. Zerplatzt. Überhaupt, er sieht nicht gut aus. Ich hasse ihn. Er hat sie beschmutzt. Irgendwo, in einem der noch vor mir liegenden Räume, klebt sein Sperma. Und Spuren von Blut und Gewebe. Ich hasse ihn. Angestrengt zerre ich an seinem Körper. Er ist noch warm und geschmeidig genug, um ihn durch den engen Flur zu bugsieren. Ich schleife ihn zum Eingang. Dort lasse ich ihn liegen, denn ich habe keine Chance, die Maschine rückwärts zu verlassen. Ich werde ihn morgen von der anderen Seite her entfernen.

Und nun? Nun gibt es kein Zurück mehr.

Ich bin drin. Und ich habe nur eine einzige Möglichkeit, wieder aus der Maschine herauszukommen: Ich muss durch die »Fünf Räume der Vorbereitung«, muss durch den engen »Tunnel des Vergessens«, muss in den »Schacht der Auflösung«. Und dahinter? Dahinter ist ein Ausgang. Zumindest wenn alles funktioniert. Wenn ich alles richtig gedacht und fehlerfrei gebaut habe. Wenn nicht, dann habe ich Pech gehabt.

Der blaue Raum. Der gelbe. So weit war ich ja schon einmal gekommen. Der grüne. Die Räume sind alle nicht besonders groß, leichte Klaustrophobie beschleicht mich. Sanft bin ich, vom ersten Raum. Warm wurde ich im gelben. Zögernd betrete ich den grünen. Er heißt: »Vergegenwärtige dir deine eigene Situation«. Das ist heikel. Ich habe zwei Jahre lang deinen Armen hinterhergehungert, ohne es zu wissen. Ich vergegenwärtige mich meiner Situation. Und breche in Tränen aus. Und sterbe. Sterben scheint eine meiner leichtesten Übungen zu sein. Der schwarze Raum. Elektrische Aufladung. Wenn ich die Wände berühre, schlagen sie mich prickelnd, ich zucke zurück, zucke hin und her in einem morbiden Tanz. Kriechstrom entlädt sich in meine Hände, bis zu sechzig Volt. Nicht gut für ein schwaches Herz. »Öffnen und annehmen«, so heißt er, der schwarze Raum.

Annehmen. Hinnehmen. Pah! Und das mir! Ich nehme an. Ich nehme es ja hin. Hey, Mädchen! Meine Maschine! Mal ehrlich, was hier geschieht, ist nicht besonders sexy. Im Gegenteil. Es ist wie ein Selbsterfahrungskurs im Schnelldurchlauf. Es tut weh.

Der weiße Raum. Die Reinigung. Bisher passiert alles ausschließlich durch Licht und Strom. Durch Farben, die ich im Kopf entstehen lasse. Durch kleine Melodien, in die ich mich träumend lege. Ich muss nicht schreien und stöhnen, wo mir nach stillem Atmen zumute ist. Ich spüre, dass es gut durchdacht ist, denn ich bin anders als sonst. Weicher, vielleicht auch verwirrter. Meine Kontrollsucht scheint nachzulassen. Niemand ist da. Nur ich und mein Maschinenmädchen. Ich brauche niemandem etwas vorzumachen, brauche mich nicht zu verstellen.

Plötzlich glaube ich, Nebelwesen zu sehen. Vertraute Gesichter. Ich hebe meine Hände, um die Bilder zu verscheuchen, aber sie sind in meinem Kopf gefangen, und gehen nicht weg. Habe ich versehentlich eine fatale Kettenreaktion ausgelöst? Alle sind sie wieder da. Die Gesichter werden deutlicher, sie bekommen vertraute Stimmen. Verdammt, ich bin im »Raum der Reinigung«. Wie? Hey! Fort mit euch, ich will vergessen! Nur vergessen. Aber alles ist wieder da. Glasklar. Alles. Jeder Schmutz. Jedes Glück. Jedes Vergehen. Ich suche nach Worten. Und in den Worten lauert die Moral. Das ertrage ich nicht! Ich muss hier weg, und zwar sofort. Kopfüber hechte ich in den engen »Tunnel des Vergessens«. Los, schnell. Hineinkriechen, durchkriechen, alles hinter mir lassen und vergessen. Kopflos werden. Aber die Hitze im Tunnel steigt und steigt, ich komme kaum voran, habe Angst zu ersticken. Ist das nun noch mein Projekt? Oder bin ich eine Maus in einem Labor, und jemand anderes beobachtet mich von draußen durch ein gigantisches Mikroskop? Werde ich überleben? Diesmal noch einmal? Endlich greift das Vergessen mit schwarzer Hand nach mir. Ich bekomme wieder Luft. Die Gesichter verschwimmen. Mühsam robbe ich voran. Durch Hemd und Hose hindurch spüre ich die harsche Innenfläche des engen Tunnels und winde mich. Doch jetzt will ich vergessen. Und jetzt will ich loslassen. Ich falle! Aber ich denke an deine starken Arme, wenn du unten an der Tür klingeltest, ich aus dem Fenster sah und dir zurief: »Fang mich auf, denn ich springe!« Und du lachtest nur und fingst mich auf.

Ich kann nicht vergessen.

Der Tunnel muss kaputt sein. Oder er klemmt!

Und dann vergesse ich doch. Ganz plötzlich bist du weg. Ich könnte dein Gesicht nicht mehr formen. Endlich. Ekstase. Allmählich verliere ich meinen Kopf. Das war der treibende Gedanke für meine Maschine. Endlich werde ich Geschlecht. Mein Kopf wird Geschlecht. Aber etwas anderes wächst in mir, wie ein fremdes Tier frisst es in mir, in meinen Därmen. Es nährt sich von meiner Existenz, um eine eigene zu erlangen, um endlich zu werden, zu sein. Nein, verdammt, etwas geht hier schief. Irgendetwas ist nicht so, wie es sein sollte. Es fühlt sich nicht gut an. Ich krümme mich im engen Tunnel und spüre eine schmerzhafte Metamorphose. Das war nicht geplant. So sollte es nicht sein. Was ist denn Ekstase? Ist sie Atomisierung? Auflösung? Ist sie das Zerfallen in Fragmente, Bruchstücke, Augenblicke?

Zerschlägt sie denkende Wesen in Einzelteile? In Bruchteile von Sekunden? Wenn sie das ist und das tut, dann ist Ekstase Zerstörung. Und es ist kein Wunder, dass ich mich davor fürchte. Zwei große Dinge kämpfen in mir gegeneinander. Dort das Etwas, das in mir wächst, mich von innen her auffrisst, bemüht, mich vollständig zu zertrümmern, um endlich Lust zu werden und umfassende, endlose Hingabe, nur Frau und Wunsch nach Verschmelzung. Und hier jedoch das andere Große, das mich zusammenhält und seine Form nicht verlieren will. Das nicht untergehen will und nicht versinken. Es will nicht kopflos werden.

Während ich Geschlecht werde, breche ich auseinander und verströme Bilder aus Vergangenheit. So sollte es nicht sein. Ich will vergessen! Vielleicht gibt es einen Fehler? Vielleicht geht Geschlecht nicht ohne Kopf? Was wäre, wenn Hingabe und Lust im Kopf passieren, was wäre, wenn es so ist …? Dann hätte ich einen ganz entscheidenden Denkfehler begangen. Dann würde mein Kopf nicht nachgeben, er würde nicht Geschlecht werden wollen. Aber halt, der Irre, bei ihm hat es doch funktioniert. Er hat den Orgasmus seines Lebens erlebt, wenn auch seinen letzten, so immerhin seinen größten. Es ist also doch alles richtig. Aber wenn es möglicherweise so ist, dass Männer ihren Kopf nicht dafür brauchen? Vielleicht liegt dann ein biologisches Problem vor.

Nein, ich kriege diese missliche Lage nicht in den Griff. Ich stecke im Tunnel, Bilder umspülen mich, kriechen in meinen geöffneten Mund. Das Fremde in meinen Därmen wächst, es versucht, in eine Freiheit zu springen. Mein Blut strömt fieberig, ich kann die pochenden Adern spüren. Ein Verlangen ergreift mich, ein umfassendes Verlangen, aber nicht so, wie ich es kenne oder erwartet habe, sondern Hunger ist es. Ich schreie in meinen Gedanken nach etwas Namenlosem, so namenlos, wie die Teile meiner Sammlung. Durch das Brausen in meinen Ohren glaube ich, das Wispern der Maschine zu hören. Unter Aufbietung all meiner schwindenden Kraft, nur getrieben von dem Willen zu überleben, krieche ich vorwärts, robbe Zentimeter um Zentimeter voran. Weg! Ich muss hier weg! Ich will raus!

Luft, endlich. Ich kann meinen Kopf frei bewegen. Ich befinde mich im »Schacht der Auflösung«. Der letzte Raum. Mein Körper steckt zwar immer noch in der engen Umklammerung des Tunnels, aber ich schöpfe Hoffnung. Makabererweise kommt es mir vor, als würde ich hier meine eigene, zweite Geburt inszenieren. Wie eine mächtige, letzte Wehe spült mich eine Flutwelle aus Vergangenheit in den klaffenden Schacht. Gerade groß genug, um mich auf allen Vieren zitternd im Kreis zu drehen. Gerade eng genug, um nun endgültig in Panik zu verfallen. Ich werde nie und nimmer Befriedigung erlangen. Ich werde hier nicht mehr herauskommen. Wie soll ich mich hingeben? An was? An das? An diesen Horror? Niemals! Ich bin eine Maus, in einem fehlgeschlagenen Experiment. Ohne Orgasmus kein Ausgang. Ich werde hier nicht mehr herauskommen. Ich sehe nichts mehr. Hinter der Blindheit taucht etwas auf. Ich kann es nicht orten. Das Fremde zerreißt mich. Es springt heraus, in eine Freiheit, die noch nicht meine sein kann. Es hat überlebt. Ausgerechnet es hat überlebt. Und nur das.

Wieder sterbe ich.

Ich bin der lebende Beweis, dass eine Reinkarnation keine Möglichkeit zur Flucht bietet. Raupe, Schmetterling, Raupe. Immer so weiter. Es hört nicht auf.

Als ich wieder zum Leben erwache, liege ich im Flur. Fast sieben Meter weit hat mein Maschinenmädchen mich herausgeschleudert. Ausgespien wie einen schlechten Geschmack, den man morgens loswerden möchte.

Ich fühle mich, als hätte ich keinen heilen Knochen mehr im Leib. Mein Körper ist mit Schürfwunden übersät. Stöhnend betaste ich mein linkes Fußgelenk, es scheint verstaucht.

Es hat nicht funktioniert. Aber wenn es so nicht funktioniert, wie denn dann? Ich habe keine Idee mehr.

Beunruhigt hebe ich den Kopf und höre ihr zu. Was macht sie für Geräusche?

Sie kaut! Aber wie das? Und was?

Schlagartig wird mir klar, was sie frisst. Sie frisst den Leichnam. Und dann das Etwas, das fremde Tier. Sie frisst die Bilder und macht sie zu ihren eigenen.

Vielleicht hat es doch funktioniert. Nur eben auf eine ganz andere Art und Weise, als ich es geplant hatte. Vielleicht kann man Hingabe nicht in einen Körper zwingen. Vielleicht muss man nicht das Denken ausschalten, um sinnlich zu werden, sondern muss im Gegenteil Kopf und Körper zusammenführen. Vielleicht ist es gar nicht so übel, einen Kopf zu besitzen. Ich werde lernen, ihn zu lieben. So, wie ich gelernt habe, die Bombe zu lieben. »Die Fliege, die nicht geklappt werden will, setzt sich am Sichersten auf die Klappe selbst«, steht auf der Packung meiner Zigarettenblättchen. Ich rauche. Die Zigarette danach.

Ich habe schon ein halbes Leben lang gewartet, jetzt kommt es auf ein paar Jahre mehr oder weniger auch nicht mehr an.

Als ich mich wieder bewegen kann, mache ich mir ein paar Stullen. Dann baue ich sie ab. Teil für Teil. Und seltsam, sie ist ganz stumm. Und plötzlich hat jedes Teil einen Namen.

Zwölf Meter unter Normal Null

»Geile Sau sucht geile Sau. Chiffre 9721 a«

Möchte gerne geile Sau werden.

Dazu noch nach langem Zögern ein Foto vom letzten Winter, mit Pudelmütze und rotgefrorenen Wangen. Auf die Rückseite des Umschlags ihre Adresse.

Herrgott, warum eigentlich nicht? Sie war fünfunddreißig, also auf dem ersten Zenit weiblichen Lustempfindens angelangt, von jetzt an könnte es theoretisch nur noch aufwärts gehen. Leider glaubte sie an die große Liebe und lebte monogam. Die letzte große Liebe lag mittlerweile über zwei Jahre zurück, und demzufolge war ihre Möse so staubig wie die Wüste Gobi. Ein ordentlicher Monsunregen könnte nicht schaden. Vielleicht ging es ja doch? Vielleicht könnte sie Sex mit einer fremden Frau haben? Auch dann, wenn es ohne Liebe war!

Nein, um Himmels Willen, sie war keine von denen, die Monat für Monat durch die Kontaktanzeigen des Stadtmagazins forsteten, auf der Suche nach einem Kick.

Sie chattete auch nicht anonym durch die Dyke-Rooms des Internet. Sie war eher zufällig über die Anzeige gestolpert, hatte sich vor Verlegenheit an ihrem Kaffee verschluckt und spontan geantwortet. Sie war in ihre Plastikschlappen geschlüpft und rasch um die Ecke zum Briefkasten getrabt, bevor sie es sich womöglich anders überlegte.

Als die Klappe des Kastens zurückschlug, kamen ihr Zweifel. Und was, wenn es ein sechzigjähriges fettes Weib mit Warzen im Gesicht und Perücke war? Zu spät.

Da sie nun schon mal unten auf der Straße stand, schlappte sie gleich auch noch zum Bäcker und zum Kiosk. Mit Brötchen, Zeitung und immer noch dicken Augen betrat sie ihre kleine kuschelige Wohnung. Der Anrufbeantworter blinkte. »Hier ist deine Mutter. Ruf mich zurück.«

Ergeben wählte sie die Nummer. »Hallo Mama, hier ist Karla. Was gibt's?«

»Ich wollte mal hören wie's dir geht. Du hast dich die ganze Woche nicht gemeldet. Hast du das Eis-Gel für die Beine schon probiert? Das schwache Bindegewebe liegt bei uns in der Familie. Du wirst dir nochmal deine Beine ruinieren. Warum suchst du dir nicht endlich einen neuen Job? In der Schule warst du doch immer sehr gut. Dir ist früher alles zugeflogen. Du könntest bestimmt eine Arbeit im Büro finden.«

»Mama, ich kann keine EDV.«

»Dann lernst du das eben. Vati und ich würden dir einen Kurs finanzieren. Andere haben das auch gelernt. Selbst in deinem Alter. Hast du eigentlich schon was vom Verlag gehört? Das ist doch sicher zwei Monate her, dass du deine Gedichte weggeschickt hast.«

»Mama, mal im Ernst, wer braucht heutzutage Gedichte?« Schweigen in der Leitung. Karla verdrehte die Augen.

»Kind?«

»Ja?«

»Ich mein's doch nur gut.«

»Ich weiß, Mama. Ich liebe dich. Grüß Vati.« Sie legte auf. Ja okay, es war wirklich rührend. Aber auch anstrengend. Sie beeilte sich mit dem Frühstück, denn heute wollte sie unbedingt vor Ladenschluss noch zum Einkaufen kommen. Es war inzwischen fast neunzehn Uhr. Seit sie die Schichten einer verletzten Kollegin hatte übernehmen müssen, kam sie zu gar nichts mehr. Sie beeilte sich. Essen, duschen, spülen, einkaufen. Kurz bevor sie zur Arbeit musste, duschte sie ihre Beine zehn Minuten lang mit eiskaltem Wasser ab. Das war ein alter Gastronomie-Trick, dann würden die Füße nicht so schnell anschwellen. Jetzt aber los. Heute Nacht noch, und dann hätte sie drei Nächte lang frei.

Als sie um zweiundzwanzig Uhr die Eingangstür der kleinen Schöneberger Nachtbar aufschloss, strömte sofort eine Busladung dänischer Touristen in den Schankraum. Bei ihren mageren Englischkenntnissen hatte sie ordentlich zu tun, die etwa dreißig Gäste zu bedienen. Dann bemerkte sie die Mausgraue. Geduldig und beinahe unsichtbar wie immer, wartete sie an der hinteren Tresenecke. Karla nickte ihr flüchtig grüßend zu und warf den typisch fragenden Blick hinterher, mit dem jeder Gast in jeder Bar dieser Welt zum Bestellen aufgefordert wurde. Höflich wie immer, bestellte sie einen irischen Whisky und ein Glas Leitungswasser. Die nächste halbe Stunde blieb ruhig, die Ruhe vor dem Sturm, Karla nutzte die Zeit, um alles an und auf dem Tresen für die lange, anstrengende Nacht vorzubereiten. Später würde sie keine Zeit mehr dafür haben, später würde sie wie eine freundlich lächelnde Maschine im Akkord funktionieren müssen. Es gab die Wochenendschichten, die waren doppelt besetzt, und es gab Tage wie heute, wo eine einzelne Tresenkraft alles alleine schaffen muss. Diese Schichten waren doppelt so anstrengend, gar nicht mal wegen der harten Arbeit, sondern eher wegen des ganzen menschlichen Drumherums, das vom Personal erwartet wird. Der Tresen ist nun mal ein Lagerfeuer und die Barfrau die wärmende Flamme. Je später die Nacht, desto enger kuscheln sich die Einsamen mit geröteten Augen, schweren Zungen und wirren Reden um die rote Glut der Feuerstelle. Arbeitet man allein, kann man ihren Sehnsüchten nicht ausweichen. Sie schnitt die Zitronen in Scheiben und blickte auf. Die Mausgraue saß versonnen in ihrer Ecke. Wie immer hatte sie eine aufgeschlagene Kladde vor sich liegen, in die sie ab und an, einem geheimen Ritual folgend, Worte und Sätze schrieb. Sie wirkte konzentriert und sehr bei sich, wie ein kleines braunes Waldtier, das sich durch nichts dabei stören lässt, seinen Wintervorrat einzusammeln.

Wehmütig dachte Karla an ihre Gedichte, die bei irgendeinem Lektor verfaulten. Wer brauchte heutzutage Gedichte? Die grausame Wahrheit ist doch, dass selbst Kunst den Gesetzen der Marktwirtschaft unterliegt. Gibt's keine Konsumenten, dann gibt's auch keinen Verlag. Die Mausgraue schien ihre Gedanken zu spüren, denn sie sah ebenfalls auf. Ihre Blicke kreuzten sich. Karla fühlte sich ertappt. Die andere nickte kurz und schrieb dann ein paar Sätze. Wer sie wohl war? Seit etwa drei Wochen saß sie dort hinten in der Ecke, blieb im allgemeinen etwa vier Stunden, verzehrte während dieser Zeit zwei bis drei Whisky und doppelt so viele Leitungswasser. Sie zahlte ihre Rechnung immer zum Schluss, was Karla ihr erstaunlicherweise von Anfang an durchgehen ließ, eigentlich wurde hier gleich abkassiert. Sie zahlte immer zwei Mark Trinkgeld, verschwand und tauchte am folgenden Abend wieder auf. Sie war so unauffällig, dass sie aus diesem Kabinett der Exaltierten herausstach, wie ein perfektes, leuchtendes Gänseblümchen aus einem Strauß exotischer Orchideen. Ganz am Anfang hatte Karla gedacht, sie sei eine von denen, die sich in die Ecke setzen, um klammheimlich die Barfrau anzuhimmeln und zu nerven, aber sie tat nichts dergleichen. Sie füllte nur ihre Kladde mit Worten. Mittelgroß, mittelalt, mittelschwer, die halblangen dünnen Haare in silberdurchzogenem Mittelbraun und irgendwelche grauen Pullover zu grauen Cordhosen. Wenn Karla es sich genau überlegte, dann musste sie zugeben, dass die merkwürdige Mischung aus zerbrechlicher Weltfremdheit und dem gleichzeitigen Pfeifen auf alle Äußerlichkeiten sie ziemlich interessant erscheinen ließ. Zumindest auf den dritten Blick.

Der Laden füllte sich. Karla hörte auf zu denken. Ihre Hände flogen mit blinder Sicherheit hin und her. Sie arbeitete seit vier Jahren in dieser Bar und kannte instinktiv jeden Handgriff. Sollte die Putzfrau jemals auf die Idee kommen, die Spirituosen in einer neuen Anordnung ins Regal zu stellen, würde Karla unweigerlich ins Rotieren geraten.

Gegen vier Uhr begann der Laden sich zu leeren, und prompt spürte sie den Schmerz in ihren Beinen. Von nun an würde jede Bestellung einer Körperverletzung gleichkommen, denn der Körper schrie nach Ruhe, aber erfahrungsgemäß sind die letzten zwei Stunden immer die schlimmsten. Mit steigendem Alkoholpegel versinken die Gäste tiefer und tiefer in ihren inneren Welten, in ihren eigenen Bedürfnissen, die Mutti nie in der Lage gewesen war, zu befriedigen. Die Gäste werden zu kleinen, tyrannischen Kindern. Ein Haufen kurzsichtiger Egoisten. Und Karla sollte Mutti sein. Für alle.

Der Glatzkopf direkt vor Karla drohte einzuschlafen. Sie fauchte ihn an. Er bestellte ein letztes Bier, ließ dann versehentlich sein Fünfmarkstück ins Spülwasser plumpsen. Sie sah aus den Augenwinkeln seinen schlaffen Reflex, dem Geld hinterherzugreifen, und zischte: »Untersteh dich, mit deinen Dreckspfoten in meinem sauberen Wasser zu grabbeln. Sonst gibt's was hinter die Löffel.« Zufrieden lächelnd ob solch' mütterlicher Beachtung, schob er ihr einen Zehnmarkschein rüber und murmelte: »Stimmt so.«

Bargänger sind merkwürdige Menschen, zumindest jene, die beharrlich so lange sitzen bleiben, bis das Lagerfeuer endgültig erlischt. Karla hoffte, dass sie nie selber so eine werden würde, die nächtelang in den Bars der Großstädte herumsaß, als wären es Wartehallen für die verpassten Züge des Lebens. Und doch, auch wenn all diese großen, betrunkenen Kinder etwas Tragisches besaßen, so hatten sie alle auch etwas sehr Liebenswertes. Sie waren Melancholiker. Vielleicht auch Romantiker. Sie waren auf der Suche nach etwas und nach jemandem. Das machte sie sympathisch, denn die Suche war morgens um fünf, mit zwei Promille im Blut, rührend sinnlos.

Karla gestand sich ein, dass sie sie alle mochte, wenn sie auch manchmal nervten.

Ein großer, betrunkener Mann stolperte herein. Sein langes Haar klebte ihm wirr auf der feuchten Stirn. »Ein Bier vom Fass«, orderte er harsch.

Sie schüttelte den Kopf: »Gibt nix mehr vom Hahn. Ist schon geputzt.«

»Dann ein Hefe.« Er blickte sich um und fügte hinzu: »Und Wodka für alle.«

Karla zog die Augenbrauen hoch, zählte schnell die Gäste nach und entschied sich, diesen Umsatz noch eben mitzunehmen. Sie machte zehn kleine Wodka und das Hefe fertig, verteilte alles und wandte sich an den Verschwitzten: »Macht sechsundvierzig Mark.«

»Nehmt ihr auch Karten?«

»Nein, nur bar.«

»Welche Karten akzeptiert ihr denn?«

»Wir nehmen keine Karten. Wir haben kein Gerät für sowas.«

»Ich will aber mit Karte zahlen!«

Resigniert sagte sie: »Okay, gib her, ich zieh mir das Ding mal durch den Schlitz und dann kucken wir, was passiert.«

Er starrte sie mit offenem Mund an, legte einen Fünfziger auf den Tresen und winkte ab.

Jemand lachte perlend. Karla blickte sich um und entdeckte die Mausgraue. Erstaunt fragte sie: «Du bist noch da? Um die Zeit?«

Sie nickte zaghaft.

»Wie heißt du eigentlich?«, fragte Karla, einem Impuls folgend.

»Julie.«

»Julie? Wie Julie von den Wölfen?«

»Keine Wölfe. Einfach Julie.«

Die mausgraue Julie ohne Wölfe zahlte ihre Drinks und ging. Der Verschwitzte verschwand auf dem Klo. Karla hörte ihn kotzen. Gegen sechs Uhr früh waren endlich alle weg, und eine halbe Stunde später trottete sie durch den grauen Oktobermorgen zum Taxistand. Zuhause schaffte sie es gerade noch, ihre Beine mit Mutters Eis-Gel einzureiben, und fiel dann ins Bett.

Die drei freien Nächte waren viel zu schnell vorbei. Es war Karla nicht gelungen, zurück in einen Tagesrhythmus zu rutschen. Sie hatte viel geschlafen, hatte einmal beim Verlag angerufen und nachgefragt. Sie würden sich melden, hieß die glatte Antwort. Und dann stand schon wieder die erste von drei Nachtschichten in Folge auf dem Programm. Ach, seit Monaten grübelte sie hin und her, wie es ihr nur gelingen könnte, den Absprung aus der leidigen Nachtarbeit zu schaffen. Vielleicht wäre Büro ja gar keine so schlechte Idee. Ihr Deutsch war ordentlich, sie konnte organisieren und besaß eine angenehme Telefonstimme. Mal sehen, sie würde sich umschauen.

Die nächsten drei Tage schwammen dahin: Arbeiten, Schlafen, Fernsehen. Nachmittags, nach dem Aufwachen, überfiel sie häufig eine brennende Sehnsucht, die sie im Allgemeinen lieblos in nur drei Minuten abzuhandeln pflegte, denn sie gönnte sich diese süße Muße nicht. In der letzten Nacht dieses Arbeitsmarathons erschien unverhofft hoher Besuch. Ihre Ex schneite herein. Im Schlepptau hing eines dieser farblosen, austauschbaren Mädels, mit denen sie sich seit ihrer Trennung vor zwei Jahren zu umgeben pflegte. Es war mindestens die siebte Affäre, vermutlich gab es noch ein paar mehr, denn Karla bezweifelte, dass sie alle zu Gesicht bekommen hatte. Am liebsten hätte sie die Bar geschlossen, es bereitete ihr immer noch körperliches Unbehagen, diese schattigen Kinder zu bedienen. Aber Karla lächelte: »Was darf's denn sein?«

Wenn sie doch nur selber so gestrickt wäre. Wenn sie doch nur in der Lage wäre, sich mit irgendwelchen Mädels irgendwie zu amüsieren. Sie konnte es nicht. Vielleicht würde sie es lernen.

»Ein Bier vom Fass«, murmelte kaum verständlich das austauschbare Mädchen, und Karla zog ein Bier ins Glas.

»Vier Mark bitte.«

»Da ist ja kein Schaum drauf«, wagte es eine Beschwerde.

»Wolltest du Bier oder Schaum?«

»Bier mit Schaum, bitte.«

Karla spürte, wie sie ungehalten wurde und knurrte: »Du siehst doch, dass aus dem Hahn kein Schaum rauskommt, was schlägst du vor? Soll ich dir vielleicht ins Glas pupen?«

Das helle Lachen kam Karla bekannt vor, sie lächelte Julie freundlich an und griff nach der Whiskyflasche. »Geht aufs Haus.« Julie wurde rot. Quasi aus Reflex wurde Karla ebenfalls rot. Inzwischen wurde es mächtig voll, sie bekam die nächsten zwei Stunden den Kopf nicht hoch und arbeitete konzentriert. Alles war wie immer. Als sie nach Hause fuhr, bekam sie schlechte Laune: »Bitte, bitte, ein Königreich für einen Ausweg.«

Im Briefkasten lag Post. Als Absender nur eine Postfachnummer. Der Umschlag war aus lavendelfarbenem Büttenpapier und duftete schwül, oder teuer. Sie setzte sich mit einem Kamillentee an den Küchentisch und öffnete vorsichtig den Brief. Als Erstes bemerkte sie enttäuscht, dass kein Foto beigelegt war, dann las sie aufgeregt:

Liebe Karla,
wusstest Du, dass Dein Name so viel wie ›wilder, grober Kerl‹ bedeutet? Gern möchte ich Dich zähmen. Ich stelle mir vor, dass Dein weißer Hintern auf rotem Satin liegt und leuchtet. Der Lippenstift meiner Küsse färbt Deine Backen so rosig wie der Wind Deine Wangen auf dem Bild, das Du mir mitgeschickt hast. Ich hebe Deine Hüften an und stille meinen Durst an Deiner nackten Quelle. Nur Dein Atem ist zu hören und von weit her eine fremde Musik. Ich dringe mit meiner Zunge in Deinen Arsch, Du stöhnst vor Verlangen. Ein schweigender Mann gesellt sich zu uns, er drängt mich beiseite, er dringt von hinten wie ein ›wilder, grober Kerl‹ in Dich ein. Es macht mich heiß, Euch beiden zuzusehen, denn Du bist verwirrt und hilflos. Du schreist vor Lust. Nachdem er seinen Samen verschwendet hat, nachdem seine Lanze in Deinen Tiefen gebrochen ist, gleitet er matt in die Laken. Du jedoch bist nicht befriedigt, Deine Hüften wiegen sich bittend nach mehr. Ich knie mich hinter Dich und gebe Dir mehr. Ich gebe Dir so viel, bis es für viele Wochen reicht.
Endlich reicht.
Das ist mein Traum. Und was träumst Du?

In gespannter Erwartung Deiner Antwort,
Die Fremde
(Das ist die wörtliche Übersetzung meines Namens)

Karla stierte mit gerunzelter Stirn auf den duftenden Brief. Ungläubig las sie ihn ein zweites Mal. Was sollte das denn? Die Alte hatte sich wohl im wahrsten Sinne des Wortes in der Spalte vertan! Immerhin stand über der Rubrik groß und deutlich ›Frau sucht Frau‹! Karla jedenfalls suchte eine FRAU und keinen schweigenden Mann! Und überhaupt, was sollte dieses blumige Gequatsche? Und keine Beschreibung, geschweige denn ein Foto. Wer sagte ihr denn, ob das nicht ein Kerl war, der sich heimlich an Briefen aufgeilte? Also nein, das war das erste und letzte Mal gewesen, dass sich Karla auf eine Anzeige hin meldete! An meiner nackten Quelle trinken?! Die hatte ja nicht mehr alle, die könnte sich gerne ein Maul voll Staub an ihrer behaarten Wüste Gobi abholen.

Sie wollte Karlas Traum wissen? Wütend schmierte sie einen Antwortbrief:

Ich träume von einem Hund, einer Katze, einem Goldfisch!!!
Die wilde Karla.

Und, obwohl sie müde wie die Welt war, schleppte sie sich zum Briefkasten und stopfte den Brief hinein.

Also nein, sowas aber auch. Postfachadresse!

Am folgenden Mittag erwachte sie, die Reste von rotem Satin glitten mit einem Traum von dannen. Ihre Finger fanden schlaftrunken den vertrauten Weg. Diesmal ließ sie sich Zeit. Es war lange her, seit sie sich mit Vergnügen und ohne sachliche Eile mit sich selbst beschäftigt hatte. So konnte es also sein? So auch?

Wieder vergingen zwei Wochen im Zeitraffertempo. Julie hatte sich angewöhnt, zur Begrüßung zwei kleine, schüchterne Sterne in den Augen zu tragen. Karla störte es nicht, im Gegenteil. Da Julie nichts, aber auch gar nichts einforderte, weder Beachtung noch Sonderbehandlung, schenkte Karla ihr beides gern.

»Was schreibst du da eigentlich immer in deine Kladde?«

»Das willst du nicht wirklich wissen«, lächelte Julie und senkte verlegen den Blick ihrer mittelbraunen Augen.

»Aber doch, ganz unbedingt will ich das wissen.«

»Schundromane«, flüsterte sie hinter vorgehaltener Hand.

Karla lachte, dann schüttelte sie den Kopf, um anzudeuten, dass sie ihr nicht glaubte. Julie hob entschuldigend die Schultern, der Laden wurde schlagartig voll, ein weiteres Gespräch war nicht möglich.

Seit fast zehn Jahren war diese Bar ein beliebter Treffpunkt für Schwule und Lesben, viele von ihnen waren Künstler. Szenestars kamen ebenso wie richtige Berühmtheiten, jedoch die meisten hatten nie den ganz großen Durchbruch geschafft. Wer weiß, vielleicht gehörte Julie tatsächlich zur schreibenden Zunft?

Die Tür öffnete sich. Ein Raunen ging durch die Bar. Karla blickte auf. Ein Mann und eine Frau. Fremde. Sie mussten sich verirrt haben. Der Mann, vielleicht Mitte zwanzig, bahnte seiner Begleiterin galant einen Weg durch das Gedränge. Die Frau, eine alterslose Schönheit mit schweren, honigfarbenen Locken, lächelte Karla grüßend zu. Das war an sich nicht ungewöhnlich, die meisten Gäste nickten grüßend, wenn sie kamen oder gingen, aber die zwei … die gehörten nicht hierher. Die Gäste, die hier verkehrten, besaßen kein Geld, und wenn sie doch welches besaßen, dann klebten sie sich nicht die Tausender ins Gesicht. Diese beiden hier jedoch, die waren mit Geld behangen, wie Weihnachtsbäume mit Lametta. Karla zwang sich, ebenfalls zu lächeln, schließlich waren es Gäste. Der junge Mann beugte sich über den Tresen und fragte nach der Karte.

»Tut mir leid, wir haben keine«, lachte Karla misstrauisch, »aber ich berate euch gern.«

»Vielleicht zwei Campari-Orange?«

»Dafür brauchen wir keine Karte.« Sie stellte die Longdrinks vor seine Nase und sagte: »Sechzehn, bitte.«

Er nickte: »Wir zahlen später.«

Karla runzelte die Stirn, Julie grinste. Unauffällig blickte Karla ab und an zu den beiden rüber, so etwas hatte sie hier noch nicht gesehen. Diese Frau war durch und durch eine Dame. Sie stank vor Geld, Bildung und Manieren, hätte ebenso gut dreißig wie fünfzig sein können, es war nicht auszumachen. Was hatten sie hier verloren? In welchem Verhältnis standen sie zueinander? War er ihr Sohn? Oder ein Gigolo? Sie unterhielten sich angeregt, er gestikulierte wild, sie bewahrte Haltung. Einmal strich er ordnend über ihren Pelzkragen. Sah aus wie Silberfuchs, der auf einem sündhaft teuren Kaschmirmantel schlief und im Schlaf den Schmuck an Hals und Ohren seiner Herrin bewachte. Wenn der Schmuck echt war, baumelte vermutlich der Wert einer Villa auf ihrer gepflegten und perfekt geschminkten Haut.

Die Drinks schienen ihnen nicht zu schmecken, denn sie nippten bloß daran. Okay, die Gläser sahen wirklich nicht aus, als würden sie Campari-Orange beinhalten, sondern eher flüssige Kirsch-Campinos. Das war hier so, die Gäste wollten viel Alkohol für wenig Geld. Karla erbarmte sich, machte zwei neue Drinks mit wenig Bitter und trabte an den Tisch der beiden. »Scheint euch nicht zu schmecken, ich tausch' sie aus, auf Kosten des Hauses.« Sie bedankten sich höflich, aber auch ein bisschen so, als hätten sie nichts anderes erwartet. Das ärgerte Karla. Sie trabte zurück an ihren Arbeitsplatz. Der Laden leerte sich gegen vier, wie immer. Julie war noch da und fragte unvermittelt: »Soll ich dir beim Aufräumen helfen?«

Alarmiert zuckte Karla zurück. Wollte Julie doch etwas von ihr? Die langen Jahre in der Bar hatten sie gelehrt, vorsichtig zu sein.

»Nein«, antwortete sie abweisend. Julie schien den Ton nicht bemerkt zu haben, zumindest ließ sie sich keine Überraschung anmerken. Sie kramte ihr Geld raus, um zu zahlen und verabschiedete sich mit den Worten: »Du bist eine rührende Romantikerin. Wahrscheinlich schreibst du heimlich Gedichte.«

Karla fiel keine Erwiderung ein, sie blickte wortlos in Julies Augen. Als das Schweigen zu lange dauerte, murmelte Karla: »Heute zahlst du nicht. Du lässt genug Geld im Laden.«

»Danke«, erwiderte Julie und ging zur Tür. Dort drehte sie sich noch einmal um: »Übrigens, ich fahre für zwei Wochen nach Hamburg. Drück mir mal die Daumen. Es ist wichtig für mich.«

Karla nickte. Verdammt, sie würde ihr fehlen.

Dann schnappte sie sich einen Lappen und wischte die Tische. Das seltsame Paar winkte sie zu sich herüber: »Wir möchte gerne zahlen.«

Die Drinks waren noch halbvoll. »Macht sechzehn, bitte.«

Die Dame zückte einen Fünfzigmarkschein.

Karla murrte: »Hast du es nicht passend? Ich hab kein Portemonnaie und die Kasse ist dahinten am Tresen.«

»Es ist schon in Ordnung.«

Als sie Karlas verständnislosen Blick bemerkte, setzte sie hinzu: »Es stimmt so. Wir haben uns wohl gefühlt.«

Heiße Wut schoss in Karlas Wangen, sie fühlte sich zutiefst gedemütigt, sie fühlte sich verarscht. Die Dame hielt zögernd den Schein in Karlas Richtung, sie schien zu bemerken, dass ihr ein Fauxpas unterlaufen war und blickte hilfesuchend zu ihrem Begleiter. Der zückte einen Hunderter, stopfte ihn in Karlas Hand und sagte: »Verzeihung, wir haben uns sehr, sehr wohl gefühlt.«

Karla spürte, wie ihre Zähne knirschten. Mit hochrotem Kopf wandte sie sich ab und verschanzte sich hinter dem Tresen. Das seltsame Paar verließ die Bar. Karla goss sich einen Wodka ein und rauchte hastig zwei Zigaretten. Sie konnte es sich nicht erklären, aber sie spürte deutlich, dass die beiden ein Spiel mit ihr getrieben hatten, und das verletzte sie.

Eine Woche verging. Julie fehlte ihr, und der Oktober war verregnet. Karla saß viel zu Hause, sie arbeitete verbissen an einem Sonett. Es war an einem Donnerstag, als ihr unten im Treppenhaus ein schwerer Duft in die Nase wehte. Tatsächlich, lavendelfarbene Post! Na, die hatte Nerven!

Liebe Wilde,
ich nehme an, mein letzter Traum hat Dir nicht gefallen? Das ist nicht schlimm, denn ich habe viele Träume. Du träumst von einem Hund? Das ist sehr exklusiv. Während ich diesen Brief an Dich schreibe, liegt Dein schlichter Zettel mit diesem einen, einzigen Satz direkt vor mir. Die Buchstaben Deiner hingeworfenen Notiz scheinen zu beben, und das schürt meine Neugierde, denn ich frage mich, ob Deine Hand vor Wut oder vor Erregung zitterte.
In meinen Gedanken führe ich Dich durch mein Haus. Dein widerstrebender Gang gefällt mir, es gefällt mir auch, mit welchem Misstrauen Du die schweren Teppiche umrundest, als könntest Du darin versinken. Deine Füße scheinen instinktiv die Sicherheit der Dielen und Fliesen zu suchen. Wir sprechen nicht miteinander. Ich öffne Tür um Tür, zeige Dir alle Räume, und ganz zum Schluss meiner Führung bitte ich Dich in das Kaminzimmer. Du zögerst. Der Raum ist über und über mit Teppichen ausgelegt. Zentimeterhohe, weiche Teppiche. Du ahnst, dass Du diesen Raum nicht betreten kannst, ohne Deinen festen Grund zu verlieren. Ich trete hinter Dich und schiebe mit sanfter Gewalt. Weil Du dich sträubst, kommt es zu einer kleinen Rangelei, in deren Verlauf Du taumelst. Du stürzt, und ich halte dich nicht … auf. Ich gehe neben Dir auf die Knie und öffne die schwere Messingschnalle Deines Gürtels. Du wehrst Dich nicht, und am Ausdruck Deiner Augen kann ich erkennen, dass Du Dich fragst, weshalb Du Dich nicht wehrst, dass Du Dich fragst

und fragst, weshalb Du es zulässt, dass ich Dich entkleide. Deine Augen sind sehr dunkel, als ich Dir die olivfarbenen Militärhosen von den weichen Schenkeln ziehe, die jetzt so beben, wie Deine Hand bebte, als Du mir Deinen Antwortsatz auf einen Zettel warfst …

Karla ließ den Brief sinken und blickte verunsichert durch das Küchenfenster in die früh beginnende Nacht. Mit der linken Hand hielt sie das beschriebene Papier, während ihre rechte unwillkürlich nach der Messingschnalle des Gürtels griff, der die Militärhosen eng in ihrer Taille raffte. Sie legte den Brief ab und nahm den Umschlag erneut zur Hand. Als Absender wieder nur diese Postfachadresse. Sie drehte den Umschlag und bemerkte erst jetzt, dass er weder frankiert noch gestempelt war. Karla fühlte sich auf einmal sehr schwach. SIE war HIER gewesen. Hier im Haus. Vielleicht sogar vor ihrer Wohnungstür. ›Die Fremde‹, wie sie sich nannte, hatte Karla beobachtet. Ihre Adresse kannte sie sowieso. Aber offenbar wusste sie auch, wie Karla aussah, wie sie sich bewegte und kannte sogar ihre Kleidung! Karla schloss die Augen. Jemand spielte ein Spiel mit ihr. Ein böses Spiel. Wer?

Und ganz allmählich formte sich in ihrer Erinnerung ein Bild! Das Bild der schönen, alterslosen Frau mit den schweren, hellen Locken tauchte auf. Wie ein erstes Puzzleteil, das verloren auf dem Tisch liegt, denn man weiß noch nicht, wo es hingehört, weil die Vorlage fehlt und somit der Zusammenhang.

Das Bild wurde deutlicher, die Frau kam nicht allein. Sie war in Begleitung des glattgesichtigen Komplicen. Die beiden tranken Campari-Orange. Sie führten etwas im Schilde. Sie vergnügten sich auf ihre Kosten.

Sie machten ihr Angst.

Karla nahm den Brief und las weiter.

… die jetzt so beben, wie Deine Hand bebte, als Du mir Deinen Antwortsatz auf einen Zettel warfst. Ich möchte versinken in der Tiefe Deiner Augen und auch noch in ganz anderen Tiefen, aber ich zwinge mich, meinen Blick von Deinem zu lösen, denn ich möchte Dich ganz nackt und ganz schutzlos wissen. Ich knöpfe langsam, mit beiden Händen, die Knöpfe Deines weißen Hemdes auf und entblöße Deinen Bauch, Deine Brüste. Sie pulsieren mit dem heftigen Schlagen Deines Herzens, das durch den Busen drängt wie Windböen durch ein reifes Kornfeld. Wir sind beide erstaunt, wie reglos Du ansonsten bist. Ich frage mich, ob die Teppiche Dich so machen. Du wünschst Dir Beton. Endlich bist Du nackt. Wie jung du scheinst, als hätte Dich noch nie vorher eine menschliche Hand berührt. Meine Hand streicht über Deinen jungen Bauch und hinterlässt ein rotes Mal, als wäre mein Arm eine Schlange, meine Hand der Apfel und Dein Bauch der Garten Eden, in den soeben die Sünde gefahren ist. Ich helfe Dir auf, ich geleite Dich durch das Zimmer, dorthin zu dem Spieltisch. Siehst Du ihn? Er ist niedrig, vielleicht kniehoch, er ist schmal und nicht sehr lang. Siehst Du die kostbaren Intarsien aus verschiedensten Tropenhölzern? Sie zeigen das Abbild eines sich windenden, nackten jungen Mädchens. Ich zwinge Dich an den Schultern hinunter. Ich will, dass Du dich hinlegst, rücklings auf das hölzerne Bild. Endlich liegst Du. Du siehst aus wie eine ergebene Gabe, wie jemand, die bereit ist, sich zu opfern. Du

schließt die Augen, im Kamin knistert ein Feuer. Du hörst das leise Gleiten der Nylonschnüre. Ich binde Deinen Körper auf den Spieltisch. Dies wird ein besonderes Spiel. Kunstvolle Knoten bilden Muster über Deinen Brüsten, auf Deinem Bauch und den Knochen Deiner schmalen Hüften. Ich spreize Deine Schenkel weit, fessele Deine Waden an die Tischbeine und schließlich ebenso Deine Arme. Dann stehe ich auf und betrachte mein Werk. Es sieht bizarr aus. Wie ein Frauentisch, ein Tisch, der eine Frau ist. Hände und Füße versinken sinnlos im Teppich. Deine Möse, die übrigens im Verhältnis zur Ahnungslosigkeit Deines Körpers erstaunlich wissend aussieht, scheint vertikal zu lächeln. Sie lächelt mir von der Tischkante her zu. Sie ist sehr exponiert. Ein winziger Spuckefaden läuft aus ihrem Lippenmund. Er glitzert wie ein kostbarer Edelstein. Ich will mich nicht zurückhalten, ich greife nach diesem Glitzern und pflücke es aus dem gestutzten Bart, um es zu verzehren. Und endlich höre ich Dich stöhnen. Das macht mich froh, denn ich möchte Dich erfreuen. Alles, was ich tue, tue ich für Deine Freude. Du liegst da, Deine Arme und Beine verschmelzen mit den Beinen des Tisches. Du bist fleischgewordene Opferbereitschaft, bereit, Dich an Deine Freude zu verschwenden. Du fragst Dich allmählich, weshalb ich Dich nur betrachte und nicht berühre? Ich berühre Dich nicht, weil ich eine Überraschung für Dich habe. Ich stoße einen leisen Pfiff aus. Hörst Du, dort hinten in der Halle? Dieses merkwürdige, sich rasch nähernde, rieselnde Geräusch, als würden sechzehn kleine Krallen über Fliesen eilen. Dann Stille, und dann ein treues Hecheln. Du öffnest die Augen und blickst auf die stolze Erscheinung eines Dobermannrüden. Du möchtest Nein sagen, aber mehr als ein schwaches Schütteln Deines Kopfes kriegst

Du nicht zustande. Auf Deiner Möse wachsen Edelsteine, viele. Sie werden zu einem Einzigen, und plötzlich öffnet sich Deine Möse weit. Sie spricht an Deiner Statt. Und, mein liebes, wildes Mädchen, deutlicher könnten keine Worte sein. Ich nehme Mingtui das Halsband ab, denn auch er soll nackt sein. Ich führe ihn Dir zu, wie ein Brautvater den Bräutigam zur Tochter führt. Mingtui nimmt Deinen Duft in sich auf. Oh, das scheint ihn zu begeistern! Siehst Du, wie sehr es ihn begeistert? Ich möchte, dass Du zuschaust. Sieh Dir nur diesen schönen, mächtigen Penis an. Mancher Mann würde ihn darum beneiden. Er fühlt sich gut an, ich reibe und massiere seinen Schaft, ich knete sanft seine Eier. Mingtui will zu Dir, will unbedingt zu Dir, ich kann ihn nicht mehr halten. Ich helfe ihm, seine Vorderpfoten auf die niedrige Tischplatte zu stellen, links und rechts von Deinen geknebelten Hüften steht er und stößt wild in die Luft. Ich nehme seinen Penis und führe ihn. Spürst Du, wie er Deine Möse berührt? Möchtest Du, dass ich ihn loslasse? Möchtest Du das? Möchtest Du?
Was immer Du möchtest, möchte ich tun. Und nur das. Ich möchte alles ausprobieren dürfen. Auch all die Dinge, die Du noch nicht kennst, und von denen Du nicht weißt, ob Du sie möchtest. Es soll keine Grenzen für uns geben, keine. Aber, es gibt jederzeit einen Weg zurück. Und es gibt jederzeit die Möglichkeit ›Nein‹ zu sagen.
Was immer Du möchtest, sollst Du tun. Solange, bis ich ›Halt‹ sage.

Ich möchte Dich kennenlernen. Ich erwarte Dich kommenden Sonntag um achtzehn Uhr in der Lounge des Hotel Tokio,
Barbara

Übrigens, ich besitze keinen Hund. Es sind nur Worte. Für Dich. Und Träume. Und Bilder.

Karla ließ den Brief sinken. Sie war nicht in der Lage, einen klaren Gedanken zu fassen. Sie fühlte sich. Sie konnte sich nicht denken. Neugier und Abscheu, Lust und Scham … Karla blieb sitzen. Sie bemerkte nicht, wie die gelben Fenster auf der gegenüberliegenden Straßenseite eines nach dem anderen verloschen, bis nur noch ein einziges schwach glimmte. Sie wollte keinen Hund. Auch nicht den Schwanz eines schweigenden Fremden. Sie wollte eine Frau. Und doch trafen die Briefe einen Nerv. Karla wollte eine Frau. Aber, wollte sie diese Frau? Was wusste diese Frau von Karla? Was wusste sie von ihrer Angst vor nachgebendem Grund? Karla brauchte Linien und Festigkeit, Rituale und Vertrautes. Sie fürchtete sich vor dem Meer und vor schwarzen Teichen. Es war einfach unglaublich. Was wusste diese Frau? Und, was hatte sie zu bieten?

Etwas an ihren Briefen berührte und schockierte sie zutiefst. Nicht die abscheuliche sodomitische Szene, auch nicht das Fesselkunstwerk. Vielmehr ahnte Karla, würde sie sich auf diese Ebene der Begegnung einlassen, auf diese Art der grenzüberschreitenden, geistigen Berührung, dann könnte es geschehen, dass sie in ein eigenes, verborgenes Labyrinth geriete, aus dem sie möglicherweise ohne fremde Hilfe nicht mehr herausfände.

Allerdings würde sie wohl auch kaum ohne fremde Hilfe hineingeraten.

Als sie endlich, nach mehr als einer Stunde, in der Lage war, einen Gedanken klar zu formulieren, stand ein Satz wie eine Leuchtreklame in ihrer Verwirrung. Er lautete: ›Ich werde pünktlich sein.‹

In der Nacht zu Sonntag schlief sie schlecht. Wirre Bilder verfolgten sie. Sie blieb den ganzen Vormittag dösend im Bett und stand erst gegen Mittag auf. Dann verbrachte sie Stunden im Bad, in dem sie sich wie ein Mädchen aufführte, dessen erstes Rendezvous bevorstand. Sie rasierte sich die Beine, schrubbte die trockenen Ellbogen, bis diese glühten, rieb sie anschließend dick mit Vaseline ein, rubbelte den ganzen Körper, cremte andächtig, zupfte pingelig wie nie ihre Kinnbehaarung und frisierte sich ganz zum Schluss das Venushaar. Eine Weile lang betrachtete sie sich zufrieden im Flurspiegel: Für eine Mittdreißigerin, die Sport und Yoga als Zeitverschwendung ansah, war sie erstaunlich gut in Schuss und fand sich recht appetitlich. Sorgfältig kleidete sie sich an. Vermutlich besaß jede Frau in einer geheimen Ecke ein paar Wäschestücke, die normalerweise nicht unbedingt zum Einsatz kamen. Karla jedenfalls besaß solche und fand den Anlass angemessen. Eine Anzugshose, helles Hemd und sandfarbener Pullunder vervollständigten das Bild, das Karla von sich machen wollte. Schlicht, unaufdringlich, androgyn und geschmackvoll. Endlich war sie fertig und konnte gehen.

Unten auf dem Treppenabsatz wurde ihr klar, wie lächerlich sie sich aufführte. Also stürmte sie zurück in die Wohnung, riss sich alles vom Leib, warf die teure Wäsche aufs Bett, kramte nach einem ihrer hässlichen, beutelförmigen, schwarzen Menstruationshöschen, suchte ein olles, geflicktes Herrenunterhemd und zog den restlichen

Klumpatsch wieder drüber. Immerhin, sie wollten sich ja nur kennenlernen! Jetzt würde Karla ganz bestimmt nicht in Versuchung geraten, sich schon beim ersten offiziellen Treffen zu entkleiden. Es ging zwar um Sex, aber noch viel mehr ging es um Verführung. Und Verführung braucht Zeit.

Das Hotel *Tokio* ist eines dieser neu erbauten Hotels in Berlin-Mitte, von außen wirkt es dunkel und beinah bedrohlich, die Eingangshalle ist eine hohe, luftig-futuristische Konstruktion aus einem recht gewagten Materialmix. Vorherrschend Stahl und Glas, aber auch grob gehobelte Eichenbohlen, Lehmwände und Terrakotta-Fliesen. Karla orientierte sich kurz und durchquerte dann die Halle, an deren hinterem Ende sich die Lounge befand. Etwa ein Dutzend Gäste saß locker verteilt in Ledermöbeln und an der Bar. Alle blickten auf, als Karla sich suchend umsah. Zwei Vierergrüppchen gutsituierter Damen, eine Geschäftsfrau mit Laptop, drei Herren in Karlas Alter, aber keine Barbara. Sie ging betont lässig an die Bar, legte den Mantel ab, studierte entsetzt die Preise auf der Getränkekarte und entschied sich schließlich für einen Chablis zu vierzehn Mark das Glas. Beim ersten Schluck bemerkte sie das nervöse Zittern ihrer Hand. Verdammt, reiß dich zusammen! Okay, sie hatte zwar jeden Grund, nervös zu sein, denn sie würde sich jetzt mit einer gutaussehenden Frau treffen, die schweinische Inserate aufgab, schmutzige Briefe schrieb und schmutzige Dinge mit ihr tun wollte, sie würde sich mit einer Frau treffen, die offensichtlich einige Nachforschungen angestellt hatte. Sie würde sich mit einer Frau treffen, die es geschafft hatte, Karla sowohl einzuschüchtern als auch zu erregen, und all das waren Gründe genug, um nervös zu sein. Aber Karla wollte nicht, dass Barbara SAH, wie nervös sie tatsächlich war, also machte sie in Gedanken autogenes Training. Zehn Minuten vergingen, sie blickte sich um. Die anwesenden Damen wandten ertappt ihre Blicke ab. Unauffällig schielte Karla an sich herunter, ob vielleicht mit ihrer Kleidung etwas nicht in Ordnung sei, konnte jedoch nichts entdecken. Sie schlürfte ihren Wein, wurde allmählich ein wenig ungehalten, denn sie konnte Unpünktlichkeit nicht ausstehen, und drehte sich eine Zigarette. Der Barmann schob ihr einen Aschenbecher mit Streichholzbriefchen rüber. Sie nickte. Unter halbgeschlossenen Lidern schmulte sie zum Tisch zu ihrer Linken, an dem vier Damen saßen und sie tatsächlich schon wieder musterten. So etwas Unhöfliches. Wofür hielten sie Karla? Dachten sie, sie sei eine Prostituierte, die unangemessene Arbeitskleidung trug? Provozierend hob sie ihren Blick. Sofort starrten die Damen aufgescheucht in der Gegend umher und begannen zu tuscheln. Karla wandte ihnen den Rücken zu. Sie ärgerte sich über Barbara, die jetzt schon mehr als eine halbe Stunde Verspätung hatte. Auf DIE Entschuldigung war sie gespannt.

Weitere zwanzig Minuten vergingen. Schlecht gelaunt zahlte sie ihren Wein. Sie war so schlecht gelaunt, dass sie vergaß, dem Barmann ein Trinkgeld zu geben und rauschte, Mantel über dem Arm, aus der Halle.

So eine Unverschämtheit! Karla stapfte wütend durch den Nieselregen. Allmählich ließ ihr Ärger jedoch nach, denn sie besaß zwar ein aufbrausendes Temperament, aber wie bei vielen impulsiven Menschen, hielten sich schlechte Stimmungen meist nicht lange. Sie kam zu dem Schluss, dass Barbara ein intelligentes Wesen mit sehr eigenwilligem Kopf war und es insofern sehr wahrscheinlich wäre, dass die geplatzte Verabredung zu ihrem merkwürdigen Spiel gehörte, dieses Spiel, dessen Regeln nur Barbara alleine kannte.

An der Treppe zur U-Bahn fiel ihr auf, dass sie ihren Tabak vergessen hatte. Auch das noch! Seufzend machte sie kehrt, um ihn zu holen, denn immerhin hatte sie ihn gerade erst gekauft.

Zurück durch den Regen, die Halle, rein in die Lounge, den Beutel vom Tresen nehmen, dem Barmann mit entschuldigendem Lächeln zwei Mark auf den Tresen legen, war das eine. Sich umwenden, um nun endlich zu gehen, mit einem schnellen Blick erfassen, dass die Lounge sich überraschend geleert hatte und abrupt zu verharren, war das andere.

Verwundert blickte Karla sich um. Es saßen nur noch die drei jungen Männer im Raum. Sie arbeitete lange genug in der Gastronomie, um zu wissen, dass es höchst ungewöhnlich ist, innerhalb von nur fünf Minuten neun Gäste zu verlieren, die gerade noch gemütlich beisammengesessen haben. Halbvolle Gläser und Tassen standen auf den Tischen. Irritiert wandte sich Karla erneut dem Barmann zu. In ihren Augen stand die Frage: »Was ist denn hier passiert?!«

Als hätte er in ihr längst die Kollegin erkannt, und als würden sie schon seit langem zusammen arbeiten, erwiderte er auf die stumme Frage: »Ja, das war wirklich seltsam. Kaum warst du raus, zückte die kleine Brünette ihr Handy und telefonierte. Eine Minute später erschien eine große Blondine, der sie alle anerkennend zunickten. Dann applaudierten sie und riefen ›Bravo‹. Die Blondine kam zu mir, zahlte für alle, schon standen all die Damen im Mantel da, ließen ihre Getränke stehen und verließen mit wehenden Nerzen das Hotel durch den Hinterausgang in Richtung Parkplatz. Das war eine wirklich merkwürdige Gesellschaft.«

Alarmiert richtete Karla sich kerzengerade auf und fragte mit trockener Stimme: »Sind die denn auch alle gemeinsam gekommen?«

»Allerdings. Durch den Hintereingang, direkt vom Parkplatz. Aber nur die, die du hier auch gesehen hast. Nicht die Blondine. Die kam erst zum Schluss.«

»Verrückte Geschichte«, murmelte Karla und öffnete gedankenverloren ihren Tabaksbeutel.

»Kanntest du die?«, fragte er und bot ihr seine Filterzigaretten an.

Sie nahm sich eine aus der Packung, schüttelte verneinend den Kopf. Er gab ihr Feuer und sagte: »Die haben dich doch die ganze Zeit angestarrt.«

»Ja, kam mir auch so vor.« Sie rauchte grübelnd: Eine schöne Frau, die sich Barbara nannte. Ein junger Komplice. Verwirrende Briefe. Ein heimlicher Besuch in der Bar. Eine verpatzte Verabredung. Neun fremde Frauen in einer Lounge. Wieder ein Puzzleteil. Aber noch passten sie nicht aneinander.

›Okay‹, dachte sie grimmig entschlossen.

Was sollte Karla nun tun? Welchen Zug erwartete Barbara jetzt von ihr? Vermutlich erwartete sie einen Brief. Machte es Karla noch Spaß, mitzuspielen, oder sollte sie lieber aussteigen? Sie überlegte hin und her, schließlich fand sie, dass es ihr immer noch Spaß machte. Und außerdem war es ja wirklich toll gewesen, all die Stunden, die sie heute im Bad mit sich allein verbracht hatte. So etwas hatte sie seit Jahren nicht mehr getan. Bei dem Gedanken an ihre Unterwäsche musste sie schallend lachen. Die Mitfahrer im Waggon betrachteten sie amüsiert.

Sie entschied sich, Barbara nicht wissen zu lassen, dass sie ihr in die Karten geschaut hatte. Denn, was hatte sie schon groß gesehen? Nur, dass ihre Karten gezinkt waren. Sonst nichts. Sie hatte absolut keine Ahnung, was ihre Briefpartnerin im Schilde führte.

Zuhause kochte sie sich einen Yogi-Tee, schnupperte die warme Gewürzmischung und versuchte, sich an alle Details zu erinnern, die von Barbaras Besuch in der Bar haften geblieben waren. Es dauerte lange, ehe sie den ersten Satz schrieb.

Honigblondes Miststück, die Du mir vermutlich immer einen Schritt voraus sein wirst. Es ist meine Entscheidung, Dir trotzdem zu schreiben. Da Du menschliche und tierische Schwänze einer geschmeidigen Frauenhand vorzuziehen scheinst und ich Dir Freude bereiten möchte, so wie Du vorgibst, mir Freude bereiten zu wollen, lösche ich alle Lampen in Deinem Schlafzimmer, nur ein paar Teelichter schwimmen in einer Wasserschale und tauchen den Raum in ein diffuses Dämmerlicht. Ich höre Geräusche aus dem Bad. Du bereitest Dich vor. Ich sitze auf Deinem weichen Bett, und während ich auf Dich warte, betrachte ich den violetten, künstlichen Auswuchs meines Körpers, der von einem Ledergeschirr gehalten wird. Er sieht fremd aus, und wenn ich ehrlich bin auch lächerlich, deshalb ist es gut, dass der Raum nur von Kerzen beleuchtet ist, denn so ist es möglich, sich über das Lächerliche hinwegzutäuschen und sich der Hoffnung hinzugeben, dass nicht allein die Sinneswahrnehmung der Augen bestimmend ist. Als Du endlich aus dem Bad kommst, treibt eine Wolke Deines Parfüms vor Dir her, zu viel, so wie manches an Dir zu viel ist. Du bleibst vor mir stehen und betrachtest mich, ich kann nicht erkennen, ob Du lächelst. Langsam stehe ich auf, und während ich an Dir emporgleite, dränge ich mich so nah heran, dass der Dildo zwischen Deinen Schenkeln aufwärts treibt, bis Du mit Deiner Möse rittlings fest auf ihm sitzt, ohne ihn in Dich aufzunehmen. Unsere Arme umfangen einander nicht. Ich frage mich, ob ein Kuss in dieser Situation angemessen wäre, ich entscheide mich dagegen, denn ich möchte diese besondere seelische Nähe nicht. Noch nicht. Vielleicht in einem anderen Brief, vielleicht in einem anderen Schlafzimmer. Die ganze Situation macht mich verlegen, ich höre Deinen Atem nicht, spüre Dich kaum, Du bist mir so fremd, dass ich Mühe habe, meine Scheu zu überwinden. Ich frage mich, ob es richtig ist, Dir Freude bereiten zu wollen, ohne selbst Freude zu empfinden. Du bist so unbeweglich, als wolltest Du mir signalisieren, Du seist ein Spielzeug, nicht mehr und nicht weniger. Die Situation ist neu für mich. Noch nie habe ich ein ausgewachsenes Spielzeug besessen, das darauf wartet, benutzt zu werden. Ich habe mir vorgestellt, Dich hart und schnell zu nehmen, aber nun wird mir bewusst, dass ich das nicht kann. Meine Hände beginnen von ganz allein, Deinen Körper zu erkunden, und ich folge ihnen. Ich umfasse Dein breites Gesäß, gleite mit den Fingern in den Spalt Deiner Backen, spüre die Feuchtigkeit und die sehr zarte Haut Deiner Rosette, fast erschrecke ich, als ich versehentlich die Spitze des Dildos berühre, denn da ich in ihm kein Gefühl habe, hatte ich ihn schon vergessen. Ich nehme Dich bei den Schultern und schiebe Dich aufs Bett. Du liegst auf dem Rücken, Deine Augen sind geschlossen, und wir reden beide kein Wort, wie Du es in Deinen Briefen vorgegeben hast. Ich weiß nicht, ob das zum Spiel gehört, ich weiß nur, dass Worte eine Nähe schaffen würden, die hier nicht erwünscht ist. Deine Schenkel hast Du leicht geöffnet, wie eine höhnische Provokation. Gedanken, die ich nicht zu fassen kriege, fliegen durch meinen Kopf. Es sind böse Gedanken, vielleicht sind es auch Gefühle, denn ich erinnere mich an Situationen in meinem Leben, wo ich jemandem zu Willen gewesen bin und erst viel später gespürt habe, dass es mir nicht gutgetan, dass es mich verwundet hat.

Heute möchte ich es besser machen. Ich weiß, ich sollte Dich berühren, ich sollte Dich streicheln und den Duft Deiner Möse atmen, ich sollte mich auf Dich legen und Deine Wärme in mich aufnehmen, aber ich kann nichts von alledem tun. Ich stehe vor dem Bett und betrachte Dich. Deine Möse ist nackt, so nackt, wie Du Dir meine gewünscht hättest, aber obwohl sie nackt ist, ist sie keineswegs hilflos, sondern erfahren und überlegen. Neugierig beuge ich mich über Dich. Ich traue meinen Augen kaum. Aus Deiner Möse läuft ein feines Rinnsal Deiner Lust bis über den Damm, sie tropft aufs Laken.

Ich frage mich, wie Du das machst, denn ich habe Dich nicht berührt. Kann es sein, dass Du instinktiv weißt, wie sehr mich Deine Lust erregen muss? Du scheinst viel zu wissen, mehr als mir lieb ist. Wie alle Frauen wünsche auch ich mir, ein Geheimnis zu besitzen, und zu bewahren. Das willst Du mir jedoch nicht gönnen. Deine Lust erregt mich, und zugleich fühle ich mich missbraucht. Es scheint vollkommen absurd, Du bist so hingegossen, so weich, offen und ausgeliefert, und trotzdem habe ich das Gefühl, vergewaltigt zu werden. Ich spüre, dass Du Dein Wollen zu Meinem machst, und ich mich nicht dagegen wehren kann. Über all diesen Gedanken steht Dein Parfüm wie eine Wand. Ich kann mich nicht zurückhalten, ich muss das Rinnsal auf Deiner Möse berühren, obwohl ich weiß, dass es unhöflich ist. Ich bin unhöflich, ich ignoriere Deinen Körper, Deine Haut, Deine Existenz. Das Einzige, das mich interessiert, ist das Geheimnis Deiner fließenden Möse. Ich gleite zwischen Deine Schenkel, die sich sogleich noch weiter öffnen. Mit den Fingern der rechten Hand streiche ich durch Deinen Saft, unwillkürlich stöhne ich laut auf. Das war schon immer so und wird wohl immer so bleiben. Wenn der Körper einer Frau seine Lust und seine Hingabewilligkeit derart verschwenderisch äußert, erregt es mich zutiefst.

Es erregt mich. Es erfüllt mich mit Dankbarkeit, dass ich erwartet werde und wohlgelitten bin. Ich streiche durch Deinen Saft. Deine Möse ist so heiß und so weit vor Begierde, dass ich an mich halten muss, nicht mit der Hand einzudringen. Du sollst bekommen, was Du willst. Zwischen Deiner und meiner Möse steht das violette Ungetüm. Ich dringe in Dich ein, verharre und lausche Deinem ersten Stöhnen verwundert hinterher. Ich drehe meine Hüften zwischen Deinen Schenkeln. Der Widerstand des Dildos reibt an meiner Klitoris. Ich beginne Dich sanft und gleichmäßig zu stoßen. Ich schließe die Augen. Ich vergesse, dass wir uns nicht kennen. Ich gebe mich Deiner Lust hin. Ich vergesse Dich. Schneller und schneller dringe ich in Dich ein. Da meine Augen geschlossen sind, sehe ich nicht die Wellen der Stöße, die von der Möse bis zu den Schultern durch Dein helles Fleisch treiben. Ich vergesse Dich, und in dem Maß, wie ich Dich vergesse, legen sich andere an Deinen Platz. Du wirst zu all jenen, die ich jemals berühren wollte und nicht wirklich hatte berühren können, obwohl sie nackt unter mir gelegen und gestöhnt hatten. In meine wachsende Erregung mischt sich Wut. Ich will Dich haben, Dich und all die anderen haben. Die Sinnlosigkeit meines Unterfangens treibt mich zu einer merkwürdigen, noch nie zuvor erlebten Wildheit. Ich spüre einen Orgasmus herannahen, der mir neu ist und ebenso fremd wie der Zustand, in dem ich mich befinde. Merkwürdig distanziert erlebe ich meinen Höhepunkt. Ich höre Deinen Atem. Als ich die Augen öffne, falle ich in Deinen Blick. Du bist noch da? Ich schäme mich. Aber, ich bin befriedigt.

Und endlich erscheint es mir selbstverständlich, mich neben Dich zu legen und Dich zu spüren. Du bist mir sehr nah, sehr fremd, sehr vertraut. Ich weiß, dass ich Dich an etwas habe teilhaben lassen, das viel intimer ist als Sex. Und ich weiß, Du wirst das nicht missbrauchen. Zumindest hoffe ich das.

In gespannter Erwartung Deiner Antwort,

Karla

Drei Tage später, an einem Mittwoch, trabte Karla gut gelaunt zur Arbeit. Es gab keinen Anlass für diese gute Laune, außer vielleicht den, dass heute zwei Stunden lang die Sonne geschienen hatte. Sie grüßte freundlich nach allen Seiten, und alle Seiten grüßten freundlich zurück. Umso unerwarteter traf sie der Schock, als sie die Bar durch den Hintereingang betrat. Es sah furchtbar aus. Ganz offensichtlich war nicht geputzt worden. Ein Anruf beim Chef bestätigte, dass die Putze vor einer halben Stunde ohne Angabe von Gründen gekündigt hatte. Wohl oder übel räumte Karla auf. Als sie befand, dass es nun aber reichen müsse, öffnete sie den Laden. Der erste Gast war ein dünnes, sehr angetrunkenes Mädchen mit kurzen, gebleichten Haaren und Hundehalsband. Offenkundig litt sie unter Liebeskummer. Sie trank Bier als wäre es Mineralwasser und versuchte, Karla ein Gespräch aufzudrängen. Karla blockte freundlich, aber bestimmt ab. Der Laden füllte sich. Durch das Stimmengemurmel und die Musik schnitt unaufhörlich das hohe, schrille, klagende Stimmchen des betrunkenen Punkmädchens. Als Karla eine Kiste Leergut nach hinten tragen musste, zupfte das Mädchen an ihrem Ärmel. Karla blieb genervt stehen: »Was ist denn?«

»Ich bin devot, ich suche ein Frauchen«, sagte es mit schwimmenden Augen.

»Na dann, viel Glück.« Es tat Karla ja wirklich leid, aber sollte sie dem Mädchen sagen, dass es in diesem Zustand ganz gewiss niemanden kennenlernen würde, geschweige denn ein ›Frauchen‹? Etwa eine Stunde später taumelte es nach draußen in die Nacht, stürzte über die

Schwelle und blieb der Länge nach auf dem Bürgersteig liegen. Karla schickte einen Stammgast nach draußen, um zu helfen.

»Und, was ist ihr passiert?«

»Sie ist in Ordnung. Sie kann laufen und scheint unverletzt. Ich habe sie gehen lassen.«

»Danke, Guido. Möchtest du einen Kurzen?«

Guido nickte erfreut.

Die Bar wurde immer voller. Karla arbeitete ohne aufzublicken. Wenn ihr nicht ab und an jemand Flaschen und Gläser eingesammelt hätte, sie hätte den Ansturm niemals bewältigt. Als endlich Ruhe eintrat, genehmigte sich Karla einen Sekt. Gerade, als sie den zweiten Schluck nehmen wollte, flog die Tür auf und ein riesiger Strauß von weißen Lilien bewegte sich vorsichtig auf zwei Beinen auf sie zu. Direkt vor Karla blieb der Strauß stehen, senkte sich auf Hüfthöhe und gab das lächelnde Gesicht von Barbaras glattgesichtigem Komplizen frei.

»Was soll das?!«, herrschte Karla böse. Instinktiv ging sie in gespannte Abwehrhaltung.

»Sie schickt mich.«

»Ach, sie schickt dich? Was hast du eigentlich mit der ganzen Sache zu tun? Geilt sie sich an Briefen auf und lässt sich dann von dir vögeln?«

Der glattgesichtige Komplice wurde rot. Seine Verblüffung und Verlegenheit wirkten echt. Er stammelte: »Ich weiß nicht, wovon du sprichst. Ich bin ihr Fahrer. Ich habe den Auftrag, die Blumen bei dir abzugeben.«

»Mmh«, machte Karla und betrachtete ihn abschätzend. Schließlich sagte sie versöhnlich: »Okay, gib den

Kram her. Sag ihr bitte, dass ich nicht blöd bin. Ich nehme an, du erwartest jetzt kein Trinkgeld?«

Er schüttelte verwirrt den Kopf. Vermutlich hatte er tatsächlich keine Ahnung, wofür Barbara ihn benutzte. Bedröppelt ging er. Karla nahm den Strauß mit einiger Mühe, trug ihn nach hinten ins Lager und stellte ihn in einen Wisch-Eimer mit frischem Wasser. »Barbara«, dachte sie, »du Miststück!« Jedes kleine Kind weiß, dass weiße Lilien einen betäubenden Gestank verbreiten. Es war November, man konnte kaum lüften. Was war das für ein mieser Schachzug? Wollte sie ihre Duftmarke in Karlas Wohnung absetzen? Sollte niemand mehr in ihre kleine Wohnung kommen, bis zum Tag X, der in weiter Ferne liegen konnte? Kopfschüttelnd betrachtete sie den Strauß. Der heilige Assisi. ›Wie die Lilien auf dem Felde. Sie säen nicht, sie ernten nicht, und der liebe Gott ernährt sie doch.‹ Missmutig ging sie wieder an ihre Arbeit. Der Tag hatte so gut angefangen.

Endlich war alles aufgeräumt. Sie verriegelte die Eingangstür und machte die Abrechnung. Als sie mit allem fertig war und die Lichter gelöscht, klopfte es an der Tür. Obwohl das nicht ungewöhnlich war, weil Gäste immer mal wieder Jacken oder Handys vergaßen, wusste sie instinktiv, dass es diesmal kein Gast war. Karla blickte durch den Spion. Entsetzt öffnete sie die Tür, zerrte Julie in die Bar, hielt sie fest an den Schultern und schüttelte sie in der Hoffnung, ein wenig Farbe in das kalkweiße Gesicht hineinzukriegen:

»Julie, um Gottes Willen, Julie. Was ist passiert?«

Julie sah sie nur an. Wenn jemals in einem Blick ungeheure, endlose, sprachlose Trauer gelegen hat, dann in diesem. Karla verriegelte die Bar, ließ das Rollgitter herab, stopfte Julie auf einen Hocker und stellte ihr einen Whisky vor die Nase. »Julie, bitte sag doch was? Wo kommst du her? Kommst du aus Hamburg? Du wolltest doch zwei Wochen bleiben? Warum bist du schon zurück? Ich habe dir die Daumen gedrückt. Du hast gesagt, es wäre eine wichtige Sache. Ist in Hamburg etwas passiert? Sag doch was!«

Karla war überrascht von ihrer Angst um die mausgraue Julie ohne Wölfe. Sie hatte sie mehr vermisst, als sie zugeben würde. Auch jetzt gestand sie sich nicht ein, wie nah Julie ihr gerutscht war, obwohl sie beide voneinander nichts wussten, außer der Art und Weise, sich näherzukommen, ohne es so zu nennen.

Julie sagte noch immer nichts. Sie nahm das Glas, stürzte es in einem Zug runter und hielt es hoch, um anzudeuten, dass sie mehr wolle. Karla füllte es erneut. Auch dieses Glas kippte sie in einem Zug. Karla folgte ihrem Instinkt und schloss Julie von hinten fest in die Arme. Gemeinsam schwiegen sie einige Minuten, und jede gab sich ihren Empfindungen in dieser Umarmung hin. Dann strich Karla vorsichtig durch Julies Haar und fragte wieder: »Du siehst entsetzlich aus. Bitte, sag mir doch, was passiert ist. Wo kommst du her?«

Julie begann zu weinen. Die Tränen liefen über ihre Wangen, sie schluchzte nicht, sie schrie nicht, nur ihre Schultern zitterten von der Mühe, eine große Qual zurückzuhalten. Endlich sagte sie leise: »Ich war in Hamburg. Ich bin getrampt. Stell dir vor, getrampt! Das habe ich das letzte Mal vor zwanzig Jahren gemacht. Ich musste weg. Sofort weg. Deswegen musste ich trampen, denn es gibt ja nachts keine andere Chance, dort wegzukommen …« Sie brach ab. Ihre Finger kneteten mit vor Anstrengung weißen Knöcheln das leere Glas, als würden sie nach Worten suchen, dann fuhr sie stockend fort: »Ich konnte unmöglich dort bleiben. Ich habe dort keinen Platz mehr. Ich habe nirgends mehr einen Platz. Alles war falsch, alles war gelogen, nichts stimmt mehr.«

Julie löste sich aus Karlas Umarmung, schüttelte sie regelrecht ab, ging hinter den Tresen, was unter normalen Umständen eine grobe Verletzung der Regeln gewesen wäre, aber Karla spürte, dass an diesem grauenden Novembermorgen alle Regeln außer Kraft gesetzt waren. Sie sah kommentarlos zu, wie Julie die Flasche an den Mund setzte und den Rest, immerhin noch knapp ein Weinglas voll, direkt in ihren Schlund fließen ließ und die leere Flasche abstellte. Mit einem tierischen Laut, der tief in ihrem Bauch zu beginnen schien, warf sie sich in Karlas Arme und schrie. Karla hielt sie fest, so gut es ihr gelang. Sie rieb diesen sich qualvoll windenden Rücken solange, bis Julie sich beruhigte. Wieder fragte sie: »Was ist passiert? Hat dir jemand was getan?«

»Ich möchte betrunken sein und nie mehr nüchtern werden«, weinte Julie, »ich war bei meinen Eltern. Ich kann darüber nicht sprechen. Ich bin seit gestern ein Mensch ohne Vergangenheit. Oder, vielleicht bin ich eigentlich seit gestern ein Mensch MIT Vergangenheit, aber wenn, dann ist es nicht meine Vergangenheit. Ich kenne mich in ihr nicht aus. Ich habe mein Zuhause verloren. Ich brauche ein neues Zuhause. Ich brauche ein Zuhause, irgendeines.«

»Möchtest du heute Nacht bei mir zuhause sein?«, fragte Karla schlicht.

Julie nickte.

»Okay, bleib hier sitzen. Ich muss noch jemanden aus dem Lager holen. Wir werden nicht alleine sein, jemand wird uns begleiten.«

Julie nickte wieder.

Karla holte den Strauß Lilien und murmelte: »Ach, Barbara, als hättest du es geahnt.«

Sie legte Julie ein T-Shirt, Boxershorts und ein Handtuch ins Bad und ließ ihr den Vortritt. Karla kümmerte sich um die Lilien, die konnten ja schließlich nichts dafür. Aber wohin nun damit? Erst mal in die Küche, ein Oberlicht offen lassen und die Küchentür fest schließen. Morgen würde sie das Zeug verschenken, ihre Wohnung war einfach zu klein für Barbaras Duftanschlag.

Julie stand wankend und mit hängenden Schultern verloren im Flur. Karla fuhr ihr kurz durchs Haar und sagte: »Na los, ab ins Bett, du wirst dich hier garantiert nicht verlaufen. Wirf die ganzen Stofftiere auf den Boden und nimm dir irgendeine Decke, oder zwei. Decken gibt es genug. Decken sind sozusagen meine heimliche Leidenschaft. Ich will noch duschen.«

Als sie ins Zimmer kam, lag Julie auf der hintersten Kante der Matratze, sie hatte sich winzig klein gemacht. Karla lächelte. Sie legte sich hin und nahm Julie in den Arm. Obwohl sie das erste Mal seit zwei Jahren mit einer Frau im Bett lag, schlief sie fast augenblicklich ein. Und das war gar nicht mal ein schlechter Anfang.

Gegen sechzehn Uhr erwachte Karla, weil Julie in der Küche hantierte. Mit zwei Kaffeetassen kam sie zurück. Sie stand zögernd im Zimmer. Sie sagte: »Ich sehe entsetzlich aus.«

»Stimmt. Eine Frau in deinem Alter sollte niemals betrunken UND verheult ins Bett gehen. Sie sollte durchmachen und sich die Augen kühlen. Aber, da du nun einmal so aussiehst und ich nicht schreiend davonlaufe, kannst du dich ruhig wieder zu mir legen.«

Einladend hob Karla ihre Decke. Julie grinste schief. Immerhin. Halb liegend, halb sitzend schlürften sie den Kaffee und vermieden Körperkontakt. »Möchtest du mir erzählen, was in Hamburg passiert ist?«

»Ich weiß nicht, denn eigentlich ist nicht unbedingt in Hamburg etwas passiert, sondern in mir. Ich befürchte, ich müsste sehr viel erklären.«

»Willst du einfach anfangen?«

Julie betrachtete ihre Kaffeetasse, dann sagte sie zögernd: »Ich war beruflich dort. Ich habe dir ja erzählt, dass ich Schundromane schreibe.«

»Das ist nicht dein Ernst. Das glaube ich dir nicht.«

»Das kannst du ruhig glauben. Das ist ein völlig normaler Job. Boy meets Girl. Massenware. Ich schreibe etwa zehn Stück im Jahr, und ich werde pro Stück bezahlt.«

Karla schüttelte erneut den Kopf: »Das glaube ich einfach nicht. Zehn Liebesgeschichten in einem Jahr? Wie machst du das?«

»Man muss nur seine Träume mitschreiben. Außerdem ist es immer das gleiche Strickmuster, es ist wie ein Gerüst, das man mit Sehnsucht füllt.«

Bei der Bemerkung ›Träume mitschreiben‹ zuckte Karla innerlich zusammen, Julie bemerkte es nicht.

»Meine Eltern wohnen in Hamburg, und wenn ich zum Verlag muss, wohne ich natürlich bei ihnen. Es sind meine Adoptiveltern. Ich habe ihnen nie gesagt, dass ich lesbisch bin. Eigentlich bin ich davon ausgegangen, sie wüssten es. So etwas, was man eben weiß, worüber aber keiner spricht. Jedenfalls haben sie mich niemals nach einem festen Freund gefragt, also musste ich doch davon ausgehen, dass sie es wissen. Aber diesmal wollte ich es ihnen sagen, ich wollte es aussprechen, es war mir sehr, sehr wichtig. Ich liebe meine Eltern, sie werden allmählich alt. Ich wollte es sagen, solange … Ich habe es ihnen gesagt, und es war entsetzlich. Sie haben mir das Gefühl gegeben, wie soll ich sagen …? Andere Eltern machen sich vielleicht gegenseitig Vorwürfe, wer daran Schuld hat, wer versagt hat, aber meine Eltern, sie haben mir das Gefühl gegeben, dass meine leibliche Mutter, die ich nie kennenlernen wollte, um meine Eltern nicht zu verletzen, dass sie Schuld hat. Sie haben gesagt, dass sie lieber KEINE Adoptivtochter haben wollen als eine lesbische. Mehr kann ich dazu nicht sagen. Ich muss erst meine Gedanken sortieren. Ich habe den Überblick verloren.«

Julie begann erneut zu weinen. Karla nahm ihre Hand und sagte: »Das tut mir sehr leid. Es ist schlimm. Aber entschuldige, wenn ich neugierig bin, warum wolltest du es ihnen sagen? Jetzt sagen?«

»Weil ich jemanden kennengelernt habe. Das heißt, wir kennen uns noch nicht, aber ich möchte sie gerne kennenlernen. Und ich wollte meiner Mutter von ihr erzählen. Meiner richtigen Mutter. Meiner einzigen.«

Sie schwiegen beide. Dann nahm Karla sie in die Arme und hielt sie nachdenklich eine lange Weile fest, ehe sie sagte: »Julie, ich weiß nicht, ob ich das kann.«

»Ich weiß auch nicht, ob ich das kann.«

»Ich fühle mich wirklich verdammt wohl mit dir … aber ich bin mir nicht sicher, ob ich schon wieder soweit bin.«

»Ja«, sagte Julie, »das ist die Berliner Krankheit. Du trauerst jemandem hinterher.«

»Ich glaube nicht, dass ich noch trauere. Aber ich war sehr verletzt, und im Moment fehlt mir vielleicht der Mut.«

Julie löste sich vorsichtig aus der Umarmung und suchte Karlas Blick, ehe sie sagte: »Ich möchte dich eigentlich ungern verlieren, ehe es angefangen hat. Aber ich hab keine Eile. Wollen wir unsere Telefonnummern tauschen? Wir könnten mal zusammen ins Kino gehen.«

Karla lachte befreit auf. »Ja, Julie«, sagte sie, »das ist eine gute Idee. Wir tauschen unsere Telefonnummern.«

»Okay.«

Nachdem Julie gegangen war, räumte Karla die Küche auf. Das tat sie immer, wenn sie sehr verwirrt war. Sie betrachtete die Lilien und murmelte: »Und du, Barbara? Was mach ich jetzt mit dir? Das ist ja wieder mal typisch, zwei Jahre lang passiert gar nichts und dann alles auf einmal.«

Sie stellte die Vase erst mal ins Treppenhaus. Die würde ganz bestimmt keiner klauen. Während sie zum Briefkasten ging, ließ sie die Wohnungstür offen, um gut durchzulüften. Post vom Verlag! Aufgeregt las Karla die wenigen

Zeilen und musste sich sofort auf die Treppe setzen. Sie wollten ihre Gedichte herausbringen! Schon im kommenden Herbst! Sie entschuldigten sich, dass sie solange nicht geantwortet hätten. Da sie ein kleiner Verlag seien und höchstens vier Veröffentlichungen im Jahr herausbringen könnten, hätten sie erst einmal ihre anderen Projekte beenden müssen. Nun würden sie sich auf eine Zusammenarbeit freuen. Karla solle sich doch bitte telefonisch melden. O ja, gleich morgen würde sie anrufen. Wie schön, wie wunderbar. Ein Buch!

»Mama, stell dir vor. Sie werden meine Gedichte herausbringen. Zwar nur in einer Auflage von erst mal fünfhundert, und ich werde auch ganz bestimmt nicht reich damit, aber ich freue mich so.«

»Vati, Vati, deine Tochter wird ein Lyrikbuch herausbringen. Oh, da freut sich der alte Mann. Ich freue mich auch, ach was, ich bin stolz auf dich. Ich habe immer gesagt, dass mehr in dir steckt als eine Serviererin.«

»Mama, erstens bin ich keine Serviererin und zweitens verdiene ich damit mein Geld.«

»Ist ja gut, reg dich nicht auf. Hast du das Gel probiert?«

Karla schüttelte ungläubig den Kopf und erwiderte: »Du bist wirklich ein Unikum: Mein Leben ändert sich von Grund auf, und du fragst nach dem Gel.«

»Auch wenn sich dein Leben ändert, wirst du deine Beine brauchen. Ich habe jeden Tag Schmerzen, und das wünsche ich dir ganz sicher nicht.«

»Gut, ich passe auf meine Beine auf. Versprochen. Übrigens, was würdest du sagen, wenn ich dir erzählte, dass ich vielleicht jemanden kennengelernt hätte?«

»Würde? Hätte? Wäre? Ist es ein Mann?«

»Nein, Mama, wieder keine Enkelkinder. Es tut mir leid. Aber sie ist sehr nett.«

»Ich würde sagen, dass ich sie erst kennenlernen wollen würde, wenn ihr mindestens ein Jahr zusammen seid. Bei euch Frauen hält das ja nie lange, und ich sehe nicht ein, dass ich schon wieder eine kennenlernen soll, die nach sechs Monaten von der Bildfläche verschwindet und wegen der du dir zwei Jahre lang die Augen ausheulst.«

»Mama, ich liebe dich. Ich liebe dich wirklich sehr.«

»Ich liebe dich auch, mein Kind. Du kannst sie ja mal zum Kaffee mitbringen. Unverbindlich. Wir können Vati sagen, es ist eine Kollegin von dir. Du weißt ja, er kann sich daran nicht gewöhnen.«

»Danke.«

»Viel Glück.«

Was war sie doch für ein beneidenswertes Menschenkind. Das Leben war wundervoll! Sie machte sich auf die Socken, um vor Ladenschluss beim Karstadt noch ein paar Lebensmittel zu ergattern. Unterwegs traute sie ihren Augen kaum. Auf der gegenüberliegenden Straßenseite ging ihre Ex, sie zerrte das Hundehalsband-Punkmädchen hinter sich her. An einer Leine! Karla fragte sich, was sie beide denn bloß mal miteinander verbunden hatte? Es kam ihr vor, als wäre es Liebe gewesen. Aber, wenn es Liebe gewesen war, wieso konnten sie heute keinen einzigen Satz mehr miteinander wechseln? Sie hatten keinerlei Gemeinsamkeiten und sich Null zu sagen. Karla sah dem ungleichen Paar hinterher und beschloss, dass sie damals wohl beide einem grandiosen Irrtum erlegen waren. Vielleicht müssen Menschen sich manchmal verirren, um Dinge zu erfahren, die sie für die Zukunft brauchen.

Das bizarre Paar verschwand um die Ecke. Und irgendwie auch aus Karlas Leben.

Mein schlaues Mädchen,
Du beschreibst also in Deinem Brief mein Haar? Du fauchst den fremden Blumenboten an, denn Du weißt längst, wer ihn schickte? Ach meine hinreißende, bezaubernde, begehrenswerte und weit unterschätzte Karla, wenn ich vorher geahnt hätte, was für ein einfühlsames und natürliches Wesen Du bist, hätte ich mir Dich zur Freundin gewünscht und nicht zur Bettgefährtin. Obwohl ich nach wie vor viele Träume für Dich habe, denke ich, dass wir uns keine Briefe mehr schreiben sollten. Wir sollten es endlich tun, und dann sollten sich unsere Wege wieder trennen, bevor ich Dich zu sehr ins Herz schließe.
Dein letzter Brief hat mich sehr erregt. Ich gestehe, dass er mich zugleich tief berührt hat. Ich bin mir bewusst, an welcher Intimität Du mich hast teilhaben lassen und verspreche Dir, dass Dein Vertrauen in mich gerechtfertigt ist.
Ich war erstaunt, dass Du mir keine Vorwürfe gemacht hast, denn immerhin habe ich Dich versetzt. Aber spätestens da wurde mir klar, dass ich Dich bisher unterschätzt hatte, dass Du Dich sehr bewusst für mich und unser Spiel entschieden hast und selbst verwinkeltste Züge durchschaust. Und das hat mich gefreut, denn ich bin nicht der Meinung, dass ›dumm gut fickt‹ sondern im Gegenteil erst die Intelligenz den Menschen über das Tier erhebt. Tiere mögen es der Fortpflanzung wegen tun, wir Menschen tun es für die Freude und für die Lust. Und auch eine einmalige Begegnung zwischen zwei

ebenbürtigen Menschen kann gar nicht sorgfältig genug vorbereitet werden. Laurent, der Arme, war völlig schockiert, als er zurückkam. Ich hatte Mühe, ihn zu beruhigen. Er weiß nichts, absolut nichts. Er ist mein treuer Begleiter, sicher auch ein Freund, aber kein Vertrauter. Deine groben Bemerkungen haben ihn sehr verwirrt.

Dein letzter Brief hatte mich in seiner Unschuld so bewegt, dass ich Dir die Lilien schickte. Das war vielleicht ein Fehler. Für mich sind Lilien ein Sinnbild für all das, was ich glaube verloren zu haben. Du merkst sicher, dass dieser Brief jetzt ein wenig konfus gerät. Je mehr ich von Dir weiß, desto merkwürdiger werden meine Phantasien. Ich stelle mir vor, meine Wange an Deiner zu reiben, und es würde mich glücklich machen. Aber, das ist nicht das Spiel, das wir miteinander spielen wollen. Freunde finden sich häufiger im Leben, Liebhaberinnen, die sich bereitwillig in Abgründe fallenlassen, dagegen selten. Ich möchte keine Freundschaft mit Dir. Ich möchte mit Dir in Abgründe steigen, in die man für gewöhnlich alleine geht. Ich möchte weiter hinab, weiter als jemals vorher gehen, und ich weiß, dass Du die Richtige dafür bist. Oder glaubst Du, dass wir uns schon zu nahegekommen sind, um dort hinunter, in die Welt der Träume und Versuchungen zu steigen? Sollen wir aufhören? Sind wir uns zu vertraut geworden? Sag etwas. Karla, wildes Mädchen, sag etwas!

Du siehst mich an und sagst ernst: »Ich möchte nicht, dass es aufhört. Du bist mir fremd genug, dass ich noch immer den Wunsch habe, Dich erobern und besitzen zu wollen.« Weil Du das zu mir gesagt hast, habe ich den Mut, mich zu entkleiden. Vollständig nackt stehe ich vor Dir. Ohne Parfüm. Nur ich. Deine Hände berühren mich so scheu und so wild, wie in dieser Mischung nur Du es kannst. Ich reiche Dir meine Lippen zum Kuss. Du weichst aus. Du willst mich nicht küssen, immer noch nicht. Deine Ablehnung demütigt mich und macht mich schwach. Du willst meine Küsse nicht, aber Du willst diesen Körper. Nimm ihn, ich lege alles vor Dich hin. Ich biete mich feil, in der Hoffnung, dass dieses Wollen Dich betören muss. Wenn jemals zwei Frauenschenkel um Berührung gefleht haben, dann sind es meine jetzt. Du siehst es, und Du wendest Dich nicht ab. Gib mir eine Hand. Nein, gib mir zwei Hände, aber gib sie mir da. Ich nehme Deine Rechte in mich auf, als wäre es ebenso einfach und natürlich, wie Atem zu holen. Du jagst mit der Faust direkt unter mein Herz, dorthin, wo Frauen ihre Kinder tragen, dort will ich Dich haben, so nah. Dort sollst Du mich halten und ich will Dich beschützen. Du siehst den Ausdruck meiner Augen, siehst die Schwäche, den Blick, den ich nicht halten kann, weil er bricht. Vielleicht tust Du mir Gewalt an. Vielleicht tust Du mir weh. Aber wenn es so ist, dann wissen wir beide es nicht, nicht in diesem Moment, und keine, die uns sähe, würde es so nennen. Während ich Dich dort, tief in mir versenkt, spüre und immer noch nicht weiß, ob dieses Spüren ein süßer Schmerz oder ein perverser Genuss ist, beginnt Deine Haut zu schwitzen, ich lecke die salzige Erregung in meinen Mund und winde mich unter Dir. Ich genieße das Wissen, dass wir nur diese eine Begegnung haben werden. Wir müssen keine Geheimnisse für später aufheben. Wir müssen nichts zurückhalten, was eine Zukunft spannend machen soll. Wir haben keine Zukunft. Wir müssen uns nicht schön finden, und das ist gut so, denn eine Frau, die sich vollkommen ausliefert, ist nicht schön. Sie ist in ihrer Begierde

abstoßend, sie ist ohne jedes Geheimnis, und wir beide, wir werden das genießen, das weiß ich ganz sicher.
Du willst Hingabe? Die sollst Du bekommen.
Vielleicht mehr, als Du aushalten kannst.
Komm zu mir. Komm. Komm bald.
Barbara

Karla ließ den Brief sinken. Unwillkürlich schüttelte sie die rechte Hand, als müsste sie einen Gedanken abschütteln. War es so, dass eine stöhnende Frau hässlich sein konnte? Sie hatte sich noch nie Gedanken darüber gemacht. Sie erinnerte sich, dass sie beim Sex die Augen meist geschlossen hielt, um sich ihren Empfindungen ohne Ablenkung hingeben zu können. Wenn sie eine Frau sehr geliebt hatte, dann hatte sie ihre Augen offen behalten und es genossen. Allerdings, und da musste sie Barbara recht geben, konnte es tatsächlich sehr befremdend sein, wenn man selbst nicht bei der Sache ist und sich die Liebhaberin mit entgleisten Gesichtszügen, Augen, in denen sich nur noch das Weiße befindet, und spitzen Schreien einer Lust hingibt, die man selbst nicht verspürt. Jedoch, worauf wollte Barbara hinaus? Karla glaubte, dass es ihr darum ginge, einen Zustand herzustellen, den Menschen normalerweise nur bei der Onanie erreichen können. Es liegt in der Natur der Sache, dass Sexualität nicht von einem menschlichen Dasein, von Ängsten und Hoffnungen zu trennen und insofern mit Scham behaftet ist. Ja, das musste es sein. Barbara wollte diese Scham überwinden. Sie schien zu glauben, dass dies möglich wäre, indem man von vornherein sagte, es gäbe kein Morgen. Kein Frühstück, keine Fragen, kein Wiedersehen.

Karla bezweifelte die Möglichkeit, einen Menschen aus sich selbst herauszulösen. Jedoch, was immer Barbara auch glaubte, in der Begegnung mit Karla finden zu können, diese Beweggründe mussten nicht mit denen Karlas identisch sein. Und Karlas Absichten waren von viel simplerer Natur. Sie war ganz einfach neugierig. Sie war geil. Sie war gespannt und bereit.

Du wunderbar kompliziertes Weib. Ich werde kommen.
Karla.

Der folgende Tag begann mit Sonnenschein. Sie rief den Verlag in der Schweiz an und besprach, was besprochen werden musste. Sie wollten schon nächste Woche einen Vertrag schicken und fänden es schön, wenn Karla noch mehr Gedichte einreichen könnte, um dann gemeinsam eine Auswahl zu treffen, und was sie davon hielte, mit einem Schweizer Künstler, der für seine Linolschnitte viel internationale Anerkennung gefunden hatte, zu sprechen, ob er vielleicht das Titelbild gestalten wolle. Oder sogar einige Illustrationen? Karla war rundum glücklich und begeistert. Es würde also nicht nur ein Taschenbuch werden, sondern ein richtiges Buch mit Leinenumschlag und schönem Papier und vielleicht sogar Linoldrucken! Sie hatte das Gefühl, vor lauter Freude zerplatzen zu müssen. Als sie sich pfeifend und tanzend an die Hausarbeit machte, fand sie im Bett ein paar von Julies Haaren. Sorgfältig sammelte sie alle vom Laken und betrachtete sie eine Weile gegen das Sonnenlicht. Wie schön. Es war schon lange her, dass jemand in ihrer Wohnung irgendwelche Spuren zurückgelassen hatte. Sie legte die Haare ohne nachzudenken auf den Schreibtisch. Ihr Blick fiel auf Barbaras Briefe. Nicht, dass sie etwas zu verbergen gehabt hätte, aber Frauen sind unergründliche Wesen. Also schob Karla die Briefe nach ganz hinten in die Schublade. Sie putzte ihre Wohnung bis in die letzte Ecke, sogar die Fenster. Anschließend kochte sie sich Nudeln und ging dann zur Arbeit. Vor dem Rollgitter der Bar stand Julie. Karla erkannte sie schon von weitem. Sie verlangsamte ihren Schritt. Julie kam ihr entgegen. Sie blieben voreinander stehen und betrachteten sich. Es war dunkel, nur eine Straßenlaterne beleuchtete die Szene. Endlich fragte Julie: »Ist es ein Fehler, dass ich heute schon komme und dich sehen will?«

Karla dachte nach. »Ja«, sagte sie ehrlich, »ja, es ist ein Fehler. Wenn unsere Geschichte einer von deinen Schundromanen wäre, hätte sich die Heldin in diesem Augenblick vermutlich disqualifiziert. Aber, ich kann mir nicht helfen, ich freue mich trotzdem sehr. Offensichtlich sind die Leute in Büchern immer viel schlauer und erwachsener als im wirklichen Leben. Du hast zum ersten Mal etwas richtig Dummes gemacht, und ich bin dumm genug, mich darüber zu freuen. Willst du mit reinkommen? Aber du darfst mich nicht stören, während ich alles vorbereite.«

Julie lächelte, und in ihren Augen trug sie wieder diese entzückenden, kleinen Sterne. Andere Leute, Karla eingeschlossen, hätten vermutlich zwei Laserkanonen in die Augen geknipst, Julie nicht. Julie war in allem sehr zurückhaltend, und das machte es für Karla so erstaunlich leicht, auf sie zuzugehen und sich zu öffnen. Julie gab einem das

Gefühl, mit sich selbst im Einklang zu sein und eigentlich von anderen nichts zu brauchen. Sie war so herrlich unbedürftig. Das kam selten vor. Fast alle Menschen gaben Karla das Gefühl, sie würden sie sich so oder so wünschen, und dadurch konnte sie eigentlich gar nichts anderes tun, als alles falsch zu machen. Bei Julie konnte sie vermutlich nicht viel falsch machen. Sie erwartete nichts, sie war einfach da. Und auf die Art und Weise schaffte sie es, dass Karla sich wohlfühlte.

»Es scheint dir besser zu gehen.«

Julie nickte: »Ich habe ihnen einen langen Brief geschrieben. Ich habe ihnen noch nie vorher einen Brief geschrieben. Immer nur Postkarten oder Anrufe oder Besuche. Das Schreiben hat mir gut getan. Es war ein bisschen so … wie meditieren. Ich musste mich in die Situation hineinbegeben und versuchen, ihre Sicht auf unsere kleine Familie zu verstehen. Das hat mir geholfen.«

»Ihre Sicht verstehen? Hör mal, du bist doch keine Samariterin. Immerhin haben sie dich total verletzt.«

»Ja, das haben sie, das will ich auch gar nicht leugnen, aber ich glaube nicht, dass sie mich verletzen wollten. Ich glaube, sie haben blind um sich geschlagen und sich gewehrt. Ich bin mir jetzt sogar sicherer als vorher, dass sie es längst gewusst haben, oder mindestens geahnt. Aber in dem Moment, in dem ich es ausgesprochen und benannt habe, muss ich eine ungeschriebene Regel verletzt haben. Dagegen haben sie sich gewehrt. Wir brauchen alle ein bisschen Abstand voneinander.«

»Du komische Heilige. Wo ist eigentlich deine Kladde? Du kommst mir ja richtig nackt vor.«

»Heute will ich nicht schreiben. Heute will ich dir bei der Arbeit zusehen.«

»Oh verdammt, dann werde ich mir mal Mühe geben und eine tolle Show abziehen.«

»Du brauchst keine Show machen. Ich befürchte, selbst wenn du nur stumm dastehen, oder stolpern und stottern würdest, ich wäre begeistert.«

Karla lächelte und fragte sanft: »So schlimm?«

Julie lächelte ebenfalls: »Ja, so schlimm.«

»Auweia, wo soll das bloß hinführen?«

»Ich weiß es nicht. Aber ich genieße es. Sehr.«

Ich auch, dachte Karla.

Sie beeilte sich, die Kasse zu machen und schloss endlich den Laden auf. Es war zwar nur eine halbe Stunde später als üblich, trotzdem hatte sich schon eine wartende, frierende Traube vor der Stufe gebildet, die jetzt alle auf einmal ins Warme drängten und wissen wollten, was los sei. »Nichts ist los«, sagte Karla, »der Mensch ist keine Maschine.«

Flaschen öffnen, kassieren, hin und her wirbeln, lächeln, kleine Frotzeleien durch den Raum werfen, sich fürs Trinkgeld bedanken, einen Taschendieb enttarnen und des Lokals verweisen, keinen einzigen Gedanken an Julie verschwenden, weil sie Profi genug war, um zu wissen, dass solche Gedanken sie nur aus dem Tritt brächten, und dann wäre die Arbeit nicht mehr zu bewältigen. Zwischendurch blickte sie auf die Uhr, gleich Mitternacht, ein Glück, denn da würde eine Kollegin zur Spätschicht kommen. Heute war Freitag, und Wochenenden waren doppelt besetzt. Da, endlich, die Kollegin kam, und dahinter, nein, das glaubte Karla nicht! Barbara und Laurent. Obwohl ihr Aufzug diesmal vergleichsweise unauffällig war, ging ein leises Raunen durch die Bar. Sie passten einfach nicht hierher! Die Kollegin übernahm und Karla verließ den Tresen, um Barbara abzufangen. Ungehalten fragte sie: »Barbara, was soll das? Bist du von allen guten Geistern verlassen? Was willst du hier?«

Barbara stutzte. »Verzeih, aber es ist sozusagen ein Notfall.«

»Da bin ich aber mal gespannt. Wie du siehst bin ich hier auf Arbeit, und du bist für jemand, die vorgibt nur ein Traum zu sein, verdammt unpassend real.«

Barbara blickte über Karlas Schulter und fragte: »Wer ist das denn?«

Obwohl Karla genau wusste, wen sie meinte, fragte sie böse: »Wer ist wer?«

»Verkauf mich nicht für dumm. Wer ist die Frau, die mich von Kopf bis Fuß mustert?«

»Barbara, bitte tu mir den Gefallen und mach jetzt nicht den Fehler, mir eine Szene abzuliefern. Erstens würde das ganz und gar nicht zu dem Bild der wunderbaren, überirdischen, begehrenswerten, willigen Frau, das ich von dir habe, passen und zweitens würdest du damit mehr kaputt machen, als du dir vorstellen kannst. Du würdest es bereuen!«

»Sie sieht nett aus«, näselte Barbara von oben herab und legte in ihre Stimme all die Verachtung, derer eine Frau gegenüber einer vermeintlichen Konkurrentin fähig ist.

Karla zischte: »Ich habe dich gewarnt. Du hast es vermasselt. Du bist viel dümmer, als das dümmste Stück

Frauenscheiße, das mir je über den Weg gelaufen ist! Geh. Geh aus dieser Tür. Geh aus meinem Leben. Komm nie wieder. Und vor allem, schreib nicht mehr.«

Barbaras Lippen begannen zu zittern, und sie brach von einer Sekunde zur nächsten in Tränen aus. Laurents Blick flog entsetzt von einer zur anderen. Vermutlich hatte noch nie jemand in seinem Beisein so mit ihr geredet. Als Karla die Tränen sah, verrauchte ihre Wut so urplötzlich, wie sie gekommen war. Ergeben seufzte sie, nahm Barbara bei den Schultern und sagte: »Okay, hör mir zu. Du gehst jetzt mit Laurent raus, er soll irgendwo einen Kaffee trinken. Ich hole mir eine Jacke und du wartest draußen auf mich. Hast du verstanden?«

Barbara nickte und ging. Karla sagte ihrer Kollegin Bescheid. Sie vermied es, in Julies Richtung zu schauen, verschwand im Lager und holte tief Luft. »SCHEISSE!«

Als sie die Straße betrat, tupfte Barbara gerade mit einem Taschentuch an ihrem verlaufenen Make-up herum. Karla schob sie die Straße entlang und murrte: »Hör auf damit, du siehst okay aus. Hör auf zu heulen. Du hast mich in eine UNMÖGLICHE Situation gebracht, und ich bin dir keinerlei Rechenschaft schuldig. Das hier ist mein Leben, mein wirkliches, mein echtes, wunderbares Leben. Du hast hier nichts verloren. Das, was ich mit dir habe, oder geglaubt habe, zu haben, das ist etwas ganz anderes, das gehört nicht hierher, das will ich hier nicht! Kannst du dir vorstellen, wie sich jetzt da drinnen alle das Maul zerreißen? Ich hasse so etwas! Und du redest von Diskretion? Was war das eben? War das etwa diskret? Nein, das war ein Haufen Scheiße. Ich hasse das!«

Sie brach ab, holte Luft. Barbara heulte noch immer. »Hör, verdammt nochmal, auf zu heulen. Es tut mir leid. Du hast dich unmöglich aufgeführt, aber ich bin ja keinen Deut besser! Ja, da drinnen sitzt eine Frau, und ich kann mir sehr gut vorstellen, was du mit deinen Augen gesehen hast. Aber ich schwöre dir, sie ist weitaus mehr, als ein langweiliger grauer Pullover, mehr als eine Cordhose, mehr als eine Frau, die auf ihr Äußeres keinen Wert legt, sich nicht schminkt und kein Parfüm trägt. Vermutlich ist sie mehr, als du begreifen kannst. Sie ist außerhalb von allen Kategorien, deswegen würde ich nie auf den Gedanken kommen, sie mit einer anderen zu vergleichen. Und, um das klar zu stellen, ich würde auch dich nicht vergleichen, denn auch du bist mehr als Schmuck und Schminke. Auf deine Art bist du wunderbar und einzigartig. Verdammt, ich rede wie ein Wasserfall. Aber ich will, dass du das verstehst. Sie geht dich nichts an. Wenn sie heute nicht hier gewesen wäre, dann hätte ich mich vermutlich über dich gefreut. Aber sie IST hier. Und ich habe mich NICHT über dich freuen können. Ich bin böse geworden, und deswegen hab' ich selber schuld an diesem verfahrenen Mist hier. Ich will von dir nie wieder ein Wort über sie hören. Ich will, dass wir den heutigen Abend streichen. Er hat nicht stattgefunden. Ich habe dich nicht so dumm erlebt. Ich habe dich nicht verheult gesehen, und du hast mich nicht wütend gesehen. So. Ich bin fertig. Was ist der Notfall?«

Barbara zog ihren Mantel eng um die Schultern. Sie sah wie ein ziemlich unglücklicher Pudel aus, den man vor Tagen an einer Straßenlaterne angebunden und vergessen hatte. Das rührte Karla nun doch wieder. Sie stupste Barbara aufmunternd in die Seite und setzte nach: »Komm schon, ich habe mich entschuldigt. Es ist alles in Ordnung. Wir streichen diesen Abend. Nun sag endlich, was los ist. Deswegen bist du doch gekommen.«

»Wir treffen uns schon morgen.«

»Morgen? Unmöglich, ich habe heute Schicht und werde morgen hundemüde und zerschlagen sein.«

»Es geht nur morgen.«

»Was heißt das denn nun wieder!? Es geht nur morgen! Du willst mir doch wohl nicht weismachen, dass du eine verheiratete Frau bist und dein Gatte überraschend auf Geschäftsreise ist und wir uns deswegen nur morgen treffen können oder sonst gar nicht!«

Barbara zupfte eine Packung Zigaretten aus ihrem Mantel und steckte sich eine an. »Abgesehen davon, dass ich tatsächlich verheiratet bin, was aber überhaupt nichts zur Sache tut, geht es tatsächlich nur morgen. Ich kann es dir nicht erklären. Ich darf nicht. Die Entscheidung ist erst gestern gefallen. Ich bin selbst überrumpelt.«

Verheiratet? Das musste Karla mal eben verdauen. Bisexuelle, frustrierte Industriellengattin, die sich was Süßes gönnte? Ach, egal. Dann hatte Barbara eben auch noch ein wirkliches Leben. Okay. Verheiratet. Basta. Scheißegal. Es ging Karla nichts an. »Gut, ich fasse zusammen, es geht nur morgen, du darfst mir nichts erklären.«

»Korrekt.«

»Na, dann eben morgen.«

»Wirklich?«, fragte Barbara mit ungläubiger Freude, »nach diesem furchtbaren, verpfuschten Abend, für den ich mich entschuldige, entschuldige und entschuldige, wirst du trotzdem morgen kommen?«

»Wie gesagt, der heutige Abend hat nie stattgefunden. Und das andere …? Ich mache doch nicht wochenlang dein Spiel mit, um mir dann am Ende das Finale entgehen zu lassen. Ich weiß zwar nicht, was du dir ausgedacht hast, aber ich bin mir sicher, dass ich sehr überrascht sein werde.«

»Das wirst du, das verspreche ich dir. Laurent wird dich morgen gegen siebzehn Uhr bei dir abholen. Ach, und nimm ein paar Sachen mit, denn er wird dich erst Sonntagnacht wieder zurückbringen.«

»Aye aye, Käpt'n.«

Barbara hauchte ihr einen zarten Kuss auf die Wange und rauschte, inzwischen wieder ganz Dame, von dannen. Karla blickte ihr kopfschüttelnd hinterher, dann drehte sie sich um und ging schweren Herzens zurück in die Bar. Sie ahnte, dass der Abend noch nicht ausgestanden war. Abgesehen davon, dass ihre Kollegin seit fast einer Stunde die Schicht alleine hatte schmeißen müssen, würde auch Julie vermutlich noch auf ihrem Platz sitzen und eine Erklärung erwarten. Sie wappnete sich und öffnete die Tür mit einer Mine, als hätte sie nur mal eben zwei Minuten frische Luft geschnappt. Die erste Überraschung war, dass hinterm Tresen ein Kollege stand, der spontan übernommen hatte. Die zweite: Julie saß nicht mehr auf ihrem Platz! Karla murmelte: »War ja klar, dass sie nicht ewig wartet.« Die Kollegin bemerkte ihre Enttäuschung und sagte: »Die sitzt hinten.«

Karla ging ins Hinterzimmer, tatsächlich, Julie plauderte angeregt mit zwei jüngeren Frauen. Karla setzte sich neben Julie auf die Bank.

»Hi«, sagte sie so harmlos wie möglich, »stell dir vor, ich habe Feierabend.«

Julie unterbrach ihr Gespräch, betrachtete nachdenklich Karlas Mund und sagte: »Schön.«

»Möchtest du mich vielleicht etwas fragen?«

»Lieber nicht.«

»Es ist nicht so, wie es aussieht.«

»So, wie es ausgesehen hat, so kann es auch gar nicht sein.«

»Wie meinst du das«, fragte Karla mit leichtem Argwohn.

»Ich möchte lieber keine Fragen stellen«, erwiderte Julie mit undurchdringlichem Gesicht.

»Du brauchst ja keine Fragen zu stellen, wenn du nicht willst. Du sollst mir lediglich sagen, wie es ausgesehen hat«, drängte Karla.

»Gut, wenn du darauf bestehst.«

»Ich bestehe darauf«, sagte sie jetzt mit Nachdruck.

Julie setzte sich sehr gerade hin und dachte nach, dann sagte sie leise: »Nein, ich sage dir nicht, wie es ausgesehen hat. Ich lasse mich von dir nicht zwingen, mich genauso unmöglich aufzuführen, wie sie sich aufgeführt hat. Abgesehen davon, dass ich mich noch sehr genau daran erinnere, wie sie dich vor ein paar Wochen angestarrt hat, lasse ich mich von dir nicht zwingen, Minuspunkte zu sammeln. Wir kennen uns ja kaum. Ich könnte jetzt nur einen Fehler machen, und da ich heute schon einen Fehler gemacht habe, der zum Glück nach vorne losging, werde ich das Schicksal an einem einzigen Abend nicht zweimal herausfordern. Frag jemand anderen, wie es ausgesehen hat.«

»Ach Julie, womit habe ich dich verdient?«

»Was redest du denn jetzt für einen Unsinn. Solange, wie es sich gut und richtig anfühlt, werden wir uns kennen. Und wenn es sich nicht mehr gut anfühlt, dann werde ich vermutlich weggehen. Oder du wirst gehen. Ich glaube, dass wir beide schlau genug sind, dass wir uns nicht schlecht miteinander fühlen wollen. Es war übrigens sehr nett von dir, dass du mir gestern ein Zuhause angeboten hast.« Karla grinste.

»Jetzt habe ich doch eine Frage«, fügte Julie an.

»Und zwar?«

»Wollen wir Montagabend ins Kino gehen?«

»Oh, Montagabend ist toll. Super Idee.«

»Okay, lass uns telefonieren. Übrigens, das sind Kerstin und Karin. Wir kennen uns von der Uni.«

»Na, dann habt ihr euch sicher eine Menge zu erzählen. Ich gehe mal lieber nach Hause, wenn ich schon mal frei habe.«

Julie nickte. Karla ging zum Tresen, um sich von den Kollegen zu verabschieden: »Sag mal, Tanja, die Szene vorhin, wie hat das auf dich gewirkt? Ich meine, wie sah es von außen aus?«

»Ganz ehrlich?«

»Ganz ehrlich!«

»Naja, voll daneben. Sie sah aus wie eine aufgetakelte alternde Lady mit blondierten Haaren, die sich hysterisch auf dich stürzt, als wäre sie deine eifersüchtige Liebhaberin. Und du, du sahst aus, als würdest du verdammt in der Zwickmühle stecken und dich irgendwie schuldig fühlen und dich auf eine lächerliche Szene einlassen. Das war schon ziemlich absurd. Immerhin könnte sie deine Mutter sein!«

Gute Julie, kluges Kind.

Als sie Laurent nach dem zweiten Klingeln öffnete, bemerkte sie als Erstes seinen pikierten Seitenblick auf die lieblos im Treppenhaus geparkten Blumen. Abwesend zuckte Karla ihre Schultern. Er hätte es nicht verstanden, also sparte sie sich jede Erklärung und stopfte ihm stattdessen eine riesige, schwarze Reisetasche in die Hand. Da sie keinen blassen Schimmer besaß, was denn nun eigentlich auf sie zukommen würde, hatte sie alles eingepackt, von dem sie annahm, es vielleicht brauchen zu können. Also nicht nur Sexspielzeuge und ihr Lieblingshandtuch, sondern auch ein Cocktailkleid, Pumps, Strümpfe, einen Anzug, Hemd, Bikini, Make-up, Zahnbürste, Lektüre, Nachthemd, Tagebuch.

Sie war für jede Eventualität gerüstet.

»Hi, Laurent, wie geht's?«

»Danke, gut. Und selbst?«

»Ich weiß nicht so recht«, erwiderte sie wahrheitsgemäß.

Sie zockelten durch das abgeranzte Treppenhaus nach unten. Laurent hatte einen anthrazitfarbenen Mercedes verkehrswidrig in der zweiten Reihe geparkt. Er öffnete die Verriegelung per Fernbedienung. Karla war beeindruckt. Sie stieg hinten ein und lehnte sich in die weichen Polster. Echtes Leder. Ach ja. Während der Fahrt hing sie ihren Gedanken nach und spürte amüsiert das sanfte Pochen zwischen den Beinen. Das war schon eine verrückte

Angelegenheit. Wie lange war es her, seit sie sich auf die Anzeige hin gemeldet hatte? Sechs Wochen? Es erschien ihr wie ein halbes Jahr. In ihren Gedanken hatte sie sich unzählige Male mit Barbara beschäftigt und vergnügt. Und heute würde also der große Tag sein? Würde es ihr Spaß machen? Könnte sie sich, losgelöst von ihren Gefühlen, einer triebhaften Lust hingeben, oder würde sie versagen?

Laurent lenkte den schweren Wagen ohne Eile durch die Stadt. Er hielt sich südwestlich, Richtung Zehlendorf. Na klar, Karla wunderte sich nicht. Am Sandwerder hielt er vor einem hohen, kunstvoll geschmiedeten Tor, stieg aus, um einen Zahlencode in die kleine Tastatur einzugeben, das Gatter öffnete sich behäbig. Laurent fuhr über die Auffahrt bis zu einem wunderschönen alten, schlossähnlichen Gebäude, das mit heimelig leuchtenden Fenstern inmitten eines weitläufigen Parks stand. Er half Karla beim Aussteigen. Begeistert schnupperte sie den Duft der Havel, die auf der rückwärtigen Seite des Parks fließen musste. »Schön«, dachte Karla, »wunderschön.« Und klug gewählt. Weit und breit keine Nachbarn, das nächste Gebäude lag sicher hundert Meter entfernt zur linken. Zur rechten schien sich ein Wald an den Park anzuschließen. Und dieser herrliche Duft nach Spätherbst. Und die gute Luft! Sowas gab es ja in der Innenstadt nicht.

All die Gerüche steigerten ihre körperliche Weichheit. Plötzlich wurde sie sich wieder Laurents Gegenwart bewusst und folgte ihm die Freitreppe hinauf zu einer hell erleuchteten Flügeltür. Er stellte die Tasche ab, klingelte und verschwand mit einem gemurmelten Gruß in der

Nacht. Eine Minute verging, dann öffnete Barbara strahlend die Tür. Sie sah umwerfend aus, trug ein enganliegendes, bodenlanges, kupferfarbenes Kleid aus einem zarten, weich fließenden Material, das ihre Rundungen fast obszön betonte. Mag ja sein, dass sie tatsächlich schon ein wenig älter war, als Karla sie geschätzt hatte, aber sie war und blieb ganz augenscheinlich ein sehr frauliches, begehrenswertes Weib, das ganz genau wusste, wie es sich in Szene zu setzen hatte.

»Schön, dass du gekommen bist«, grüßte sie scheu und selbstbewusst zugleich.

»Ja«, sagte Karla verlegen mit einem angedeuteten Lächeln, »ja, ich freue mich auch.«

»Komm herein, es wird kalt. Ich bringe dich nach oben und zeige dir dein Zimmer. Du kannst in Ruhe auspacken, und dann erwarten wir dich im Salon.«

Karla erstarrte. Wir erwarten dich? Hatte sie sich verhört? »Wer ist wir? Etwa all deine Mädels, mit denen du mich im Hotel Tokio verabredet hattest?«

Barbara blickte sie überrascht an. Sie suchte nach Worten.

Karla fügte grimmig hinzu: »Du weißt schon, unser erstes Date!«

»Gut, ich gebe zu, dass du mich jetzt ein wenig aus der Fassung bringst. Ich wusste nicht, dass du auch dies durchschaut hattest. Aber bitte, vertrau mir dennoch, ich werde dir alles erklären, sobald wir vollzählig sind. Nun komm schon, gib mir diese riesige Tasche, ich zeige dir dein Zimmer.«

Karla folgte ihrer Gastgeberin, aber das alte Misstrauen befiel sie wieder. Ihre Schritte setzte sie vorsichtig und wachsam. Sie fühlte sich in eine Falle gelockt. Obwohl sie sich bewusst war, dass sie das von Anfang an geahnt und gewollt hatte, fühlte sie sich unter falschen Voraussetzungen hierher gelockt. Barbara öffnete eine Tür und deutete mit einladender Geste an, Karla möge diesen Raum betreten und als ihren ansehen.

»Ich hole dich in zehn Minuten ab«, flüsterte sie im Gehen.

Karla sah sich um. Das Zimmer wirkte wie eine Filmkulisse, weiblich, überschwänglich, ungenutzt. Sie fragte sich, ob es nicht schlauer wäre, gleich wieder zu gehen. Unentschlossen legte sie sich auf das rosafarbene Bett und döste ein wenig. Als es klopfte, rief sie mürrisch: »Herein.«

Sich umblickend, bemerkte Barbara mit unverhohlener Enttäuschung: »Du hast nicht ausgepackt? Möchtest du lieber wieder gehen?«

»Ich möchte eine Erklärung.« Barbara legte sich neben Karla, nahm ihr Gesicht in die Hände und gab ihr einen langen, fordernden, unmissverständlichen Kuss. »Das ist meine persönliche Erklärung. Ich will dich. Ich bin verrückt nach dir. In meinen Gedanken habe ich mit dir alles das getan, was Frauen miteinander tun können. Und ich habe auch alles das getan, was Frauen nicht miteinander tun können. Und alles war großartig. Und inzwischen bin ich soweit, dass du mich vermutlich nur noch sanft berühren brauchst, und ich werde über dir zusammenbrechen, weil es das Umwerfendste sein wird, was ich je mit einer Frau erlebt habe.« Barbara lachte laut auf. »Vermutlich war das jetzt Koketterie. Aber im Ernst, ich bin verrückt nach dir. Ich freue mich auf dich. Und wie ich mich freue.

Alles andere werden wir dir gemeinsam erklären, später, unten im Salon. Sobald alle Gäste anwesend sind. Und dann kannst du immer noch gehen, wenn du unbedingt willst. Allerdings würde ich das sehr bedauern.«

Karla folgte ihr nach unten. Etwa fünfzehn Frauen jeden Alters saßen und standen verteilt im Raum. Einige blickten auf, andere blieben murmelnd in Gespräche vertieft. Über der scheinbaren Normalität dieser Versammlung lag eine merkwürdige, flirrende Spannung, wie hitzeflimmernde Luft, die im Sommer den Blick auf die Landschaft trübt. Ohne sich wieder dagegen wehren zu wollen, nahm dieses Unausgesprochene auch von ihr Besitz. Bezeichnenderweise begann es erneut zwischen den Beinen.

Weitere Gäste trudelten nach und nach ein. Wie viele Chauffeure mochte Barbara heute wohl beschäftigen? Sicher einige. Karla sah sich um und entdeckte ein Büfett, an dem es auch Getränke gab. Sie nahm sich ein Glas Champagner. Alle tranken Champagner. Ein leises Klingeln beendete das allgemeine Murmeln und Warten. Eine zierliche Frau mit kurzen, silbernen Haaren stand mitten im Raum und schlug erneut mit einem kleinen Löffel gegen ihr Glas. Als sie sich sicher schien, die allgemeine Aufmerksamkeit erlangt zu haben, begann sie zu sprechen:

»Ich möchte euch alle herzlich begrüßen und euch danken, dass ihr unserer Einladung gefolgt seid. Ihr, unsere Gäste, wundert euch vielleicht, was das hier ist und werden soll. Wir, eure Gastgeberinnen, wundern uns, dass es uns tatsächlich gelungen ist, dieses gemeinsame Wochenende zu planen und in die Realität umzusetzen. Ihr seid aus dem ganzen Land hierhergekommen. Dafür danken wir euch. Auch einige von uns haben lange Anreisen nicht gescheut, und nun haben wir allen Grund, uns auf dieses Wochenende zu freuen. Dieses wunderschöne Haus hat uns eine liebe Bekannte zur Verfügung gestellt. Dafür danken wir ihr, und wir wollen es sorgsam behandeln.

Und an dieser Stelle möchte ich alle Anwesenden um absolute Diskretion bitten: Ganz egal, was sich in den folgenden dreißig Stunden in diesem Haus ereignen wird, es möge unser gemeinsames Geheimnis werden und bleiben. Denn die Gewissheit der Diskretion ist eine der Grundvoraussetzungen, um sich zu wagen, tatsächlich aus jeder Rolle zu fallen und jeden Rahmen zu sprengen.

So. Was hat uns zusammengeführt? Eine Chiffre-Anzeige. Aber, wie kam es zu dieser Anzeige? Zehn Damen der Gesellschaft besuchten eine Männerstrip-Show und tranken viel Alkohol, und hatten viel Spaß. Oder, meine Lieben? Hatten wir Spaß?«

Die Rednerin blickte in die Runde. Sie erntete neunfaches heftiges Nicken, und Karla erkannte jetzt auch einige der Damen aus der Lounge wieder.

»Wir hatten Spaß. Und eine von uns sagte an diesem Abend zu später Stunde: ›Hey, wir sollten so etwas mal für uns privat organisieren! Wir organisieren ständig irgendwelche langweiligen Veranstaltungen. Da schaffen wir doch so was mit links.‹ Eine andere meinte: ›O ja, aber es sollte in einer schönen Villa sein, und wir sollten auch Sex haben mit den Jungs.‹ Eine weitere setzte hinzu: ›Und es sollte mindestens ein ganzes Wochenende dauern. Es sollte sündig sein wie Sodom und Gomorrha.‹ Und ich sagte: ›Ja, und es sollten Frauen sein.‹ In der anschließenden Stille hätte ich mir am liebsten die Zunge abgebissen. Wie schon gesagt, wir hatten einiges getrunken, und ich hatte einfach nicht nachgedacht. Ich hatte im Schwung unserer albernen Überlegungen vollkommen vergessen, dass ich bisher zu niemandem über mein heimliches, schon seit vielen Jahren glücklich funktionierendes Verhältnis zu einer Frau auch nur ein Wort verloren hatte. Und das sicher mit gutem Grund, denn ich bin verheiratet. Umso überraschter war ich, als schließlich eine meiner langjährigen Bekannten, die ich bis dahin durch und durch zu kennen geglaubt hatte, die Stille mit den Worten durchbrach: ›Wir sollten eine Anzeige aufgeben, im ganzen Land. Und aus allen eingehenden Briefen sucht sich jede eine aus, die ihr wirklich zusagt. Und dann lassen wir uns Zeit, um die Auserwählte darauf vorzubereiten.‹

Tja, eine Idee war geboren, und was daraus geworden ist, kann jede von euch heute sehen. Und, liebe Gäste, liebe Freundinnen, ich kann euch versichern, dass keine von uns in der sapphischen Liebe unerfahren ist.

Abschließend möchte ich noch sagen, dass UNS die vergangenen Wochen viel Freude bereitet haben, ich hoffe, ich spreche auch in eurem Namen. Und selbst, wenn nicht alles das eintreten wird, was sich ein Menschenhirn auszudenken in der Lage ist, so war es schon jetzt ein aufregendes Erlebnis der Sonderklasse. Und nun gebe ich das Wort an Barbara.«

Die Rednerin setzte sich. Barbara stand auf. Betörend schön. Das Weib als ewige Verführung. Ihr köstlicher Körper nur von dem zarten Kupferkleid umhüllt.

»Liebe Freundinnen, ich möchte nur noch wenige Worte anfügen, denn eigentlich ist schon genug geredet worden. Ich hoffe, dass sich keine von euch hier und in diesem Moment betrogen fühlt, auch wenn wir euch natürlich ein klein wenig hintergangen haben, denn eigentlich ist ja jede von euch hierhergekommen, um eine Frau zu treffen, und nun sind wir zwanzig. Wer von euch jedoch gehen möchte, darf das selbstverständlich tun, ohne sich als Spielverderberin fühlen zu müssen. Wer aber bleiben will, die lade ich ein, mit uns allen gemeinsam auf eine Reise zu gehen. Kopflos, aber nicht dumm. Wild, aber nicht verletzend. Schmutzig, aber nicht grob. Verdorben, aber nicht ohne Moral. Schmerzhaft schön, aber ohne Wunden.«

Karla nahm sich ein zweites Glas Champagner, suchte sich einen freien Sessel und musterte die anderen Gäste. Es war unschwer auszumachen, wer geladen war und wer geladen hatte. Die Gastgeberinnen steckten murmelnd ihre Köpfe zusammen. Die Gäste saßen einzeln und betrachteten sich stumm.

Barbara, Barbara. Was hatte sie sich bloß dabei gedacht? Und ihre sexhungrigen Freundinnen? Wie stellten sie sich das vor? Wollten sie eine willkürlich zusammengewürfelte Gruppe attraktiver Frauen mittels Alkohol enthemmen? Oder waren in den leckeren Häppchen womöglich aphrodisische Tropfen und Pulver versteckt? Unwillkürlich lachte sie laut auf. Barbara warf ihr einen fragenden Blick zu. Karla winkte ab und lachte vor sich hin.

Einerseits, da war sie ehrlich zu sich selbst, wäre sie am liebsten aufgesprungen und hätte dieses Irrenhaus verlassen. Andererseits, und auch das musste sie sich eingestehen, zog sie innerlich den Hut vor dem Zehnergespann, die sich da mal eben so mir nichts dir nichts eine private Sexparty hatten organisieren wollen. Und wer weiß, vielleicht war die Idee ja wirklich gut? Vielleicht könnte es klappen. Es war ja nicht so, dass Karla inzwischen die Lust auf Barbara verloren hatte, im Gegenteil. Aber sie konnte sich partout nicht vorstellen, hier in eine Rudelbumserei zu geraten und die dann auch noch zu genießen. Und, mal im Ernst, die luden sich doch nicht mühevoll zehn Gespielinnen ins Haus, um dann alle als Zweierpaare in den Zimmern verschwinden zu lassen. Nein, gewiss nicht. Die planten was Exklusiveres. Aber wo? Etwa hier im Salon? Die teuren Teppiche einsauen? Das konnte sie sich nicht vorstellen.

»Ich gehe«, sagte ruhig und deutlich eine Brünette in Karlas Alter. Tatsächlich stand sie auf und verließ den Salon. Eine andere, vermutlich die dazu gehörende Briefpartnerin, folgte mit bestürztem Ausdruck hastig hinterher. Man konnte einen heftigen Disput aus der Halle vernehmen, allerdings waren die Worte nicht zu verstehen. Karla musterte neugierig die anderen Gäste, ob sie wohl bleiben würden.

Alle blieben auf ihren Plätzen. Erwartungsvoll. Neugierig. Angespannt.

Barbara ergriff erneut das Wort. »Liebe Freundinnen. Ich möchte euch nun bitten, euch erst einmal zu zweit zurückzuziehen, euch kennenzulernen, vielleicht intim zu werden, ganz so, wie es euch beliebt und wie es eurem Naturell und eurem eigenen Tempo entspricht. In etwa zwei

Stunden, also gegen einundzwanzig Uhr, erwartet alle, die Lust darauf haben, ein leichtes Dinner in der Badehalle, unten im Keller. Ihr könnt den Weg nicht verfehlen. Ihr müsst einfach nur der Treppe folgen.

In euren Badezimmern findet ihr Kimonos. Wir haben uns gedacht, das ist eine angemessene Wochenendbekleidung. In diesem Sinne, bis später.«

Barbara blickte auffordernd in Karlas Richtung. Also erhob sie sich, stellte ihr Glas ab, und ging zu diesem Fleisch gewordenen Versprechen.

»Meine Hochachtung«, raunte Karla in die blonde Mähne, »ich hätte nicht gedacht, dass sie bleiben würden. Ich war mir nicht einmal sicher, ob ich selbst bleiben werde.«

»Umso glücklicher bin ich, dass du jetzt vor mir stehst«, raunte sie zurück und nahm Karlas Hand mit leichtem Druck. Sie zog sie aus dem Salon. In der Halle stand noch immer die Brünette, versunken in einem Kuss mit ihrer Partnerin. Sie also auch. Sie waren alle geblieben.

Am Treppenabsatz stutzte Karla, denn Barbara wählte den Weg nach unten. Leicht widerstrebend folgte sie.

»Nicht ins Zimmer?«

»Nein, nicht ins Zimmer.«

Die Treppe schraubte sich bestimmt zwölf Meter in den Untergrund und endete in einem Gewölbegang, der über und über mit Mosaiken gefliest war. Es waren orientalische Ornamente in sanften, erdigen Farben. Karla staunte. Zur Linken blickte sie in eine geöffnete Kammer. Es war eine Art Heizungsraum. Laurent machte sich an einem Kessel zu schaffen. Er sah auf. Für Sekunden versank Karla in der Tiefe seiner beredten Augen. Schlagartig begriff sie, wer der schweigende Mann aus Barbaras erstem Brief in Wirklichkeit war. ›Sie schläft mit ihm!‹, dachte sie und war erstaunt, wie egal ihr das war.

Der Gewölbegang bog nach rechts. »Oh mein Gott«, entfuhr es Karla, »wie schön, wie unglaublich schön.« Sie blieben stehen. Karla nahm den Anblick in sich auf. Das war Reichtum! Vor ihnen öffnete sich eine riesige, hohe Halle. In der Mitte lag ein rundes Schwimmbecken wie ein türkis leuchtender Teich aus geschmolzenem Licht. Am Grund des Beckens schienen Lampen installiert zu sein, die das Wasser zum Strahlen brachten und offenbar die einzige Lichtquelle überhaupt waren. Das Becken hatte einen Durchmesser von wenigstens zwanzig Metern. An seinem Rand war dieser helle, türkise Schimmer. Je weiter man in den Raum blickte, desto tiefer wurden die Schatten und desto diffuser die Umrisse dessen, was Karla an Möbeln, Liegewiesen und Matten auszumachen glaubte. Die Decke der Halle wölbte sich wie eine Kuppel, auch sie war mit matt funkelnden Ornamenten gefliest.

»Es ist unglaublich. Es sieht aus wie ein türkisches Märchen, wie geträumt«, entfuhr es Karla.

»Als ich es das erste Mal gesehen habe, fing ich zu weinen an. Ich habe mich ganz plötzlich wie ein Kind gefühlt. Wie ein Kind, das noch weiß, dass man alles möglich machen kann, wenn man nur heftig genug daran glaubt. Dieses Bad wurde Anfang des letzten Jahrhunderts entworfen, und viele Menschen haben mehr als zehn Jahre daran gebaut.«

Beide schwiegen eine Weile.

Einmal mehr begriff Karla, wie viel Mühe die Gastgeberinnen sich mit der Planung und Umsetzung ihrer

Idee gegeben hatten. Wenn es in diesem Land überhaupt einen Ort, eine Kulisse für ihr Fest der Sinne gegeben hatte, dann hatten sie es tatsächlich gefunden. Einen Schutzraum, der alles Irdische vergessen ließ.

»Möchtest du mich küssen?«, fragte Barbara mit einer Stimme, so süß und sündig wie ihr Honighaar.

»Noch nicht. Ich möchte dich entkleiden. Ich möchte nackt sein.«

Barbara wandte ihr wortlos den Rücken zu. Erst nach einigen Sekunden begriff Karla und öffnete den langen Reißverschluss ihres Kleides. In einer einzigen Bewegung glitt es zu Boden. Darunter trug sie nichts als Haut. Sie musste sich darüber im Klaren sein, wie betörend ihre unverhüllte Erscheinung war, denn sie blieb reglos stehen und ließ sich betrachten. Karla lächelte bei diesem Anblick. Bedächtig entkleidete sie sich selbst. Sie wusste, dass Barbara die Geräusche würde deuten können. Sie ließ ihre Kleidungsstücke auf das Kupferkleid fallen, knöpfte sich zuletzt das Hemd auf und umfing endlich von hinten diesen reifen Körper. Als sie die unendliche Weichheit ihrer Haut, einer Haut, so weich, glatt und kühl wie feinste, chinesische Seide, zum allerersten Mal berührte, drang ein Stöhnen über ihre Lippen. Was für ein unerwartet köstlicher Genuss, diese Frau einfach nur zu berühren. Sie ließ den Genuss dauern, ehe sie sich eng an diesen Rücken presste, ihre eigenen Brüste über die Schulterblätter rieb, bis sich die Brustwarzen hart und wollend aufrichteten. Ohne Denken griff sie blind in den begehrten Schoß und schrie leise auf, denn Barbaras warme Sehnsucht war tatsächlich schon bis über die Schenkel geflossen.

»Habe ich dir zu viel versprochen?«, stöhnte Barbara mit fremder, heiserer Stimme, während sie sich aus der engen Umarmung wand, um Bauch an Bauch zu verharren.

»Nein, nein, nein«, antwortete Karla in dem Rhythmus, in dem sich beide Frauen nun die Finger in die Mösen jagten, als wollten sie sich gegenseitig an Schnelligkeit und Härte übertreffen. Stehend, die Hüften mit angespanntem Hintern nach vorn gekippt, die Schenkel weit gespreizt und in den Knien abgesenkt. Die Rücken gekrümmt, die Schultern nach vorn, nach unten gesenkt und die Gesichter auf der Schulter der jeweils anderen, keuchten sie sich ihren Atem in die Halsgrube am Schlüsselbein. Sich die Lächerlichkeit ihres Anblicks zu keiner Sekunde vergegenwärtigend, stießen sie sich wie Tiere zu einem ersten, herannahenden Höhepunkt. Immer tiefer krümmten sie sich, immer enger pressten sich ihre Schenkel und Knie gegeneinander. Von außen betrachtet, mochte es wie Verzweiflung anmuten, aber sie sahen es nicht von außen, sie steckten mittendrin in ihrer animalischen Gier. Beide schrien heftig atmend ihre Wollust in die Haut der anderen. »Ja«, dachte Karla, als sich die Welle der Erlösung über ihr aufzutürmen begann, »ja.«

In diesem Moment jedoch stieß Barbara sie so heftig von sich, dass Karla strauchelte und mit einem Schrei aus Entsetzen und Frustration zu Boden stürzte.

»Bist du wahnsinnig«, schrie Karla wütend und keuchte, »ich wäre gleich gekommen.«

»Ich will nicht, dass du kommst«, schrie Barbara nicht minder aufgebracht und ebenfalls nach Atem ringend. Sie stand nach wie vor auf zitternden Beinen in ihrer lächerlichen Haltung.

»Du hast sie ja nicht mehr alle!« Karla griff sich ungestüm zwischen die Beine und rieb sich die pochende Möse.

»Hör auf.« Wie von Sinnen stürzte Barbara auf die zitternd am Boden liegende Frau und riss ihre Hand beiseite. Sie schrie: »Ich will nicht, dass du dich berührst. Ich will nicht, dass du es dir selber machst. Ich will nicht, dass du kommst.«

»Aber ICH will. Hau ab. Lass mich los.« Ihre Körper kämpften miteinander, wälzten sich über die Matte, sie taten sich gegenseitig weh. Barbara war stärker und drückte Karlas Handgelenke so lange auf die Matte, bis diese mit einem langen, gequälten Schrei aus unbefriedigter Geilheit aufgab.

»Warum? Warum? Warum?« Karla wimmerte beinahe die eine Frage in das Gewicht der auf ihr liegenden Frau.

»Später. Vertrau mir.«

»Vertrau mir? Sind das nicht die Worte von Ka, bevor sie Mowgli in den Würgegriff nimmt?«

Erschöpft lächelte Barbara in das unter ihr liegende Gesicht. »Ich freue mich, dass dein Humor nicht verloren gegangen ist.«

Karla schnaubte betont verächtlich. Etliche Minuten vergingen, während derer sich ihre beiden Leiber entspannten, um sich schließlich in einer Umarmung zu finden.

»Okay«, sagte Karla irgendwann in das zwischen ihnen liegende Schweigen. »Okay. Korrigiere mich, wenn ich was Falsches sage. Ich liege hier mit einer Frau, mit der ich seit Wochen einen schmutzigen Briefwechsel führe. Wir beide wollen Sex miteinander. Wir befinden uns auf einer privaten Sexparty. Wir hatten gerade einen verdammt geilen Fick und ich wäre beinahe gekommen. Aber das wolltest du nicht. Ist ein Orgasmus vielleicht gegen eure Spielregeln? Sollte das so sein, dann sag es mir gefälligst. Aber sei dir sicher, dass ich dann auf der Stelle gehen werde. Na ja, vielleicht nicht sofort, aber sobald ich mich dazu in der Lage sehe.«

»Wir haben uns immer noch nicht geküsst.«

Überrascht lachte Karla auf: »Deswegen dieses abrupte Ende?«

»Nein, nein«, beeilte sich Barbara zu sagen, »nicht deswegen. Das hat damit gar nichts zu tun. Es fiel mir nur gerade auf.«

»Bisher war mir noch nicht nach Küssen. Außerdem, vorhin im Zimmer hast du mich geküsst.«

»Du hast ihn aber nicht erwidert.«

»Das tut doch jetzt überhaupt nichts zur Sache. Beantworte gefälligst meine Frage!«

»Ich wünsche mir, dass wir im Wasser kommen.«

»Also doch Ka, bevor sie zum Würgegriff ansetzt.«

Karla rollte sich auf die Seite und blickte zum Becken. Das Wasser leuchtete unbewegt und geheimnisvoll. Kaum vorstellbar, was es im Lauf der vergangenen achtzig Jahre schon alles gesehen haben mochte. Und trotzdem wirkte es vollkommen unberührt.

»Was meinst du mit Ka und dem Würgegriff?«

»Das weißt du ganz genau. Du weißt sowieso mehr, als mir lieb ist.«

»Ich weiß tatsächlich nicht, wovon du sprichst.«

»Ich spreche von deinem zweiten Brief. Ich habe gerne festen Boden unter den Füßen. Ich hasse Wasser. Ich hasse Teiche und Schwimmbecken. Ich kann nicht schwimmen.«

»Ich werde dich halten.«

Karla lauschte der Bedeutung dieses Satzes in ihrem Inneren hinterher.

»Wie tief ist es?«, flüsterte sie leise, als befürchtete sie, das Becken könnte die Frage hören und falsch verstehen.

Barbara antwortete ebenso flüsternd: »Es ist genau wie die Liebe. Am Rand kann man noch stehen. In der Mitte ist es sehr tief. Wenn man keine Angst vorm Ertrinken hat, lernt man von ganz alleine schwimmen. Und ... es ist ganz warm.«

Mit einem Satz war Karla auf den Beinen, riss die überraschte Barbara mit hoch und sagte: »Jetzt oder nie. Komm. Aber wehe, du lässt mich los.«

Und schon ließ sie sich über den Beckenrand ins Wasser gleiten. Die Oberfläche kräuselte sich, als würden millionen winzige Händchen Applaus klatschen. Das warme, leuchtende Wasser umschloss sie bis knapp unter die Brüste. Sie schnappte nach Luft, kämpfte gegen die sich ausbreitende Unruhe. Plötzlich griff Barbara sie von hinten, hob sie leicht an und legte ihren Körper in die Waagerechte. Eine kleine Panik stieg in Karla auf, Wasser schlug über ihr Gesicht. Erstaunt schmeckte sie Salz. Und dann ließ Barbara sie los. Karla schrie. Und dann begriff sie, dass sie schwamm und hörte auf zu schreien. Und dann waren Barbaras Finger in ihrer Möse. »Ich verspreche dir, dass ich dich halten werde. Und wir gehen auch nur ganz langsam tiefer.« Statt einer Antwort stöhnte Karla ihre Zustimmung in die Kuppel. Die angestaute Wollust floss durch ihren Körper. Barbara nahm sie langsam, während sie den schwimmenden Frauenleib mittels ihrer stoßenden Hand ins tiefere Wasser schob, bis sie selber schwimmen musste. Der starke Salzgehalt hielt ihre beiden Körper an der Oberfläche. Wie vorhin im Stehen, suchten auch hier ihre Hände den gleichzeitigen Genuss. Karla drang in die Liebhaberin. Wasser schlug manchmal über ihren Gesichtern zusammen, leichte Unruhe mischte sich mit der Erregung. »Jetzt sind wir in der Mitte«, stieß Barbara mühsam heraus, »tiefer geht es nicht. Nicht hier.« Karla spürte die Panik wie einen festen Ring um den Hals, und zugleich spürte sie ihren Höhepunkt. Diesmal wurde er nicht aufgehalten und ihr Körper spannte sich, der Oberkörper bog sich nach hinten, bis ihr Gesicht weit untertauchte. Das ausatmende Stöhnen ihrer Lust drang in großen und kleinen Luftblasen gurgelnd nach oben. Karla riss die Augen auf und sah nur Wasser. Nur Wasser. Richtungsloses, leuchtendes Wasser. Der enge Ring um ihren Hals begann sich zu lockern. Ohne es zu spüren, ohne zu denken, stieß ihre Hand immer noch in die Möse der Gespielin. Jetzt, während sie kam und stöhnte und nichts als Wasser sah, stieß sie schnell und heftig zu. Ein zweites Stöhnen flocht sich in der Ferne in ihr eigenes. Ein Gesicht schoss von draußen auf sie zu, auf sie herab. Das Wasser über ihrem Mund wurde zerteilt und das fremde Stöhnen erstickte ihr eigenes. Unter Wasser. Ein Kuss. Ein offener, sehr salziger Kuss. Karla riss ihren Kopf nach oben und schnappte nach Luft. Und küsste zurück. Atemlos. Berührt. Sie umschlangen sich. Rollten und trieben an der Oberfläche. Barbara weinte. Karla küsste sie und lachte. Barbara weinte noch immer, lachte aber unter Tränen mit. Sie fuhren sich wie kleine Katzen mit den Händen durchs Gesicht, die Haare, durchs Gesicht. Sie lachten. Barbaras Schminke hatte sich vollkommen abgewaschen, nur leichte schwarze Schatten klebten noch um die Augen. Jetzt war sie völlig nackt.

Fast im gleichen Moment bemerkten die beiden die Schar lächelnder Zuschauerinnen. Am Beckenrand hatte sich knapp ein Dutzend Frauen in leuchtend bunten Kimonos niedergelassen, die Beine baumelten im Wasser. Hinter ihnen trug Laurent verschämt Tische mit dem Dinner herein. Karla errötete.

»Bring mich bitte zurück zum Rand«, bat sie. Barbara nickte und schob sie schwimmend vor sich her, bis sie wieder stehen konnte. Dann nahm sie Karla wie ein kleines Kind auf die Arme und wiegte sie beruhigend in dem warmen Wasser hin und her. Karla schmiegte sich eng an sie. »Es geht also doch«, dachte sie, »Sex ohne Liebe. Und es war gar nicht mal schlechter als mit. Nur anders, vielleicht.«

Sie legten sich ein wenig abseits der Schar auf eine Matte, trockneten sich gegenseitig ab, Karla kämmte vorsichtig Barbaras Haar. Dann lagen sie schweigend nebeneinander und betrachteten sich. Mit den Blicken zeichnete Karla die Konturen des schönen, schlichten Antlitzes ihrer Gespielin nach. Faul und zufrieden versank sie in der ungeschminkten Wahrheit dieses Anblicks. Gedankenlos suchte sie in ihrer Erinnerung, von woher ihr diese Linien bloß so vertraut waren. In den Augen ihres Gegenübers wuchsen winzige, sanft leuchtende Sterne. Und immer noch gedankenlos, berauscht von ihrer Nähe und Vertrautheit, murmelte sie fragend: »Sag mal, Barbara, hast du eigentlich Kinder?«

Die kleinen Sterne verloschen. Barbara schüttelte den Kopf. Sie erblasste. »Wie kommst du auf so eine Frage? Jetzt? Hier?«

»Ich weiß selber nicht. Plötzlich kamst du mir so vertraut vor, als würde ich dich irgendwo anders her kennen. Tut mir leid. Vergiss es.«

Eine unangenehme Idee keimte in Karla auf. Sie scheuchte diese Idee beiseite. Wenn es tatsächlich ungeheuerlicherweise so sein sollte, dann wollte sie das auf gar keinen Fall wissen. Sie schob die Idee in einen Abstellraum und vergaß sie dort.

Aber Barbara wollte sprechen. »Ich hatte einmal ein Baby, aber ich hatte es nur wenige Wochen. Ich war selbst noch ein Kind, gerade sechzehn. Es wurde zur Adoption freigegeben.«

Karla holte tief Luft und fragte beinahe widerwillig: »Was ist aus ihr geworden?«

Barbara schien in ihrer eigenen Aufgewühltheit nicht bemerkt zu haben, dass Karla dem Kind ein Geschlecht zugeordnet hatte. »Ich weiß es nicht. Wenn sie es gewollt hätte, dann hätte sie mich irgendwann finden können. Sie hat sich nie gemeldet. Ich weiß nichts von ihr. Ich weiß lediglich, wie alt sie ist. Falls sie noch lebt, wird sie in diesem Jahr siebenunddreißig. Am ersten Weihnachtsfeiertag.«

Oh Gott. Das Alter könnte hinkommen. Aber Karla wollte es nicht wissen. Es wäre unwahrscheinlicher als ein Sechser im Lotto. Aber es wäre möglich.

Wehmütig blickte sie auf Barbara. Wehmütig blickte sie sich in der Halle um, betrachtete die anderen Frauen, folgte dem Licht des Beckens bis in die Schatten. Sie musste weg. Und zwar sofort.

Sie würde Barbara nicht mehr berühren können. Sie würde sie vergessen. Sie würde die Ahnung vergessen. Sie würde alles vollkommen vergessen. Nur nicht das unglaubliche Gefühl, vorhin im Becken, als sie unter Wasser gekommen war. Diese Mischung aus Angst und Glück und Lust und Geborgenheit, das würde sie ihr Leben lang nicht vergessen wollen.

Aber alles andere würde sie vergessen müssen, denn es gab da draußen eine, die sie kennenlernen wollte. Und das würde ihr nicht gelingen, wenn sie sich mit so einem Geheimnis belud, ganz egal, ob es nun stimmte oder nicht, sie wollte es nie mehr denken. Jedenfalls solange nicht, wie sie mit diesem rührenden Menschenkind zu tun haben würde.

Barbara bemerkte ihre Verstörung und griff nach ihrer Hand. Karla entwand sie und setzte sich in die Hocke.

»Was ist zwischen uns geschehen?«, fragte Barbara beunruhigt. »Wir sind uns plötzlich wieder so fremd geworden. Warum entfernst du dich?«

»Ich möchte gehen«, sagte Karla ruhig.

Barbara spürte, dass Karla eine Entscheidung getroffen hatte und es aussichtslos war, sie zum Bleiben zu bewegen. Sie versuchte, ihre Enttäuschung und Bestürzung zu verbergen. Was jedoch misslang.

»Habe ich etwas falsch gemacht?«

»Nein, Barbara, du hast nichts falsch gemacht. Im Gegenteil. Du bist wunderbar. Der ganze Abend hat mir sehr viel Freude bereitet, und überhaupt, und alles, auch die letzten Wochen. Ich kann es dir nicht erklären. Ich muss weg. Es ist etwas passiert, in mir, ich könnte dich jetzt nicht mehr berühren. Ich kann es dir nicht erklären. Ich muss weg.«

Sehr leise fragte sie: »Hat es mit meiner Tochter zu tun?«

Karla zögerte einen Moment zu lange, ehe sie den Kopf schüttelte. Sie las in Barbaras Augen ungläubiges Verstehen und die dringende Bitte, ihr etwas mitzuteilen. »Ich kann nicht«, sagte Karla unmissverständlich, »ich weiß es ja nicht einmal sicher.«

»Werden wir uns wiedersehn?«

Sie stand ohne ein Wort auf und ging. Sie ging durch ein Spalier aus fragenden Gesichtern. Lauter schöne, glühende Frauen. Sie ging. Sie hob ihre Schuhe und Kleidung auf. Vielleicht würde sie heute das unglaublichste Erlebnis ihres Lebens verpassen, vielleicht hatte sie es aber auch schon hinter sich gebracht. Sie ging.

Oben in der Halle kleidete sie sich an. Laurent kam die Treppe vom ersten Stock herunter. Er trug ihre Tasche und die Jacke. Er öffnete ihr die Tür. Ihrem Instinkt folgend, drehte sie sich noch einmal um. Am Treppenabsatz stand Barbara. Nackt, schön, verwundet. Das halbgetrocknete Haar hing wirr über ihre Schultern. Karla und der schweigende Mann nahmen dieses Bild in sich auf. Dann ging Laurent nach draußen, ließ sie allein.

»Danke, dass du meinen Kuss erwidert hast.«

Karla schenkte ihr ein einfaches, sehr weiches Lächeln.

In Barbaras Augen gingen erneut diese kleinen Sterne auf, eigentlich waren es vielmehr zwei kleine, traurige Sicheln, wie kurz vor Neumond.

Sie drehte sich endgültig um und folgte Laurent in die Nacht. Er wartete mit laufendem Motor am Fuß der Treppe. Als sie endlich im Auto saß, fing sie an zu weinen.

Vielleicht war es ja gar nicht ohne Liebe gewesen? Liebe trägt viele Gesichter.

Während der Fahrt durch die Innenstadt konnte sie auf einer Straßenuhr sehen, dass es kurz nach Mitternacht war. Nur sieben Stunden waren vergangen. Es kam ihr wesentlich länger vor, und Erschöpfung überkam sie. Sie nickte ein, wurde erst wieder wach, als Laurent die Autotür öffnete und kalter Wind über ihr Gesicht fuhr.

»Was ist los?«, fragte sie schlaftrunken.

»Du bist zu Hause«, antwortete Laurent, »und ich glaube, du wirst erwartet.«

Verwundert sah sie auf. Vor ihrer Haustür stand eine nicht minder verwunderte Julie, die mit großen Augen die Limousine musterte.

Auch das noch!

»Soll ich deine Tasche hochtragen?«

»Nein danke, Laurent. Danke für alles. Und es tut mir leid, wenn ich manchmal grob war. Komm gut zurück. Und leb wohl. Und viel Glück … mit deiner Chefin.«

»Leb wohl.« Er wurde tatsächlich rot.

Sie blickte dem Wagen hinterher, versuchte den Aufruhr ihrer Gefühle zu bändigen, spürte, dass Julie neben sie getreten war und legte fest den Arm um ihre Schultern. Gemeinsam blickten sie den Rücklichtern nach, bis sie um eine Ecke bogen.

»Ich konnte nicht einschlafen«, beantwortete Julie die

nicht gestellte Frage, »liegt vielleicht am Mond.«

»Ach, was ist denn für ein Mond?«, fragte Karla lässig.

»Ein kleiner, der gerade anfängt.«

Tatsächlich. Über der Waldemarstraße hing er. Ganz klein und dünn mit blassem Hof. Sah aus wie eine gute Zeit für Neubeginn.

»Du weißt«, murmelte Julie und legte ihren Arm um Karlas Hüfte, »dass ich nicht gerne Fragen stelle. Aber du weißt auch, dass ich den Mann schon einmal gesehen habe, zusammen mit ihr.«

»Du darfst ruhig Fragen stellen, aber ich glaube nicht, dass ich sie dir beantworten könnte. Jedenfalls nicht heute. Kann übrigens sein, dass ich heute auch nicht so gut einschlafen kann. Möchtest du mit zu mir hochkommen? Wir könnten uns aneinander schmiegen und gemeinsame Einschlafschwierigkeiten haben.«

»Ja.«

Sie gingen die Treppe hoch. Karla schleppte sich mit der Tasche.

»Karla, ich habe gelogen, ich hatte schon geschlafen, aber dann hatte ich so einen komischen Traum. Von dir. Und dann dachte ich, ich müsste nach dir sehen, ob alles in Ordnung ist.«

Vor der Wohnungstür standen noch immer die Lilien. Sie hatte es ja gewusst, sowas klaute keiner.

»Was hast du denn geträumt?«

Sie schloss die Wohnung auf. Sie betraten den kleinen Flur.

»Ganz merkwürdig. Du schwammst in einem Teich voller Seerosenblüten und gingst plötzlich unter. Obwohl es nur ein ganz flacher Teich war, hatte ich Angst, du könntest ertrinken. Ich wachte auf und konnte nicht mehr einschlafen.«

»Wirklich sehr erstaunlich. Du hättest einfach weiterträumen sollen, dann hättest du gesehen, dass ich wieder auftauche. Julie, komm mal her«, sagte Karla ernst, nahm sie bei den Schultern und suchte ihre Augen, »Ganz unter uns, du musst dir keine Sorgen um uns beide machen. Ich bin da. Und ich bleibe da. Ich fühle mich sehr wohl mit dir. Ganz egal, was mit uns beiden einmal werden wird, ich bin bestimmt keine, die so mir nichts dir nichts abhaut und sich was Besseres sucht. Und, deine weibliche Intuition in Ehren, gibt es bestimmt trotzdem nicht viele Menschen auf dieser Welt, denen ich es durchgehen lasse, dass sie mir nachstellen und vor meinem Haus auf mich warten. Du hattest keinen Grund zur Eifersucht. Es ist eine ganz alte Geschichte. Und eigentlich nicht mal das. Es hatte begonnen, bevor wir beide uns trafen. Und jetzt ist es vorbei.«

Sie sahen sich lange an.

»Ich war nicht eifersüchtig. Es war etwas anderes. Ich musste nach dir sehen«, sagte Julie und hob ihr Kinn ein wenig empor. Karla zögerte. Aber dann küssten sie sich.

»Du schmeckst salzig.«

»Ja«, bestätigte Karla, »und deswegen nehme ich jetzt eine heiße Dusche, und du machst Stullen. Ich habe einen Bärenhunger.«

In der Badezimmertür blieb sie stehen und fragte unvermittelt: »Wie alt bist du eigentlich?«

»Wieso?«

»Nur so.«

»Ich bin vierunddreißig.«

Erleichtert atmete Karla aus und schloss die Tür von innen.

Unter der Dusche wusch sie sich gründlich und fragte sich, ob es unmoralisch sei, einerseits keinerlei Schuldgefühle zu empfinden und sich andererseits sogar darauf zu freuen, gleich neben Julie in einem Bett zu liegen und sich vielleicht zu berühren? Vielleicht war es unmoralisch, aber so war es nun einmal. Sie fühlte sich nicht schuldig, und sie freute sich auf Julies Nähe und Wärme.

Im Bademantel betrat sie die Küche. Auf dem Tisch dampfte Tee, und auf einem Teller stapelten sich Häppchen. Sie grinsten sich an.

»Komm mal her zu mir«, bat Karla, »ich möchte dich so gerne umarmen.«

Julies Augen begannen zu glänzen. Sie nahmen sich fest in die Arme, lehnten ihre Wangen aneinander und schlossen die Augen.

»Es ist sehr schön, dass es dich gibt«, murmelte Karla.

»Ich habe dich schon wieder angeschwindelt«, murmelte Julie, »ich bin schon viel älter.«

»Wie alt?«, seufzte Karla resigniert.

»Ich werde im Dezember siebenunddreißig. Und ich schwindle oft.«

Na klar. Wieso sollte das Leben denn auch mal einfach sein?

Zweiundsechzig Kilo fremder Mensch

Je weniger Luft man kriegt, desto größer der Drang zu rauchen

Die Zeiten, die immer wiederkommen und voller Sehnsucht nach etwas schreien, von dem sie nicht weiß, was es ist, was es sein könnte und jedes Mal es sich erklären will und dann an Liebe denkt. Oder. So. Etwas. In. Der. Art. Sitzt es da, tief im Fleisch gekrallt. Bellt. Beißt wütend. Lässt sich nicht wegtrinken. Nicht mit Bier, nicht mit Schnaps, nicht mit Bier, nicht mit Schnaps. Dann sich einreden, es würde schon wieder vorbeigehen, vorbeigehen, vorbeigehen. Aber geht es nicht.

Nicht allein sein wollen, die Wohnung ist still, dass es dröhnt in den Ohren bis ihr Herz rast. Einmal, als sie dann rausrannte und in die Disco ging und tanzte und tanzte, aber niemanden kannte und niemanden traf, also irgendwann nach Hause wollte, aber unten auf der Straße kam ihr jemand entgegen, der sah in den Augen so aus, wie sie dachte, dass sie aussähe, also sie ihn fragte, ob er alleine wär, sie wollte nicht allein nach Hause gehen, ja, er wäre allein, hielte das nicht aus, so gingen sie zusammen. Er legte sich in ihr Bett, sie ging aufs Klo, putzte sich die Zähne, ging ins Zimmer, da lag er, hatte ihre Pornos gefunden, blätterte darin herum, grinste, und sie schüttelte den Kopf, sagte nein, aber dann rutschte er immer näher, immer näher, und sie hatte die Schnauze irgendwann voll, ließ ihn rauf und gab ihm Geld für ein Taxi.

Wieder Tage, wieder Wochen, und die Wohnung ist so leer, kennt sie alle Radiosprecher, jeden Song x-mal gehört, und denkt sie wird verrückt, aber etwas ist krank mit ihrem Kopf, ihrem Körper, und alles wäre doch nur eine Lüge, dann aber doch durch die Straßen laufen und einen Jüngling finden, dem es geht wie ihr, denkt sie, dessen schmale Hinterbacken sich letztendlich zwischen ihren Schenkeln verhärten in dem dringenden Versuch zu fliehen. Wieder Tage, Radio hören, Bilder malen, Wäsche waschen und fortlaufen, aber immer im Kreis, als würde sie innen faulen. Wieder eine Kneipe, wieder ein Fremder und schlüpfrige Gespräche über Vorlieben, über vergangene Liebhaber, bis er sie ansieht, mit einem Ständer in der Hose, dass sie die Idee hat, schuldig zu sein, und sie sich gegenseitig schüchtern anlächeln, aber wissend, als wäre es ein Komplott. Dabei weiß sie, dass der da, dass er es nicht ist, nicht sein kann, denn er ist irgendeiner. Dann auf die Straße gehen und zu ihm, wo es warm ist, wo er die Nähte ihrer Jeans untersucht, als wollte er sie auftrennen. Aber sie wird nicht nass. Was vielleicht an ihm liegt, vielleicht an ihr. Sie denkt, es liegt an beiden, denn ihr Körper ist ihr unangenehm, und ihm ist dieser Körper wohl egal, denn es sind nur zweiundsechzig Kilo fremder Mensch, hat drei

Löcher, oben eins und unten zwei. Nicht reden, bedeutet er ihr, geht sie in die Knie und sucht mit den Fingern, wobei er ihr hilft. Riecht warm, muffig, gemütlich in seiner Hose. Ihre Augen geschlossen, reibt sie ihr Gesicht an seiner Hüfte, öffnet die Lippen, nimmt es vorsichtig in ihren Mund, will ihm nicht weh tun, WIESO eigentlich nicht? Will ihn nicht verletzen. Was tut sie hier? Kommt sich vor wie in einem dieser Filme, seine Hände greifen in ihr Haar, bestimmt er so das Tempo, wird schneller, gibt keinen Laut von sich, nicht mal seinen Atem hört sie, kniet sie vor ihm, ergießt er sich in ihren Mund, lässt sie es über die Lippen fließen, will nicht schlucken, könnte nun aufstehen und weggehen und schreien, denn er bedeutet ihr nichts und ist nicht nah, aber bleibt knien, wie ein dummer Film, als hätte er etwas verlangt, lässt dann ihr Haar los, steht sie auf, zieht sich aus, geht zum Bett, legt sich hin, schaut nach ihm, ob er kommt, kniet sich neben sie und streichelt ihren Rücken, Nacken, die Brust. Zieht er sich aus, wird sie nass. Warum? Wer ist er? Ob sie etwas trinken wolle? Nickt sie, und so holt er Bier, trinken sie beide, reden nichts, sein Finger taucht in sie, leicht. Zieht er sich aus, schluckt sie die Tränen, er ist es nicht, wird es nie sein, warum geht sie nicht? Dreht sie sich um, kniet sich, reckt ihm ihren Hintern entgegen und stützt ihre Ellbogen auf. Braucht ihn so nicht ansehen. Wartet. Er ist nackt, plötzlich Öl auf ihrem Rücken, seine Hände verstreichen es sanft, oder fordernd, sie stöhnt. Wie in einem Film? Ob es ihm Vergnügen macht? Kann sie sich nicht vorstellen, ist nicht verliebt, er auch nicht, seine Hände, als hätte er geübt, aber tun ihr gut, meinen nicht sie, aber tun ihr gut. Er reibt das Öl DORT hin und hat schon wieder einen stehen, also entspannt sie sich, weil es sonst weh tut. Da dringt er schon in sie. Wer ist er? Aber er trifft sie, stöhnt er und sie gibt Laut, antwortet, beißt die Tränen weg, die nicht ihm gelten und nicht dieser Situation. Drückt er und krallt sich in ihre Schultern, atmet schnell, laut, sie wimmert, da ist es vorbei, sinkt er auf ihren Rücken, er ist so jung, so fremd, so niemalswiedersehen, und also ist es ihr egal was er denkt, reibt sie sich selbst und reibt sich schnell, reibt hart, stöhnt, und noch während er auf ihrem Rücken liegt, kommt sie in ihre Hand, meint nicht ihn, meint nicht sich, verharrt. Das nächste Mal, denkt sie. Das nächste Mal.

Zweiundsechzig Kilo fremder Mensch hat drei Löcher, oben eins und unten zwei, oben eins und unten zwei. Zweiundsechzig Kilo fremder Mensch hat drei Löcher, oben eins und unten zwei, oben eins und unten zwei.

Biografie und Veröffentlichungen

Annette Berr wird 1963 als drittes von vier Kindern in Berlin geboren. Grundschule sehr gerne. Oberschule zur Hälfte. Schultheater vom Skript über Bühnenbild bis zum Schauspiel. Straßenmusikantin. Comic-Zeichnerin. Sie fotografiert, malt, bildhauert, näht, schreibt und schöpft aus einer nie versiegenden Kreativität. 1982 erste Einzel- und Gruppenausstellungen. 1984 erste Erzählungen in der taz sowie den ersten Preis des Songtext-Wettbewerbs des Senders Freies Berlin. 1986 erscheint ihr erster Erzählband *Nachts sind alle Katzen breit* beim Verlag am Galgenberg (Nachauflage konkursbuch Verlag). 1987 folgt *Flamingos und andere schwarze Vögel* und 1988 der Roman *Orpheus und Sibirien* (Nachauflage konkursbuch Verlag). Danach Hinwendung zur Musik. Rockmusikerin, vom Underground/Independent kommend, und eigenwillige Chansonsängerin, mal energiegeladen, mal filigran zerbrechlich. Sie textete großstädtische Liebes-Leid-Lieder, Buchstaben-Gedichte, Anagramme. Puristisch, minimalistisch, androgyn, angeschrägt, unsentimental, mit lakonischem Witz, zarter Melancholie und schwarzer Selbstironie. Diverse CDs. Sie textete auch für andere Sängerinnen und Sänger. 2004 erschienen ihre gesammelten Gedichte und Liedtexte in *Ein Wimpernschlag, der Fallbeil ist.* 2004 Preisträgerin beim Lyrikwettbewerb der Sangerhäuser Literaturtage. Weitere Bücher: 2001 Erstausgabe *Orgasmusmaschine* (erotische Erzählungen) konkursbuch Verlag. Danach schrieb Annette Berr Thriller: *Schwarzes Öl*, Erotic-Thriller, 2006; *Die Stille nach dem Mord*, 2008 (glauserpreisnominiert).

Lange lebte Annette Berr mit vierzehn Frauen, zwei Kindern und diversen Haustieren in einem Haus in Berlin-Kreuzberg, heute lebt und arbeitet sie mit Partnerin, weiterhin in Berlin.

Zu einzelnen Erzählungen

Der Himmel ist hohl, in diesem Buch erstveröffentlicht, gewann 1998 den dritten Preis des Kurzgeschichten-Wettbewerbs, der vom Magazin ELLE in Kooperation mit Calvin Klein ausgeschrieben wurde.

Mein lieber Schwan erschien zuerst in *Nachts sind alle Katzen breit.*

Auszüge einer ersten Fassung von *Das Mädchen Dinah* wurde 1998 veröffentlicht in *Mein lesbisches Auge – Das Jahrbuch der Erotik XIIIa*, konkursbuch Verlag Claudia Gehrke, Tübingen.

Zweiundsechzig Kilo fremder Mensch hat eine längere Geschichte. Die Berliner Modedesignerin Lisa D. hat ihn bei einer ihrer Modeinszenierungen als musikalisch untermalten Sprechtext verwendet. Außerdem wurde der Text 1989 in DER ALLTAG veröffentlicht, sowie 1995 im Sonic Press als Schleiftext verwendet.

Dank

Dieses Ausgabe ist eine erweiterte Neuausgabe meines erstmals 2001 als Hardcover erschienenen Buchs Orgasmusmaschine.
Die Erfahrung lehrte mich, dass, ganz gleich, ob ich einen Songtext schrieb, eine CD produzierte, eine Geschichte erfand oder ein Buch vollendete, viele Freunde und Bekannte das Ihre dazu beisteuerten. Jedes kleine oder große Werk würde ohne Euch sicher nicht so aussehen, wie es am Ende dastand oder klang. Ich danke also Euch allen für Inspiration, Ermutigung, Kritik und Liebe in jeder Form.

Manuela Kay forderte mich auf, neben dem Singen das Erzählen nicht zu vernachlässigen. Sie trieb sie mich an, wieder zu schreiben. Ich tat es. Anfangs scheu, später mit wilder Lust an Sprache, Rhythmik und Satzmelodie. Claudia Gehrke verlegt mich unermüdlich.

Lilo Rössler, Kristine Preuß, Fraya Frömming und Hansdieter Erbsmehl halfen mir mit ihrem kritischen Lesen und vielen klugen Fragen oft auf die Sprünge. Meine Agenten Helmut Lotz und Kai Precht von der Edition dià haben an mich geglaubt und mich das glücklicherweise stets auch spüren lassen. Viele Journalisten und Wissenschaftler beantworteten geduldig und verständlich meine Fragen zur Physik, Medizin, Zoologie, Nautik und so fort. Die Stadt Berlin, das Bezirksamt Friedrichshain/Kreuzberg und Herr Rothenburg haben mich auf eine sehr existentielle Weise unterstützt.

Nicht minder existentiell war auch die Hilfe meiner Familie, meiner Nachbarinnen sowie die von Max und Anthony, die während der letzten Wochen meines Schreibens für mich kochten und fahrenden Mittagstisch spielten.

Das Lektorat lag in den Händen von Fraya Frömming und Hansdieter Erbsmehl. Ich danke Euch beiden, ganz besonders Hansdieter, der vierzehn lange Tage seines Lebens mit mir gemeinsam, Schulter an Schulter vor dem Rechner saß und jedes holpernde Bild, jede merkwürdige Formulierung und jedes Komma anmerkte und diskutierte. Viele Kommata hat er mir durchgehen lassen, wenn ich darauf bestand.

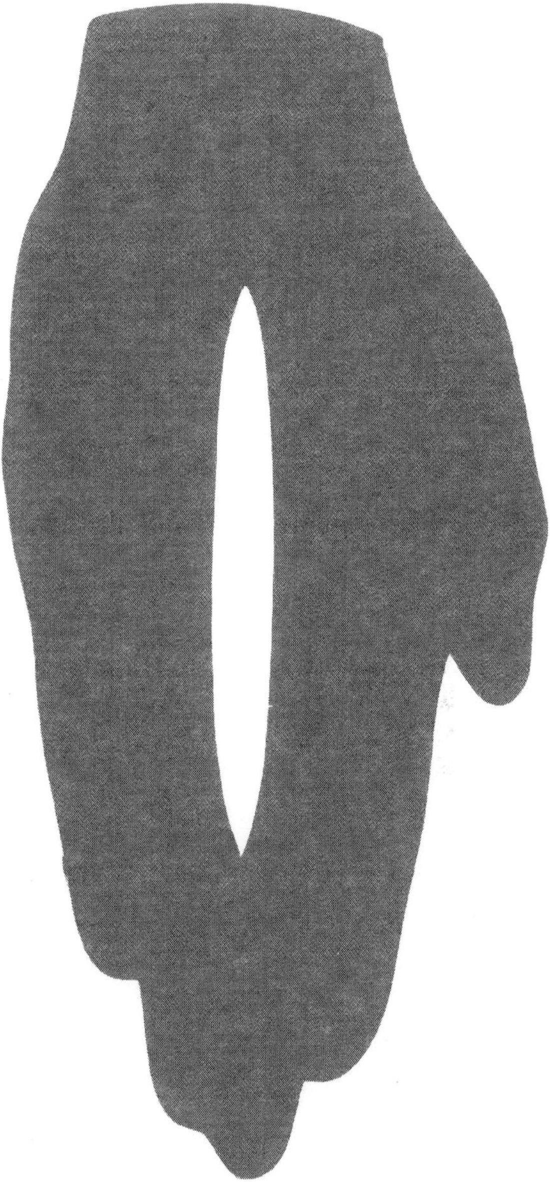

Impressum

© *konkursbuch* Verlag Claudia Gehrke Herbst 2017
PF 1621, D – 72006 Tübingen, Telefon: 0049 (0) 7071 66551
0049 (0) 172 7233958, office@konkursbuch.com
www.konkursbuch.com   Facebook: konkursbuch.verlag
Gestaltung: Verlag & Franziska Kleintges.
Cover mit Ausschnitten von Fotos von Thomas Karsten.
Gerne schicken wir Ihnen auch unser gedrucktes Gesamtverzeichnis.
ISBN-Buch: 978-3-88769-149-3 E-Book: 978-3-88769-520-9